ESTELLE MASKAME

Mila & BLAKE

Summer Love

Aus dem Englischen
von Sabine Schilasky

WILHELM HEYNE VERLAG
MÜNCHEN

Die Originalausgabe *Becoming Mila* erschien erstmals 2021 bei Ink Road,
Black & White Publishing Ltd

Sollte diese Publikation Links auf Webseiten Dritter enthalten,
so übernehmen wir für deren Inhalte keine Haftung,
da wir uns diese nicht zu eigen machen, sondern lediglich
auf deren Stand zum Zeitpunkt der Erstveröffentlichung verweisen.

Penguin Random House Verlagsgruppe FSC® N001967

Deutsche Erstausgabe 05/2023
Copyright © 2021 by Estelle Maskame
Copyright © 2023 der deutschsprachigen Ausgabe
by Wilhelm Heyne Verlag, München,
in der Penguin Random House Verlagsgruppe GmbH,
Neumarkter Str. 28, 81673 München
Redaktion: Lisa Scheiber
Umschlaggestaltung: Zero Werbeagentur, München,
unter Verwendung von Motiven von © FinePic®, München
Satz: Leingärtner, Nabburg
Druck und Bindung: GGP Media GmbH, Pößneck
Printed in Germany
ISBN: 978-3-453-42634-4

www.heyne.de

Für die beiden strahlendsten Sterne am Firmament,
Baby Buchan & Jensen Buchan.

Eins

Ja, ich habe Mist gebaut.

So *richtig* Mist.

Es kostet mich alle Kraft, trotz meiner Gewissensbisse gefasst zu bleiben und gegen die pochenden Kopfschmerzen zu kämpfen. Doch nach dem Fehler von gestern Abend verdiene ich zu leiden.

Bis auf das Brummen der Klimaanlage ist es still im Raum, und mein Blick fixiert einen Flecken, der unseren weißen Marmoresstisch verschandelt.

»Wie wollen wir das hindrehen?« Ruben seufzt. Er kocht vor Wut und ist mit seiner Geduld am Ende, was mich betrifft. Viel klarer könnte er gar nicht ausdrücken, wie satt er diese kurzfristig einberufenen Treffen zur Schadensbegrenzung hat.

»Es ist *dein* Job, das wieder hinzubekommen«, antwortet Mom schnippisch, während ihre Fingernägel auf einem Handydisplay klackern. »Also fang an nachzudenken.«

»Marnie, die Zahl der Fehltritte, die wir unter den Teppich kehren können, ist begrenzt«, kontert Ruben. »Die Klatschpresse kapiert bereits, dass sich deine Tochter zu einer verlässlichen Einkommensquelle mausert.«

Ich unterdrücke meine Übelkeit und blicke verstohlen vom Tisch auf. Ruben sitzt mit dem Rücken zu mir an der Kücheninsel und ist auf ein MacBook konzentriert. Mom ist mit ihren Mobiltelefonen beschäftigt. Sie wechselt zwischen zwei Geräten: eines für Geschäftliches, das andere für Privates. Selbst zu dieser unchristlichen Zeit hat sie es irgendwie geschafft, sich trotz der neuesten Publicity-Krise noch das Haar zu föhnen und volles Make-up aufzutragen. Es sind außerdem zwei Frauen von der Produktionsfirma hier, irgendwelche Führungskräfte, doch ich kenne ihre Namen nicht. Ich weiß nur, dass sie total wütend aussehen.

»Können wir es nicht als einen Schwindelanfall ausgeben?«, schlägt eine von ihnen vor. Sie bemerkt meinen Blick, und ich schaue schnell weg.

»O, ja, klar, wird super funktionieren«, murmelt Ruben. Er dreht sich um. Seine Züge sind hart. Seit zehn Jahren ist Ruben fester Bestandteil unseres Lebens, und immer noch macht er mir manchmal eine Riesenangst. Er stellt den Laptop vor mir auf den Tisch und klappt ihn auf. »Sieh dir das an«, sagt er, doch ich schäme mich zu sehr, um die Schlagzeilen zu lesen. »Mila, *sieh hin*!«, befiehlt er.

Mein Gesicht beginnt zu glühen, als ich widerwillig auf den Monitor schaue. Es sind mehrere Fenster geöffnet, zu lauter Kästchen verkleinert, die den Bildschirm füllen. Ein verschwommenes Meer von Wörtern, bei deren Anblick sich mein Brustkorb noch ein wenig enger anfühlt.

GERÄT EVERETT HARDINGS TOCHTER AUSSER
KONTROLLE?
MILA HARDING MACHT EINE SZENE BEI
DER »FLASH POINT: NO RETURN« PRESSE-
KONFERENZ

NIMMT EVERETT HARDING SEINE
ELTERLICHEN PFLICHTEN NICHT ERNST?

»Es tut mir leid«, flüstere ich. Meine Stimme ist heiser, weil ich ziemlich dehydriert bin, was mich schwach und unaufrichtig klingen lässt.

»Entschuldigungen bringen diese Schmierfinken nicht zum Schweigen«, erwidert Ruben und geht mitsamt seinem Laptop wieder zurück an die Kücheninsel. Dort lässt er seinen Frust an den Frauen von der Produktionsfirma aus. »Und wer von Ihnen hat es für eine gute Idee gehalten, Everetts sechzehnjähriger Tochter bei solch einem Event Champagner zu geben?«, fragt er sie. »Jemand, der nicht mehr bei Ihnen arbeiten sollte, so viel steht fest.«

»Niemand hat mir den Champagner gegeben«, sage ich leise, denn ich fühle mich schon mies genug, ohne jemand anderen mit mir in den Dreck zu ziehen. Außerdem trifft wirklich niemanden sonst Schuld. Es war mein Handeln, meine Entscheidung, also ganz allein mein Fehler. »Die Gläser standen alle gefüllt da, und ich habe mir einfach immer mal wieder eines genommen, wenn keiner hingesehen hat.«

Ruben blickt sich angewidert zu mir um. »Mila, du bist in einem Alter, in dem du genau *weißt*, wie die Boulevardzeitungen den kleinsten Patzer aufbauschen. Da leuchten die Dollarzeichen in ihren Augen. Diese Leute haben keinen Funken Mitgefühl mit einer Jugendlichen, die Fehler macht, erst recht nicht, wenn es sich um Everett Hardings Tochter handelt.«

Ein Handy klingelt, und eine der beiden Frauen verlässt den Raum, während sie bereits Anweisungen bellt.

»Tut mir leid«, sage ich wieder. Ich weiß nicht, wie oft ich mich seit gestern Abend entschuldigt habe, doch es scheint nie zu reichen. Aber was soll ich sonst sagen? Ich ziehe meine Unterlippe ein, senke den Blick und kämpfe mit den Tränen.

»Das weiß ich doch, Schatz«, sagt Mom. Sie legt ihre beiden Telefone neben mir ab, rückt näher und nimmt mich in den Arm. Sie riecht nach Blüten wie von frischen Frühlingsblumen. »Letztlich gehört es bei Teenagern zum Erwachsenwerden, dass man experimentiert, und ich bin nicht böse auf dich. Es ist nur …« Sie lehnt ihr Kinn auf meine Schulter und atmet aus, sodass ihr Atem an meinem Hals kitzelt. Dann sagt sie leiser: »Andere Kinder können es sich leisten, hin und wieder mal Mist zu bauen. *Du* kannst es nicht. Nicht in der Öffentlichkeit, und gerade jetzt sind die Scheinwerfer noch ein bisschen direkter auf uns gerichtet.«

Ich beginne, in ihrer warmen, duftenden Umarmung zu weinen.

Die anderen Male, die ich in letzter Zeit Mist gebaut habe, fallen im Vergleich harmlos aus. Als ich den Paparazzi durchs Beifahrerfenster unseres Range Rovers den Mittelfinger zeigte, weil ich vergessen hatte, dass die Scheibe nicht getönt ist, hat Ruben mich fast erwürgt. Und letzten Monat, als ich Zoff mit einem drittklassigen Möchtegern-Model auf Twitter hatte, belegte er mich mit einer zweiwöchigen Social-Media-Sperre. Doch all das scheint jetzt gar nicht mehr so dramatisch, denn das gestern Abend war eine völlig andere Liga.

Man stelle sich vor: Es ist die schillernde Pressekonferenz zur Ankündigung des größten Blockbusters in diesem Sommer, und die Werbung für den langersehnten dritten Teil der *Flash-Point*-Serie läuft auf Hochtouren. Ein edles Kino in Beverly Hills, vollgepackt mit Journalisten, die Unmengen Fragen vorbereitet haben. Die meisten Schauspieler sind da, doch die Hauptdarsteller, Everett Harding und sein glamouröser Co-Star Laurel Peyton sind die begehrtesten. Auf der Bühne lacht die Besetzung mit dem Publikum, beantwortet Fragen und zeigt sich hell begeistert von ihrem neuesten Film. Gleichzeitig feiert die Produktionsfirma im Backstagebereich. Der Champagner fließt ein bisschen zu großzügig. Everett Hardings schicke Frau schwebt elegant umher, unterhält sich angeregt mit Managern und macht Hinter-den-Kulissen-Aufnahmen für ihren Mann, die später über Social Media gepostet werden.

Und dann bin ich da, ihre Tochter, und begehe den blöden Teenager-Fehler, heimlich Champagner auf einer Showbiz-Party zu schlürfen. Aber ich bin backstage und denke, es merkt keiner.

Falsch gedacht.

Der Event endet mit tosendem Applaus. Mom umarmt Dad überschwänglich, als er nach hinten kommt, und Ruben ruft unseren Fahrer, damit er mit dem Wagen vorfährt. Dad ist zu fertig nach einem ganzen Tag mit der Presse, um noch zu bleiben und sich unter die Leute zu mischen. Dann sucht Ruben nach mir und bringt mich nach meinen Eltern durch den Hintereingang nach draußen, wo uns sofort die Blitze der wartenden Paparazzi blenden. *Wie Wunderkerzen am Nachthimmel,* dachte ich früher. Heute finde ich sie einfach nur grell.

Die frische Luft trifft mich zu heftig. Ich stolpere, torkle gegen meine Mutter und krache an die Rempelgitter, mit denen die Paparazzi zurückgehalten werden. Dad hört es, dreht sich um und will mir seine Hand entgegenstrecken, aber Ruben drängt ihn in den wartenden Minivan. Mom verschwindet hinter ihm in dem Wagen, und als Ruben zurückkommt, um mich zu holen, knie ich auf dem Asphalt und habe Mühe, mich zu halten. Mir wird schlecht, und es ist zu schlimm, um es zu unterdrücken. Ich übergebe mich, als ich noch überlege, wie viele Gläser ich mir reingeschüttet haben mag.

Kameras blitzen, und das Klicken der Blenden hallt durch meinen benebelten Kopf. Lauter Stimmen brüllen durcheinander, jemand schreit meinen Namen in der Hoffnung, dass ich aufschaue, direkt in die Linse, für den perfekten Schnappschuss; andere rufen widerliche Fragen herüber und hoffen auf eine noch unangemessenere Reaktion.

Ruben packt mich am Ellbogen und zieht mich vom Boden hoch. Mit erhobenem Arm schiebt er die Kameras aus dem Weg, schleift mich zu dem Minivan, hilft mir hinein und schließt die Seitentür mit einem Knall. Der chaotische Lärm wird gedämpft, doch es hämmern noch Hände an die Fenster.

»Mila!«, haucht Mom, kniet sich auf den Wagenboden und umfängt mein Gesicht mit den Händen, weil mein Kopf hin und her schwingt. Sie mustert mich entsetzt. Ihr Make-up ist nach wie vor makellos. »Geht es dir gut? Was hast …«

Doch Dad ist es, der die Frage beendet. Ungläubig und wütend sieht er mich an. »Was ist los? Hast du *getrunken*?«

Ich habe richtig Mist gebaut.

Und jetzt, am Morgen danach, scheint alles hundertmal schlimmer. Schlagzeilen machen den Namen Harding runter. Fotos sind überall im Internet. Ich habe meinen Vater zum Gespött gemacht.

»Das passiert viel zu häufig«, murrt Ruben aus der Küche. Ich verstehe, warum er stinksauer ist. Er ist Dads Manager, also bezahlen wir ihn dafür, dass er unser Leben *managt*, was ich ihm nicht leicht mache, wenn ich dauernd versehentlich in das Wespennest der Klatschpresse steche. »Vier Wochen bis zum Kinostart. Mit Boulevardartikeln über eine betrunkene Mila Harding, die kniend bei einer Pressekonferenz kotzt, hast du uns wirklich keinen Gefallen getan.«

»Negative Publicity für unseren Hauptdarsteller ist das Letzte, was wir vor der Premiere gebrauchen können«, bekräftigt die noch verbliebene Produktionsfrau. Sie verschränkt die Arme vor der Brust und sieht mich wutentbrannt an. Unsere Familie interessiert sie natürlich nicht; die Produktionsfirma kümmert einzig, wie viel Geld ihnen dieser Film in die Kasse spült.

»Noch dazu haben die Sommerferien gerade angefangen, was bedeutet, junge Dame, dass du dich jetzt umso mehr in der Öffentlichkeit bewegen wirst«, sagt Ruben und reibt sich das Stoppelkinn, als würde er angestrengt überlegen.

Ich wische mir die Tränen von den Wangen und löse mich aus Moms Armen. Dann setze ich mich gerade hin, schniefe und schaue Ruben an. »Wie kann ich das wiedergutmachen?«

Ruben zuckt mit den Schultern. »Im Idealfall? Indem du die nächsten Wochen nicht hier bist, damit sich keiner Sorgen machen muss, dass du die neue beste Freundin der Klatschreporter wirst.«

»Ruben!«, faucht Mom, legt eine Hand auf meinen Arm und drückt ihn, als wollte sie mich so vor seinen Worten schützen. Der Blick, den sie ihm zuwirft, ist definitiv angewidert.

»Was denn? Hast du eine bessere Idee, Marnie?«, fragt er ungerührt.

Ein Knarzen ist von der Küchentür zu hören. Durch meine geschwollenen Lider sehe ich meinen Vater im Türrahmen lehnen. Er trägt seine Lieblingssonnenbrille, wahrscheinlich weil seine Augen nach dem hektischen Tag gestern müde sind, und hat die Hände in den Jeanstaschen. Wir alle verstummen, weil wir nicht wissen, wie lange er schon vom Flur aus mithört. Mom nimmt meine Hand.

»Mila«, sagt Dad und räuspert sich. Seine Stimme ist leise und rauchig – mit ein Grund, warum er weltweit so gut Herzschmerz verkauft –, und das heute Morgen sogar mehr als sonst. Er lüpft seine Sonnenbrille ein wenig, sodass er mich mit seinen dunklen Augen direkt ansieht. Sie sind tatsächlich blutunterlaufen und die Lider schwer von zu wenig Schlaf. »Ich halte es für das Beste, wenn du für eine Weile nach Hause gehst.«

»Nach Hause?«, wiederholt Mom in dem Moment, in dem mein Herz ein Stück nach unten sackt. »*Dies* ist unser Zuhause, Everett. Und hier ist Milas Zuhause. Bei uns. Lass uns richtig darüber reden, bevor …«

»Ruben, arrangiere alles für die Reise«, sagt Dad, der Mom vollkommen ignoriert. Er sieht immer noch zu mir, und ich erkenne einen Anflug von Bedauern, bevor er die Sonnenbrille wieder herunterzieht und leise sagt: »Mila, fang an zu packen. Du verbringst den Sommer in Tennessee.«

Zwei

THE HARDING ESTATE.

Die Worte sind auf einer goldenen Tafel an der dicken Steinmauer eingraviert. Die Mauer umspannt die ganzen fünfzig Morgen der Ranch. Am Eingang ist ein Elektrotor, und anscheinend verschafft man sich mittels einer Zahlenkombination Zutritt, die man in eine kleine Schaltfläche eingibt. Ich kenne die Kombination nicht, deshalb drücke ich den Hilfeknopf, starre nach oben zur Sicherheitskamera und warte, dass etwas passiert.

Mein Chauffeur vom Flughafen hat bereits die Flucht ergriffen und mich allein mitten in der Pampa zurückgelassen, wo ich nun mit meinem Gepäck in der sengenden Hitze stehe. Hier draußen auf dem Land ist es unheimlich still – zur nächsten Ranch geht es mindestens eine Meile die Straße entlang –, und diese Abwesenheit von Lärm ist befremdlich. Eine solche Stille gibt es in L.A. nicht.

Ich wische mir eine Schweißperle von der Stirn und bemerke gar nicht, dass es ein Mikro an diesem Tor gibt, bis ich ein Summen und ein Räuspern höre.

»Mila! Du bist da! Gib mir eine Sekunde.«

Tante Sheri! Es ist *ewig* her, seit ich ihre Stimme zuletzt gehört habe – mit diesem beruhigenden, unverwechselbaren Näseln. Unwillkürlich muss ich lächeln vor Glück.

Ich warte noch eine Minute, schwitze mit jeder Sekunde mehr und betrachte die hohe Mauer.

Als ich noch ein Kind war, war die Ranch zur Straße hin offen, kein Zaun, keine Mauer, kein Tor. Keine *Security*. Einzig ein verwittertes Holzschild mit dem von Hand hineingeschnitzten Namen. Mehr war nicht nötig, doch als die Fremden aufzutauchen begannen, gab es keine andere Option. Immer wieder kamen Fans aller Altersgruppen her und lungerten herum, weil es aus irgendeinem Grund toll schien, die Ranch zu besuchen, auf der Everett Harding aufgewachsen war. Deswegen bestand Sheri darauf, dass meine Eltern die Ranch einzäunen ließen – aus Sicherheitsgründen –, und Dad rief einen Handwerkertrupp und übernahm sämtliche Kosten, damit der Strom unerwünschter Besucher stoppte. Allerdings erinnere ich mich nicht, dass die Mauern bei unserem letzten Besuch *so* massiv waren. Der graue Stein wirkt neu und hier draußen auf dem weiten Land deplatziert, die Ranch eher wie eine Festung, nicht wie das Zuhause einer Familie.

Eine Klingel läutet schrill, die Torflügel öffnen sich langsam, und auf der anderen Seite wartet Tante Sheri.

»Mila!«, ruft sie und reißt mich in eine Umarmung, wie ich sie von je her mit der Freundlichkeit hier verbinde. Sie erdrückt mich fast, und ich klemme förmlich an meiner Tante, während sie sich mit mir von einer Seite zur anderen wiegt. »Ach, lass dich ansehen!« Sie hält mich bei den Schultern und mustert mich so eingehend, als wäre ich ein seltenes Artefakt.

Tante Sheri ist zwar Dads Schwester, sieht ihm jedoch überhaupt nicht ähnlich. Dad hat dunkle, kantige Züge, während Sheris Gesicht viel weicher wirkt. Ihre Wangen sind rund und rosig, und ihr blondes Haar ist ein Wust aus Naturlocken. Sie ist die jüngere der Harding-Geschwister, und ihr frisches Aussehen bestätigt es.

»Hey, Tante Sheri«, sage ich mit einem idiotischen Grinsen. Es ist fast vier Jahre her, seit wir uns zuletzt getroffen haben, und obwohl Sheri seitdem keinen Tag gealtert zu sein scheint, verstehe ich, warum sie mich fasziniert betrachtet. Ich bin nicht mehr ganz das schlaksige Kind mit dem Überbiss und der pinkfarbenen Brille – dafür haben Tanzunterricht, Zahnklammern und Kontaktlinsen gesorgt.

»Was bist du doch für ein süßes Ding geworden, richtig erwachsen«, sagt sie. »Und wie schön, dich in echt zu sehen anstatt auf dem Laptop.« Doch dann runzelt sie die Stirn und kneift mir in die Wange. »Dieses ganze Make-up ist nicht nötig, erst recht nicht hier bei uns …«

Sie hat recht, also nehme ich es mit einem Schulterzucken hin.

Eigentlich weiß ich nie, wann mich jemand mit einer Kamera entdeckt, und der Zwang, immerzu gestylt auszusehen, ist mir dank Ruben eingeimpft – und auch durch das makellose Beispiel meiner Mom. Ich atme aus und fühle, wie sich das Make-up verflüssigt, je länger wir hier stehen.

»Es ist so heiß«, sage ich.

Sheri kichert und schwingt einen Arm um meine Schultern. »Willkommen zurück in Tennessee!«

Fairview, Tennessee, um genau zu sein.

Ich schätze, für meinen Vater ist dies bis heute sein Zuhause, und in gewisser Weise für mich auch. Ich bin hier geboren, aber die Wahrheit ist, dass ich den Großteil meines Lebens in Kalifornien verbracht habe und kaum etwas anderes kenne, weshalb mir L.A. mehr wie mein Zuhause vorkommt als dieser Ort. Ich hänge nicht besonders an Tennessee, was man wohl auch nicht erwarten kann, da ich mit sechs Jahren aus Fairview weggezogen bin.

An den Teil erinnere ich mich.

Ans Fortgehen.

Ich hatte gerade die Hälfte der ersten Klasse hinter mir, als ich meine Lieblingsstofftiere in Pappkartons packte, meine weinenden Großeltern ein letztes Mal umarmte und in ein Flugzeug nach Los Angeles stieg. Zu der Zeit verstand ich nicht, was Wegziehen bedeutete. Meine Eltern nannten es dauernd »unser kleines Abenteuer«, und ich hatte keine Ahnung, wie sehr sich unser Leben verändern sollte. Alles, was mich interessierte, war, dass wir nahe am Strand wohnen würden.

Unser Umzug quer durch das Land hatte einen simplen Grund: Dads Traum nachzujagen.

Als Schüler war Dad der Klassenclown gewesen, doch ein nerviges Nachsitzen, bei dem er in der Theatergruppe aushelfen musste, änderte sein Leben für immer. Das Kulissenmalen fürs Weihnachtsmärchen führte bald zur »Entdeckung« von Dads Naturtalenten – und sein Aussehen und Charisma wurden rasch offensichtlich. Es dauerte nicht lange, da wurde er für sämtliche Frauenschwarmrollen gecastet. Dennoch überraschte es alle, als er dieser Leidenschaft auch am College nachging, wo er meine Mom kennenlernte. Mit Mitte zwanzig spielte er in Low-Budget-Filmen, baute sich langsam eine Filmografie auf, und sein Name erschien immer öfter im Abspann. Dann, aus heiterem Himmel, ergatterte er eine Rolle in einem Film, der als nächster großer Hollywood-Blockbuster angekündigt wurde – der er am Ende auch war. Jene Rolle war Everett Hardings Ticket in die Welt der Schönen und Berühmten.

Und so zogen wir nach Kalifornien. Mom gab ihren Job auf und wurde zunächst Dads persönliche Assistentin, unterstützte ihn in allem, während sie ihre eigene Karriere neu ausrichtete; was ihr genial gut gelang, wie sich zeigt, denn heute ist sie als Make-up-Artist sehr gefragt. Man muss meinen Eltern allerdings lassen, dass sie über die Jahre *richtig* hart gearbeitet haben, um sich einen Namen zu machen.

Jedenfalls haben wir die letzten zehn Jahre in Kalifornien gelebt, sind von einem Haus ins nächste gezogen, jedes größer und prächtiger als das vorherige. Fürs Erste sind wir ziemlich zufrieden in einem Haus in einer geschlossenen Wohnanlage in Thousand Oaks. Meine Schule ist dort, meine Freunde sind dort, mein Leben ist dort.

Um es kurz zu machen: Kalifornien ist mein Zuhause und Tennessee lediglich eine kurze Bildsequenz in meinen fernen Erinnerungen.

Fairview wurde für mich nicht mehr als ein Ort, den wir in den Ferien mal besuchten. Die einzigen echten Erinnerungen, die ich hieran habe, sind die an gelegentliche Kurztrips, die wir im Laufe der Jahre hierher gemacht haben, um die Familie zu sehen, und der letzte davon, als ich zwölf war.

Diesmal ist es jedoch nicht fürs Wochenende. Dad wollte nicht nachgeben, und Ruben stimmte zu, dass ich lieber für eine Weile hierbleibe, zumindest bis sich der anfängliche Hype um den Kinostart des Films gelegt hat. Und weit weg von ihm und der Hollywood-Presse kann ich wohl kaum weiteren Schaden anrichten, oder?

»Du hast Glück«, sagt Sheri. »Ich habe die Klimaanlage hoch-

gedreht. Lass uns reingehen, dann kannst du in Ruhe ankommen.«
Sie greift nach meinem Koffer und zieht ihn über den Sandweg,
der sich zu dem Haus schlängelt.

Die Ranch hat sich nicht sehr verändert, seit wir das letzte Mal
hier waren. Sie besteht vor allem aus großen Weiden, auf denen
zu Zeiten meiner Großeltern Rinder und Schafe standen, heute
aber sind nur noch ein paar Pferde da. Einige von ihnen kann ich
jetzt sehen, denn sie stehen auf ihrer Koppel direkt an dem Stall
hinter dem dreigeschossigen Wohnhaus.

Die Security dürfte wohl das Luxuriöseste an dieser Ranch
sein.

Alles andere ist … normal. Das Gras ist ein bisschen zu hoch,
die Ställe könnten einen neuen Anstrich gebrauchen, und auch
am Haus ist die Zeit nicht spurlos vorübergegangen, wie die alt-
modischen Fenster und die Holzveranda zeigen. Es fühlt sich bescheiden und charmant an. Kein Hollywood-Glitzer. Einfach
eine echte, bodenständige Südstaatenranch.

»Ist es wirklich okay für dich, dass ich hier bin?«, frage ich, als
wir uns dem Haus nähern. Die Idee, dass ich die nächsten Wochen hier verbringe, kam erst vor zwei Tagen auf und bedeutete
daher für alle, in letzter Minute zu planen. Sheri hat wahrscheinlich nicht mal Zeit gehabt, darüber nachzudenken, und schon
jetzt fühle ich mich wie eine Belastung.

Sie stellt meinen Koffer vor der Haustür ab. »Süße, du gehörst
zur Familie, oder etwa nicht?«, fragte sie mit einem warmherzigen
Lächeln, bei dem sie den Kopf zur Seite neigt.

»Klar.«

»Na, da hast du deine Antwort!« Sie schiebt die Tür auf und
bedeutet mir vorauszugehen. »Und wir können hier junge Gesellschaft gebrauchen.«

Ich betrete das Haus, und die Klimaanlage bläst mir kühle Luft entgegen, was nach der Hitze eine Wohltat ist. Sheri zieht meinen Koffer über die Fußmatte und in den breiten Eingangsbereich, von dem aus eine rustikale Holztreppe nach oben führt. Der Raum vor mir ist größtenteils offen, mit ein paar Türbögen, die einzelne Bereiche abtrennen, und ich blicke erst ins Wohnzimmer, dann zur Küche und bin überrascht, wie wohlig warm mir wird, weil alles so vertraut ist. Seit meinem letzten Besuch scheint sich nichts verändert zu haben. Da sind dieselben Möbel, die seit Jahrzehnten hier stehen, und an den Wänden hängen die Familienfotos in Glasrahmen, die Staub ansammeln. Die Küche ist seit Jahren nicht renoviert worden, und das trotz der einen Schranktür, die buchstäblich in den Angeln hängt. Mir gefällt tatsächlich, dass nicht alles perfekt ist. Es fühlt sich real an, als würden hier *echte* Menschen leben, auch wenn viel zu viel Platz ist, um ihn mit nur zwei Leuten zu füllen. Obendrein riecht es köstlich nach Sheris unglaublichen Kochkünsten, an die ich mich sehr gut erinnere.

»Rindfleischeintopf«, verkündet Sheri, als ich schnuppere. »Und die besten Beilagen, wie du dir denken kannst. Du verdienst ein echtes Willkommensessen.«

Von der Treppe oben ist ein lautes Knarzen zu vernehmen, und mein Herz verdreifacht sein Schlagtempo, sprengt mir fast den Brustkorb, als ich höre: »Ist das meine kleine Mila?«

Die Stimme ist die meines Großvaters.

Langsam kommt er die Treppe herunter, und kaum sehe ich ihn, dürfte mein Grinsen seines spiegeln.

»Popeye!« Ich laufe ihm die Treppe hinauf entgegen, werfe mich in seine ausgebreiteten Arme. Wir schwanken ein bisschen, aber Popeye stützt sich am Treppengeländer ab, während er den freien Arm um meine Schultern legt und mich fest an sich zieht.

Mein Großvater riecht nach Waschmittel und Heuballen und Letzteres genug, dass es in meiner Nase kribbelt. Ich drücke ihn, auch wenn ich fürchte, dass ich ihn zerquetschen könnte. Vier Jahre Videotelefonate, bei denen Sheri geholfen hat, genügen nicht. Popeye nach so langer Zeit gegenüberzustehen gibt mir ein solch warmes Gefühl, dass mir Freudentränen kommen.

Ich greife nach seinen Händen und merke, dass sie leicht zittern. Sie sind rau und fühlen sich nach einem Leben mit harter körperlicher Arbeit an. Sein Gesicht ist ein bisschen schmaler und eingefallener, als ich es in Erinnerung habe. Und natürlich ist er älter geworden. Sein voller weißer Haarschopf ist aber beneidenswert seidig, und ich sehe mein Spiegelbild in dem Glasauge, das sein echtes ersetzt, seit er es im Vietnamkrieg verlor. Als ich noch ein kleines Kind war, fand ich, dass Grandpa genau wie Popeye aussah, die Comicfigur. Und der Spitzname hat sich gehalten.

»Diese Computer werden dir nicht gerecht, kleine Mila«, sagt Popeye und strahlt, als er meine Hände vorsichtig drückt. »Du wirst so eine schöne junge Dame. Fünfzehn Jahre schon …«

Ich will ihm nicht sagen, dass er in natura gebrechlicher aussieht als beim Skypen, deshalb lache ich und drücke seine Hände.

»Ich bin sechzehn, Popeye. Du hast mir eine Geburtstagskarte geschickt, weißt du nicht mehr?«

»Du wirst zu schnell groß, das steht fest!«

Sheri besteht darauf, mir eine Führung durch das große Haus zu geben, um mein Gedächtnis aufzufrischen. Ich erinnere mich zwar nicht an alles auf der Ranch, aber das Haus habe ich noch gut im Gedächtnis. Sheri hat mich sogar in demselben Gästezimmer untergebracht, in dem ich letztes Mal geschlafen habe –

das mit dem großen Erkerfenster, durch das man einen guten Blick auf die Ställe hat. Ich bringe mein Gepäck nach oben und mache mich frisch, nachdem ich zehn Minuten lang herumprobiert habe, wie die altmodische Dusche funktioniert. Danach eile ich zurück nach unten in die Küche, um mich mit Sheri und Popeye zum Mittagessen zu setzen.

Für drei Leute ist viel zu viel Essen da, der Tisch biegt sich. Und ich will nicht, dass etwas davon verdirbt, also lade ich mir den Teller voll und mache mich über das Essen her. Außerdem bin ich am *Verhungern*. Die Übelkeit und Reue nach meinem letzten Ausrutscher bedeuteten, dass ich die letzten Tage kaum etwas essen konnte.

»Und, was kann man hier so machen?«, frage ich, als ich fast aufgegessen habe. Ich würde die letzten Reste von meinem Teller lecken, wenn ich dürfte, weil es so verdammt gut schmeckt. Zu Hause achtet Mom strikt auf proteinreiche Kost, weil mein Vater es verlangt, und ich habe die Nase so voll von Lachs und gedämpftem Spargel.

»Du kannst mir helfen, die Ställe sauberzumachen. Der Mist riecht nicht mehr so schlimm, wenn man sich erst dran gewöhnt hat«, antwortet Sheri. Dann bemerkt sie meinen entgeisterten Blick und lacht. »Das war ein Witz, Mila! Obwohl ich deine Hilfe hier brauchen werde.«

»Ich kann mit der Wäsche helfen. Und putzen«, biete ich an und schiebe meinen Teller von mir, als deutliches Signal, dass ich fertig bin. Dann stütze ich meine Ellbogen auf den Tisch. »Aber im Ernst, was kann man in Fairview so machen, wenn man Spaß haben will? Weil ich nämlich nicht denke, dass die Spielplätze, die ich mit vier geliebt habe, noch der Bringer sind. Kann ich von hier irgendwie nach Nashville kommen?«

Popeye kichert kehlig, nimmt sein leeres Glas auf und erhebt sich steif. »Nach Nashville kommst du von hier aus nur, wenn du selbst fährst«, sagt er, klopft mir freundlich auf die Schulter und geht rüber zur Spüle.

Sheri lehnt sich auf ihrem Stuhl zurück und wirkt ein bisschen resigniert, als sie die Hände in ihrem Schoß faltet. »Eigentlich, Mila ... gibt es einige Regeln, die für deinen Aufenthalt bei uns gelten.«

»Regeln?«

»Die Mr. Ruben Fisher aufgestellt hat.«

»Dieses Schlitzohr«, knurrt Popeye und füllt sein Glas am Wasserhahn nach. Sheri beobachtet ihn liebevoll aus dem Augenwinkel. »Furchtbarer, furchtbarer Mann ...«

»O ja, ich weiß«, sage ich und entspanne mich. Ruben ist schon alles mit mir durchgegangen, hat mir Stunde um Stunde dieselben Sätze eingedrillt. *»Verhalte dich unauffällig und lenk keine Aufmerksamkeit auf dich oder deinen Vater«*, zitiere ich und verdrehe die Augen.

»Das ist nicht alles«, sagt Sheri. Sie blickt zu den gefalteten Händen in ihrem Schoß und dann unglücklich zu mir auf. »Ruben hat mich angewiesen, dich die ganze Zeit hier auf der Ranch zu behalten.«

»Was?« Mir wird flau. »Ich darf nirgends hin?«

Ein kleines Lächeln schleicht sich auf Sheris Gesicht. »Wer sagt, dass wir Rubens Anweisungen *aufs Wort* befolgen? Du und ich ... Wir machen unsere eigenen Regeln.«

»Also«, sage ich optimistisch und straffe meine Schultern, »ich *darf* die Ranch verlassen?«

»Ja, aber du musst mir versprechen, dass du dein Bestes gibst, dich aus jeder Art von Schwierigkeiten herauszuhalten, Mila«, sagt Sheri, die nun ernst vor Sorge klingt. »Ich muss wissen, wo du bist, mit wem du zusammen bist und was du machst. Solange du mich auf dem Laufenden hältst, kannst du einige Freiheiten haben, und ich kümmere mich um Ruben. Hört sich das fair an?«

»Ja! Ich verspreche es. Keine Schwierigkeiten.« Ich gebe übertrieben vor, meine Lippen zu versiegeln, und blinzle Sheri unschuldig an.

Popeye kehrt mit einem frischen Glas Wasser an den Tisch zurück. Ein paar Tropfen schwappen über, als er sich wieder hinsetzt und fragt: »Hast du hier noch alte Freunde?«

»Ich bin mit sechs Jahren weggezogen«, erinnere ich ihn mit einem kleinen Seufzen. »Also nein, eher nicht.«

»Dann musst du rausgehen und neue finden«, sagt er schlicht, als wäre das jemals leicht gewesen. Vielleicht war es das, als er ein Jugendlicher war, aber im einundzwanzigsten Jahrhundert? Eher … Nein.

Sheri springt beinahe von ihrem Stuhl auf. »O! Die Bennetts haben Kinder. Ihnen gehört die Ranch am Ende der Straße. Sehr nette Leute.« Sie tippt sich mit dem Zeigefinger an die Lippen und blickt zur Zimmerdecke. »Die Tochter heißt Savannah.«

»Savannah?«, wiederhole ich. Bei dem Namen klingelt es. Er weckt eine vage Erinnerung an eine Kinderfreundschaft und ein Mädchen, das neben mir an diesem niedrigen Tisch in der ersten Klasse saß.

»Sie ist ungefähr in deinem Alter, glaube ich.«

»Ich denke, ich erinnere mich an sie.« Ich schließe die Augen, um mich besser konzentrieren zu können, aber mir fällt nichts sonst ein.

»Na, das ist doch schon mal ein Anfang«, sagt Sheri munter. Sie räumt die Teller zusammen. »Ich kann dich rüberbringen, damit du dich nach all der Zeit wieder vorstellen kannst.«

»Hä? Warte – nein. Was?« Ich starre sie entsetzt an. Was ist das für eine wahnsinnige Idee? Ich soll mich einem Mädchen vorstellen, das ich seit zehn Jahren nicht gesehen habe? Wer macht denn so was?

Sheri stellt die Teller laut klappernd in die Spüle, bevor sie in einem Küchenschrank wühlt und eine Kuchenform hervorkramt. »Perfekt!«, verkündet sie und dreht sich zu mir um. »Die hier hatte ich mir letzte Woche von Patsy geliehen. Ich wollte ein neues Rezept für Erdnussbutter-Brownies ausprobieren – die waren übrigens eine Katastrophe. Aber es wäre so nett, wenn du sie für mich zurückbringst. Da. Das ist ein schöner Vorwand.«

»Ist es nicht … So geht das nicht«, stammle ich. Sie will ernsthaft, dass ich bei Fremden auf der Veranda erscheine und ihnen eine Kuchenform gebe? So funktioniert die Welt nicht. »Ich kann nicht einfach bei Leuten anklopfen und fragen, ob sie mit mir befreundet sein wollen.«

»In Tennessee kannst du das«, entgegnet Sheri energisch und drückt mir die Form in die Hand.

Ich sehe zu Popeye, weil ich Verstärkung brauche, doch er grinst hochzufrieden. Sie sind *so* altmodisch.

»Darf ich es wenigstens auf morgen verschieben?«

Sheri lässt mir keine Wahl. Sie räumt das restliche Geschirr vom Tisch, packt es in die Spüle und nimmt ihre Autoschlüssel.

»Nein, denn bis morgen hast du dir tausend Ausreden ausgedacht, und um Freiheit zu haben, brauchst du Freunde«, erklärt sie. Dann fragt sie: »Dad, kommst du klar, solange ich Mila zu den Bennetts fahre?«

»Ja, fahrt schon, fahrt«, antwortet er und schwenkt einen Arm in Richtung Tür, um uns aus dem Haus zu scheuchen. Ehe wir verschwinden, greift er über den Tisch und legt seine Hand auf meine. »Finde Freunde. Wir langweilen dich sonst zu Tode.«

Ich kann nicht mal lachen. Mit der Kuchenform fest in der Hand stehe ich auf. Mein Herz pocht wie wild.

Drei

Das hier ist blöd. So, so, so blöd.

Die Bennetts leben auf der Willowbank-Ranch. Sie ist eine Meile auf der ruhigen, sich schlängelnden Landstraße entfernt und leicht zu Fuß zu erreichen. Doch Sheri besteht darauf, mich zu fahren, erstens damit ich mich nicht verlaufe – auch wenn ich nicht wüsste, wie das gehen sollte, denn es ist die erste Ranch, zu der man kommt – und zweitens damit ich mich nicht drücken kann. Bildhaft ausgedrückt werde ich gegen meinen Willen zur Willowbank-Ranch geschleppt.

Ich presse eine Hand an meine Stirn und wische den Schweißfilm dort weg. Obwohl die Klimaanlage in Sheris Van voll aufgedreht ist, fühlt es sich im Wagen an wie in einem Backofen. Die Lederpolster sind eine Hitzefalle, und meine Oberschenkel kleben an dem Sitz. Es ist – wie lange? – eine Stunde her, seit ich geduscht habe. Und ich komme mir schon wieder eklig vor. Vielleicht ist dies wirklich der siebte Kreis der Hölle – Nashville-Schwüle, meilenweit weg von jeder Zivilisation, und Tante Sheri zwingt mich, mit den Nachbarn zu reden. Mir wird schnell bewusst, dass ein kurzer Besuch hier etwas ganz anderes ist, als zu wissen, dass ich *bleiben* muss.

Wir fahren an dem Ranch-Schild vorbei und biegen in den alten Sandweg ein, der über das Land verläuft. Anders als die Ranch meiner Familie, ist Willowbank nicht hinter zweieinhalb Meter hohen Mauern versteckt und es versperrt uns kein Tor den Zutritt.

Wir passieren einen Traktor, der seitlich auf dem Gras parkt, dann stoppt Sheri den Van vor dem Haus. Inzwischen schwitze ich heftig. Sind draußen hundert Grad, oder bin ich tatsächlich solch ein Loser? Ich habe mit den Größen der Filmindustrie zu tun, von Schauspielerinnen, die Oscars gewonnen haben, bis hin zu Studiobossen, aber ich kann nicht Hallo zu irgendeinem Mädchen sagen, mit dem ich in der Grundschule war, ohne mich in ein nutzloses Nervenbündel zu verwandeln? Was stimmt mit mir nicht?

»Sei nett und lächle«, sagt Sheri mit einem aufmunternden Nicken. Doch ich bin mir sicher, sollte ich auch nur daran denken, mich zu weigern, würde sie mich an meinen Flipflop-bewehrten Füßen aus dem Wagen schleifen. Selbst wenn ich mich unauffällig und still verhalten muss, wäre eine Freundin, mit der ich den Sommer über abhängen könnte, für mich genauso ein Vorteil wie für Sheri. Ich bezweifle, dass sie tagtäglich eine Sechzehnjährige auf der Ranch haben will – obwohl Ruben genau das befohlen hat. »Und gib die Backform zurück.«

»Okay.« Ich schlucke einen Schwall warme Luft hinunter und klemme mir die Form unter den Arm. »Bin dabei.«

Ich entspanne meine Schultern, steige aus dem Wagen und gehe auf das Haus zu. Als ich gerade mal zehn Schritte gemacht habe, höre ich Reifen auf dem Sand knirschen und schaue mich um. Mir steht der Mund offen, als ich Sheris Van den Sandweg hinunter verschwinden sehe, wobei er Staub aufwirbelt. Sie lässt mich hier? Ich hatte gehofft, dass ich kurz die Kuchenform zurückgebe, ein Hallo murmle und wieder in den sicheren, brutheißen Van zurückspringe.

Erwartet Tante Sheri allen Ernstes, dass ich hier bei komplett Fremden bleibe? Was ist, wenn sich Savannah Bennett auch kaum an mich erinnert und mich für gestört hält, weil ich sie nach zehn Jahren einfach so überfalle? Dann muss ich beschämt zu Fuß nach Hause zurückwandern. Weit ist es nicht, aber dennoch. Das ist so peinlich!

Sheri wird einiges zu hören bekommen, wenn ich wieder auf der Ranch bin.

Ich beiße die Zähne zusammen und gehe auf die Veranda. Meine nackten Beine streifen das Holzgeländer, an dem ich mich verbrenne, so heiß ist es. Ich zucke zurück, näher zur Haustür, sodass ich direkt auf der Fußmatte stehe.

»Werde erwachsen«, murmle ich mir zu.

Okay, ich bin auf dem Land. Ländliches Tennessee. Hier sind die Leute freundlich. Es wird schon gut gehen.

Tu es einfach, Mila.

Ich schlucke angestrengt und klopfe an.

Lange, qualvolle Sekunden vergehen, bis ich ein Geräusch hinter der Tür bemerke. Schließlich höre ich, wie ein Riegel zur Seite geschoben wird, und die Tür schwingt auf.

»Hi!«, sagte eine kleine Frau, die lächelt und fragend die Augenbrauen hochzieht, als sie mich ansieht. Patsy, rate ich. Es ist ein komischer Gedanke, dass ich dieser Frau vielleicht schon früher begegnet bin, als ich sechs Jahre alt war. Vielleicht hatte sich meine Mom am Schultor mit ihr unterhalten. Wer weiß?

»Hi, entschuldigen Sie die Störung, aber ich bin … ich bin Sheri Hardings Nichte«, sage ich, doch meine Stimme zittert. Es fühlt sich fremd an, mich als *Sheri Hardings Nichte* und nicht als *Everett Hardings Tochter* vorzustellen. Die Worte scheinen falsch auf meiner Zunge. »Sie hat mich gebeten, Ihnen Ihre Kuchenform zurückzubringen, also ... Hier.« Ich halte ihr die Form mit einem hoffentlich höflichen Lächeln hin.

»Danke, Liebes«, sagt sie und tritt hinaus auf die Veranda. Sie mustert mich von oben bis unten, und ich fühle mich wie eine Laborratte in einem Käfig, aber ich glaube, ihr ist nicht bewusst, wie eingehend sie mich betrachtet. Fast kann ich sehen, wie es in ihrem Kopf arbeitet, als sie das Offensichtliche begreift. »Sheris Nichte«, überlegt sie laut. »Also bist du ...?«

»Ja«, antworte ich ein bisschen zu scharf, bevor sie den Satz beenden kann. Ihrem Lächeln nach zu urteilen, hat sie die Antwort bereits gewusst. Es ist nicht schwer, die Verbindung herzustellen – Sheri hat keine anderen Geschwister außer meinem Vater. »Die bin ich«, ergänze ich mit einem schüchternen Kichern, damit sie mich nicht für mürrisch hält. Ich bin es bloß leid, dass jeder sich so sehr für meinen Vater interessiert. Er ist nur ... mein Dad. Er trägt Latschen zu Jeans, wenn er zu Hause ist, und singt sich die Seele aus dem Leib, wenn er unter der Dusche Rockklassiker schmettert.

»O, wie schön«, sagt Party, was allerdings nicht ganz ernst gemeint klingt. Sie hält die Kuchenform vor ihrer Brust und lehnt sich an den Türrahmen. Obwohl sie lächelt, ist ihr anzusehen, dass sie Mühe hat, nicht die Stirn zu runzeln. »Seid ihr alle zu Besuch? Ich hoffe, die Presse kriegt davon keinen Wind, sonst sind wieder die Straßen von hier bis Nashville verstopft.«

Vielleicht erinnert sie sich, was vor Jahren geschah, als wir über Thanksgiving hier waren. Ich verstehe nicht ganz, wie es sich herumspricht, aber sowohl die Medien als auch die Fans wissen stets genau, wo Dad ist. Meine Eltern feiern ihren Hochzeitstag auf den Bahamas? Die Presse wartet schon im Hotel auf sie, ehe ihr Flieger gelandet ist. Ein Thanksgiving-Trip in die Heimatstadt zur Familie? Die Fans aus Tennessee campieren an der Außenmauer des Anwesens, um einen Blick auf Dad zu erhaschen, bis die Polizei sie verscheucht.

Bei jenem Besuch hatten wir kaum das Haus verlassen, und wenn überhaupt, dann um uns frühmorgens im Schutz der Dämmerung nach Nashville zu schleichen. Wenn ich es jetzt bedenke, kann ich mir vorstellen, dass die Nachbarn hier nicht begeistert sind, wenn ihre Ruhe und ihr Frieden gestört werden.

»Nein, nur ich«, versichere ich Patsy. Mit anderen Worten: *Keine Sorge, ich locke keine Paparazzimobs oder Horden von Stalker-Fans an.* »Ich bleibe einige Zeit hier, um mal eine Pause von L.A. zu haben, deshalb soll es niemand erfahren.«

»O.« Patsy wirkt erleichtert. »Ich werde kein Wort sagen.«

»Danke.« Das meine ich ernst. Sobald der neue Film in den Kinos ist und der erste Hype verklungen ist, kann ich nach Hause – aber nicht, bevor sich das Tamtam um meinen Vater gelegt hat. Daher kann sich fürs Erste keiner von uns erlauben, dass die Nachbarn Geschichten an die Medien verkaufen.

Ich will mich schon verabschieden und gehen, als mir der eigentliche Grund einfällt, aus dem ich auf dieser Veranda stehe. »Ich habe mich gefragt, ob Savannah da ist. Ich glaube, wir waren zusammen in der Grundschule.«

Patsys Augen leuchten. »Ja, wart ihr! Ich hole sie schnell.«

Sie dreht sich um und verschwindet im Haus. »Savannah!«

Dem Himmel sei Dank für die Bestätigung – ich habe schon Angst gehabt, dass ich mir die Verbindung zu Savannah Bennett eingebildet hatte. Und wie peinlich wäre das gewesen?

Ich spiele nervös mit den Händen, während ich warte, dass

33

Patsy oder Savannah auftauchen. Die Klimaanlage aus dem Haus kühlt meine Beine, und ich kann nicht anders, als ein wenig näher zur Tür zu gehen und mir die Luft ins Gesicht zu fächeln. Sogar im Schatten der Veranda ist es irrsinnig schwül. Dort stehe ich eine Minute, vielleicht länger, und horche auf die murmelnden Stimmen aus dem Haus. Vielleicht will Savannah ihre Freundin aus der Kindheit nicht sehen, die ganz unerwartet aus der Versenkung aufgetaucht ist. Vielleicht muss Patsy sie anflehen, dass sie rausgeht und mich begrüßt.

Was ziemlich beschämend ist.

»Lauschst du?«, fragt eine Stimme.

Erschrocken drehe ich mich um und sehe einen Jungen. »Wer bist du?«, frage ich defensiv.

Der Junge scheint nicht viel älter als ich. Er hat Schmutz im Gesicht, sein blondes Haar ist zerzaust, und er lehnt sich auf eine Schaufel, die er in die Erde gerammt hat. Seine Gummistiefel sind erdverkrustet.

»Entschuldige«, sagt er. »Hier kommen normalerweise keine Fremden vorbei. Suchst du nach jemandem?«

»Ich warte auf Savannah«, antworte ich, komme mir jedoch sehr idiotisch vor. Auf jemanden zu warten, der mir wahrscheinlich nicht mal Hallo sagen will, geschweige denn den ganzen Sommer mit mir verbringen, ist unangenehm. »Ich bin kein Eindringling, das schwöre ich.«

Er zieht die Schaufel aus der Erde und tritt zur untersten Verandastufe vor. »Myles«, sagt er und beugt sich vor, um mir seine leicht verschmutzte Hand zu reichen. »Der klügere und besser aussehende der Bennett-Sprösslinge.«

O, Savannah hat einen Bruder. Und ihr Bruder hat schmutzige Hände. »Äh«, murmle ich und starre auf seine Hand.

34

Myles grinst spöttisch. »Da ist jemand nicht von einer Ranch«, bemerkt er. Ich schätze, es ist so offensichtlich. »Was ist das überhaupt für ein Akzent? Von hier bist du nicht.«

Hängt davon ab, wie man es betrachtet. Zählt hier geboren zu sein als *von hier sein*? Ich schürze die Lippen und sage: »Kalifornien.«

»Nett. Ich möchte unbedingt irgendwann mal Surfen lernen. Woher kennst du Savannah?«

»Wir waren zusammen in der ersten Klasse.«

Es ist sofort klar, dass Myles es ein wenig bizarr findet, dass solch eine alte Bekanntschaft nach so langer Zeit aus heiterem Himmel vor der Tür steht. Vielleicht hat er erwartet, dass ich etwas Normales sage. Etwas wie »O, wir haben uns vor ein paar Monaten auf einer Party kennengelernt.« Etwas, das tatsächlich meine Anwesenheit hier rechtfertigen würde.

Aber dann höre ich Schritte aus dem Haus und kehre Myles den Rücken zu, um zu sehen, wer kommt.

Savannah Bennett hat endlich beschlossen, rauszukommen und mich zu begrüßen. Sicher nur aus Neugier, doch ich nehme, was ich kriegen kann.

Sie ist kleiner als ihre Mom – eher knapp einen Meter fünfundfünfzig –, und ihr ungeschminktes Gesicht lässt sie jung für ihr Alter wirken. Rotblondes Haar umrahmt ihre runden Wangen, und ihre Augen sind groß und strahlend mit langen Wimpern. Von allen Personen, denen ich heute begegnet bin, ist sie die Einzige, die kein Flanell trägt; stattdessen hat sie ausgeblichene Jeans-Latzshorts und ein gestreiftes T-Shirt an. Ihr Lächeln ist warmherzig und freundlich, und es entspannt die Enge in meinem Brustkorb ein wenig.

»Ich habe gedacht, Mom nimmt mich auf den Arm«, sagt

sie und tritt auf die Veranda. Sie mustert mich von oben bis unten, genau wie ihre Mutter vorher. »Aber du bist wirklich hier, was?«

Ich frage mich, ob sie sich überhaupt an mich erinnert oder ihr mein Name lediglich vage bekannt vorkam, so wie ihrer mir. Wir waren so jung, als ich Fairview verlassen habe, und für eine Sekunde kommt mir der Gedanke, dass sie vielleicht keine Ahnung hat, was bei mir damals losgewesen war. Ich bin mir ziemlich sicher, dass wir ohne große Vorwarnung weggezogen sind; war überhaupt Zeit für Erklärungen gewesen? Ich weiß nicht mehr, ob ich meine Freundinnen auf dem Spielplatz zusammengerufen und mich verabschiedet hatte. Vielleicht war ich einfach eines Tages verschwunden, und jeder vergaß bis zum nächsten Sommer, dass es mich jemals gegeben hatte. Selbst die wenigen Male, die ich zu Besuch gewesen war, war ich zu jung gewesen, um ohne meine Eltern loszuziehen. Keine Treffen mit alten Freunden, nur ewig in Minivans gescheucht werden und sich über Hintertüren in Gebäude schleichen, um die Paparazzi zu meiden.

»Ja, live und in Farbe«, scherze ich.

»Was machst du hier? Lebst du nicht in L.A.?«, fragt Savannah. Ihr Akzent ist weicher als der ihrer Mom und ihres Bruders. Also erinnert sie sich noch an *etwas* von mir. Sie bemerkt, dass ich meine Augenbraue ein wenig hochziehe, und wird rot. »Ich bin über dich auf dem Laufenden geblieben. Ist das schräg? Auch nur hin und wieder - wenn ich was über Everett Harding auf Twitter sehe, erinnert es mich an dich, und dann forsche ich ein bisschen nach.« Sie zieht eine entsetzte Grimasse, als könne sie nicht aufhören, das Falsche zu sagen. »O, Mist, jetzt klinge ich wie eine Stalkerin. Tue ich, oder? Und warum habe ich ihn Everett genannt? Warum rede ich nicht von deinem Dad?«

»Savannah«, sage ich, und sie hört auf zu haspeln. »Ist schon gut.«

Sie bedeckt ihr Gesicht mit den Händen, kann mich nicht ansehen und stöhnt ein bisschen.

Ich unterdrücke ein Lachen. Das hier ist irgendwie witzig, vor allem, weil ich so etwas nicht kenne. An der Thousand Oaks High ist mein Vater allen meinen Freunden komplett egal. Weil sie eine Model-Mom haben, einen Rockstar-Dad oder eine Großmutter, die Modedesignerin ist. In Thousand Oaks hat so ziemlich jeder irgendeine Verbindung in die Welt der Stars, was bedeutet, dass berühmte Verwandte die Norm sind. Und deshalb kümmert es keinen.

»O.« Myles holt tief Luft, als er kapiert, und sein Gesichtsausdruck wirkt fasziniert und entsetzt zugleich. »Die Ranch ein Stück die Straße runter. Das sind deine Leute?«

Ich nicke skeptisch. Da Sheri sich Kuchenformen von Patsy Bennett leiht, habe ich daraus geschlossen, dass sich die beiden Familien gut verstehen, aber wer weiß? Hier könnte eine unterschwellige Abneigung schwelen. Vielleicht verachten die Bennetts insgeheim die Hardings, weil sie, na ja, eben die *Hardings* sind. Es wäre nicht das erste Mal. Ruhm hat seine Schattenseiten – von Neid getriebene Verachtung kommt recht häufig vor; das habe ich am eigenen Leib erfahren.

»Dieser Typ aus den *Flash-Point*-Filmen ... Du bist seine Tochter?«

Ich bin auch Marnie Hardings Tochter, Roxanne Cohens beste Freundin und Mr. Sabatinis beste Chemieschülerin, aber keiner definiert mich darüber. Nur mein Vater ist wichtig, als wäre der einzige Grund, aus dem ich in dieser Welt überhaupt zähle, die DNS, die ich mit ihm teile.

»Ja, bin ich«, sage ich verkniffen. *Ich habe einen Namen!* »Mila Harding.«

Zum Glück wechselt Savannah das Thema – ob aus Neugier oder aus Rücksicht auf mich, kann ich nicht sagen. »Meine Mom hat gesagt, dass du länger hierbleibst.« Sie strahlt. »Das ist cool. Hat dir Tennessee gefehlt?«

»Ja. Ich weiß nicht genau, wie lange ich bleibe, aber schätzungsweise ein oder zwei Monate«, gestehe ich. Ich blicke zu Myles, der mich fasziniert beobachtet, dann wieder zu Savannah. »Ich weiß, dass es *ewig* her ist und ich hier echt sehr unerwartet aufkreuze, aber ehrlich gesagt … Ich würde wirklich gern ein bisschen Zeit mit anderen Leuten als meiner Tante und meinem Grandpa verbringen.«

»O.« Savannah verengt die Augen ein bisschen. »Also bist du auf der Suche nach jemandem, den du ein paar Monate lang benutzen kannst?«

»O Gott«, murmle ich unglücklich. So hört es sich tatsächlich furchtbar an. »Tut mir leid. Du hast recht. Ich hätte nicht herkommen sollen.«

Savannah lacht in einem Singsang, der durch die schwüle Luft zu tanzen scheint, und greift nach meinem Arm. »War nur ein Witz!«

»Ach so.«

Myles lacht ebenfalls, und ich starre zu dem narbigen Verandaboden. Bin ich schon immer solch ein Nervenbündel gewesen? Andererseits ist dies eine völlig fremde Situation, und ich weiß nicht, wie ich damit umgehen soll.

»Klar können wir befreundet sein«, versichert Savannah in einem sanften Tonfall, sowie sie aufgehört hat zu lachen. Als ich sie ansehe, lächelt sie. »Sind wir ja sowieso schon mal gewesen.«

»Danke«, flüstere ich. Tja, das ist doch schon mal etwas.

»O!«, ruft Savannah und winkt Myles zu, als könne er telepathisch erahnen, was sie denkt. Kann er vielleicht – könnte ein Geschwisterding sein. Ich habe keinen Schimmer. »Wir wollen nachher zu einer Parkplatzparty«, sagt sie. »Superschlicht. Komm doch mit! Dann lernst du alle in Fairview kennen – viele sind wir ja nicht.«

»Eine Parkplatzparty?« Garantiert sieht man mir an, wie verwundert ich bin. »Macht man die immer noch?«

In einem von Dads ersten Filmen, die direkt ins Fernsehen kamen, gab es meines Wissens eine Szene auf solch einer Party; dort bekommt er endlich das Mädchen und küsst sie auf der Ladefläche seines Trucks. Ich fand es damals gruselig und finde es heute noch. Es ist richtig eklig, dem eigenen Vater beim Küssen zuzugucken – ganz besonders, wenn es nicht die eigene Mutter ist, der er seine Lippen aufdrückt.

»Allein weil du das fragst, darfst du nicht mit«, sagt Myles mit einem enttäuschten Kopfschütteln. Dann verrät mir sein Grinsen, dass er nur Quatsch macht. Anscheinend bin ich eindeutig zu blöd, um zu kapieren, wann jemand einen Scherz macht. »Du darfst mitkommen. Ich sage Blake Bescheid.«

»Wer ist Blake?«

»Unser Cousin«, antwortet Savannah. »Er gibt die Party.«

Ich bin jetzt schon erledigt vom frühen Aufstehen und dem langen Flug morgens. Außerdem fühlt es sich riskant an, gleich am ersten Tag gegen Rubens Regeln zu verstoßen. Vielleicht sollte ich heute Abend bei Sheri und Popeye zu Hause bleiben. Aber eine Parkplatzparty …

»Klingt lustig.« Ich wische mir über die Stirn. »Aber ich weiß nicht … Da werden eine Menge Leute sein, und ich sollte wirklich nicht …«

»Du bist jetzt in Fairview«, sagt Savannah grinsend. »Ja, ich weiß, du bist gerade erst angekommen, aber wenn hier ausnahmsweise mal was los ist, überlegt man nicht lange. Man geht hin.«

Vier

Tante Sheri und ich sind draußen auf der Veranda und warten, dass Savannah und Myles mich abholen kommen. Es ist einige Stunden her, dass ich von der Willowbank-Ranch zurückgelaufen bin.

Nun wird es dunkel, und der klare Himmel färbt sich zu einem umwerfenden Dunkelblau mit Resten von Sommersonne am Horizont. Die Hitze ist weg, einer angenehmen Wärme gewichen. Abends ist es auf der Ranch sogar noch stiller. Keine Autos, die in der Ferne brummen, keine herbeiwehenden Stimmen, nicht einmal Hundegebell. Nichts als Stille, die alles ein wenig zu verlangsamen scheint.

»Versuch, heute Abend nicht über deinen Dad zu reden.«

Sheri wiegt sich ruhig in einem Holzschaukelstuhl und streicht mit den Händen an ihren Oberschenkeln auf und ab, sodass ihre Fingernägel leicht über ihre Jeans kratzen. Eine nervöse Angewohnheit?

»Mach ich nicht.« Ich sehe zu meiner Tante. »Das tue ich nie.«

»Gut.« Anscheinend ist sie besorgt über mögliche Folgen, weil sie Rubens Regeln missachtet und mich heute Abend ausgehen lässt. Ich bin froh, dass sie ihre Ansicht nicht geändert hat, was unseren kleinen Pakt betrifft. »Hast du dich schon bei deinen Eltern gemeldet?«

»Nur bei Mom«, gebe ich zu und wende mich wieder ab. Ich stütze die Hände auf das Verandageländer und blicke zu der Mauer, die uns vom Rest der Welt trennt. Erst jetzt, als ich über die Weiden schaue, wird mir klar, wie sehr sich diese Ranch wie ein Gefängnis anfühlen kann. Obwohl sich viele Morgen Land um uns erstrecken, kann es klaustrophobisch sein. »Ich habe ihr nur eine Textnachricht geschrieben, ich bin immer noch sauer.«

»Wenigstens etwas«, sagt Sheri hinter mir. Ich höre das Knarren ihres Stuhls, der weiter vor und zurück schwingt. »Ich weiß, dass sie nicht glücklich mit diesem Arrangement ist. Sie hatte mich vorhin auch schon angerufen.«

Natürlich muss ich meine Eltern irgendwann anrufen, doch noch habe ich es nicht eilig, mit Dad zu reden. Mom hatte sich für mich eingesetzt, aber Rubens Job ist es, Dads Karriere grundsätzlich Vorrang zu geben. Jedes Argument, das Mom zu meiner Verteidigung vorbrachte, wurde im Keim erstickt, und nichts konnte Dad dazu bringen, seine Meinung zu ändern. Spät an jenem Abend lag ich wach und hörte die lauten Stimmen meiner Eltern aus ihrem Schlafzimmer. Am nächsten Morgen war Mom still und resigniert. Die Entscheidung war endgültig. Für Dad war es herrlich leicht gewesen. Er hatte Ruben nicht widersprochen, hatte keine Alternativen vorgeschlagen, keine Einwände gehabt … Gute PR hat offenbar Priorität.

»Hatten deine Eltern dein Taschengeld erwähnt?«

Ich schaue mich zu Sheri um. »Nein. Sie haben mir den Zugang zu meinem Konto gesperrt, also …«

Sheri nickt und hört auf zu schaukeln. Während sie aufsteht, taucht sie eine Hand tief in ihre Jeanstasche und angelt einige Scheine heraus. »Hier ist ein bisschen Bargeld für heute Abend, falls du welches brauchst«, sagt sie und hält mir das Geld hin. Ich drehe mich um und sehe, dass es fünfzig Dollar sind. »Ich habe ein Taschengeld für dich bekommen, das ich dir in bar geben soll, falls nötig. Allerdings frage ich mich, was sie sich vorgestellt haben, wofür du Geld ausgeben sollst, wenn du hier nicht weg darfst … Ich werde ihnen sagen, dass du aus Langeweile ein bisschen online eingekauft hast.«

»Danke, Tante Sheri.«

Ich stecke das Geld in meine Handyhülle. Gleichzeitig vibriert das Telefon. Es ist eine Textnachricht von der neuesten Nummer in meiner Kontaktliste.

Savannah: Hey, wir sind vor dem Tor. Kommen wir rein oder du raus? Ich bin zu arm, um zu wissen, wie diese Dinger funktionieren LOL.

»O, sie sind da«, sage ich zu Sheri, die mich neugierig ansieht. »Kannst du ihnen das Tor aufmachen, oder soll ich hinlaufen?«

Der Fairness halber sollte ich anmerken, dass ich keinen Schimmer habe, wie solche Sachen hier ablaufen. Zu Hause sind die Sicherheitstore mit Fingerabdruckscannern ausgestattet. Der neuesten Technik.

»O, natürlich, das Tor! Wir haben hier momentan ein paar Probleme mit den Fernbedienungen. Du musst es manuell von innen öffnen, wie ich heute Vormittag. Der große Knopf auf der Schalttafel links«, erklärt Sheri und wippt auf ihren Fersen. »Mila, falls es Alkohol auf dieser Party gibt, versprich mir, dass du nichts trinkst.«

»Nach den Schlagzeilen von Donnerstagabend? Nein danke.«
Ich versuche zu scherzen, schäme mich aber immer noch. Auf
der TMZ-Website gibt es sogar ein *Video* von mir, wie ich kotze.
Und die Bilder, die in den Klatschblättern herumgehen, sind einfach ekelhaft. Ich habe meine Lektion gelernt – kein »Experimen-
tieren« mehr.

Sheri runzelt die Stirn und sagt leise: »Denk einfach dran, wer
du bist.«

Grr. Allein der Klang dieser Worte bewirkt, dass ich die Fäuste
balle. Ja, schon kapiert – ich will zu einer Parkplatzparty mit Fremden, die mir gegenüber zu nichts verpflichtet sind. Aber wer sollte
sich hinreichend dafür interessieren, um sich die Mühe zu machen,
mit einem Journalisten zu reden oder Fotos an eine widerliche
Promi-Website zu verkaufen? Alles, was mit Everett Harding
zusammenhängt, muss für die Jugendlichen hier in der Gegend
inzwischen langweilig sein. Ich wette, ihnen kommt sein Name
schon zu den Ohren raus.

»Und du brauchst den Code fürs Tor, wenn du zurückkommst!
Da ist eine Schalttafel draußen – notier dir den Code«, sagt Sheri,
als ich schon zur Treppe gehe. Sie nennt mir eine Zahlenfolge, die
ich in die Notizen auf meinem Handy tippe.

»Okay, notiert. Bis dann!«

Ich laufe die Verandastufen hinunter und jogge ungelenk auf
das Tor in der Ferne zu. Normal zu gehen und Savannah und Myles
warten zu lassen wäre unhöflich. Als ich beim Tor bin, sehe ich
die Schalttafel, klappe sie auf und drücke den offensichtlichsten
Knopf – den großen grünen. Ein lautes, gedehntes Surren erklingt, und die Torflügel bewegen sich. Ich trete zurück, damit sie
ganz aufgehen können und mich der Außenwelt enthüllen, als
wäre ich jemand Besonderes. Wie peinlich!

Draußen steht ein Truck mit laufendem Motor. Der schwarze Lack blitzt im Licht der Strahler, die von der Mauer aus auf ihn gerichtet sind – wahrscheinlich ist er für heute Abend frisch gewaschen und gewachst worden. Die Fenster sind alle schwarz getönt, und Savannah lässt ihres hinten herunter.

»Spring rein!«, sagt sie strahlend.

Ich laufe um den Truck herum und steige auf der anderen Seite ein, wobei ich aufpasse, dass ich nicht mit meinen Turnschuhen gegen den Lack komme. Sicher wäre Myles nicht froh, sollte ich seinen Wagen beschädigen.

»Tut mir leid, dass ihr warten musstet«, entschuldige ich mich. Ich weiß nicht genau, wie lange sie hier waren, bevor Savannah geschrieben hat, aber es war hoffentlich nicht zu lange. Während ich mich anschnalle, blicke ich zu Savannah, um mich zu vergewissern, dass ich richtig angezogen bin.

Ich trage unten ausgefranste Jeansshorts, weiße Nikes und ein bauchfreies Trägertop. Mein Haar habe ich geglättet und reichlich Make-up aufgetragen, sodass meine Lippen vor Gloss kleben. Zu meiner Beruhigung ist Savannah beinahe identisch gekleidet, nur ist ihr Haar natürlich lockig und sie hat einen Jeans-Minirock an.

»Wir sind eben erst angekommen, also alles gut«, sagt Myles, und erst jetzt merke ich, dass er auf dem Beifahrersitz ist.

Was bedeutet, dass er nicht fährt und dies nicht sein Truck ist.

»Ähm …« Ich werfe Savannah einen fragenden Blick zu und zeige unauffällig zum Fahrersitz. Wer dort sitzt, hat sich bisher nicht umgedreht oder etwas gesagt.

»Ach so!« Savannah setzt sich aufrechter hin, als würde ihr jetzt erst einfallen, dass sie uns vorstellen muss. »Das ist unser Cousin Blake. Blake, das ist Mila Harding.« Betont sie meinen Nachnamen ein bisschen, oder bilde ich mir das ein?

Ich blicke auf und sehe einen Teil vom Gesicht des Fahrers im Rückspiegel. Er beobachtet mich, verengt die braunen Augen ein wenig, was ich erkenne, weil er noch von den Strahlern der Ranch angeleuchtet wird. Dann dreht er sich auf seinem Sitz um und schaut mich direkt an.

»Hi, Mila«, sagt er lässig. »Deine erste Parkplatzparty, was?«

»Ja. Die gibt es in L.A. eher nicht.«

»Natürlich nicht«, sagt er und dreht sich wieder nach vorn.

Anders als seine rotblonden Verwandten, ist Blake ein dunkler Typ. Sein Haar ist von einem warmen Braun und naturkraus, und seine Augen unter den dichten Brauen sind dunkel. Er hat kantige Züge und wirkt sehr viel distanzierter als die anderen beiden.

Ich schlucke und lehne mich auf dem Sitz zurück. Auf einmal ist mir mein eigener Herzschlag bewusst. Ich kann das Kribbeln meiner Haut fühlen. Auf zu einer Parkplatzparty mit Fremden … Aber das ist es, was normale Teenager in Fairview tun, oder? Nur bin ich, wie meine Eltern mich so oft erinnern, *kein* normaler Teenager.

»Dann zeigen wir Mila mal ein wenig Realität«, sagt Blake, stellt die Musik lauter und fährt weg von der Ranch. Etwas an seinem Tonfall ist komisch. Spöttisch. Wäre ich nicht so nervös, ich würde ihn bitten, es zu erklären.

Stattdessen schweige ich.

Die Musikwahl ist überraschend, denn wir hören akustische Countrymusik. Nichts, was uns direkt in Partystimmung bringt, aber gechillt und entspannend, als der Himmel vor den getönten Scheiben dunkler wird. Die Sonne ist nun untergegangen.

Myles und Blake reden miteinander, deshalb beginne ich eine Unterhaltung mit Savannah hinten. Doch hin und wieder schweift mein Blick zu den Jungen vorn ab, zu Blakes Händen am Lenkrad, Myles' lebendigen Gesten und ihren noch fremden Profilen, wenn sie sich beim Reden einander zuwenden.

»Bist du aufgeregt?«, fragt Savannah und streicht sich das Haar hinters Ohr. So bemerke ich die irren Ohrringe, die sie trägt – baumelnde Pferde.

»Nervös«, gestehe ich.

»Kann sein, dass du dich an einige Leute aus unserer Grundschulklasse erinnerst«, sagt sie, um mich zu beruhigen. Bedenkt man, dass ich mich kaum an Savannah erinnerte, meine *beste Freundin*, bezweifle ich sehr, dass mir andere aus unserer damaligen Klasse noch bekannt vorkommen. »Da sind noch einige aus der Stufe unter uns und einige aus der drüber, wie Myles und Blake.«

»Wie viele Leute sind dort?«

Savannah grinst und verdreht die Augen. »Wir sind in Fairview. So zwanzig?«

»O«, sage ich und blicke nach unten zu meinen Nikes.

Eine kleine Gruppe ist richtig übel. Das bedeutet, dass es schwer wird, mich im Hintergrund zu halten. Wahrscheinlich werden alle zusammenhocken und sich unterhalten. Bis jetzt hatte ich mir eine Menge geparkter Trucks vorgestellt, laute Tanzmusik und viele kleine Grüppchen, die jeweils ihr eigenes Ding machen. Jetzt wird mir klar, dass diese »Party« eher ein lockeres Treffen ist. Vielleicht gibt es in solch einem kleinen Ort wie Fairview keine riesigen Partys.

Ich sehe wieder zu Savannah. »Warte mal. Fahren wir zu einem Spiel oder so? Sind da nicht normalerweise Parkplatzpartys?« Es ist Sommer, also wird kein Football gespielt. Vielleicht ein Baseballspiel?

»Ja, das stimmt«, antwortet Savannah, »aber die Partys sind

auch spaßig, wenn man sie einfach so macht. Du wirst es klasse finden.«

Das hoffe ich. Ehrlich gesagt, gefällt mir die Vorstellung, allein ohne meine Eltern als Entourage neue Sachen auszuprobieren, denn so eine Freiheit hatte ich noch nie. Natürlich habe ich einige fantastische Sachen erlebt, wie bei den Oscars über den roten Teppich zu laufen. Aber vielleicht wird es Zeit, dass ich mich abnable und Dinge für mich mache. Diese kleine Auszeit weg von zu Hause wird mir guttun. Eine Chance, ich selbst zu sein, ohne Ruben, der mich herumkommandiert. Eine Möglichkeit herauszufinden, wer genau Mila Harding ist. Und sie ist nicht nur Everett Hardings Tochter. Sie muss mehr als das sein.

Oder?

Ich schaue durchs Seitenfenster und beobachte, wie sich Fairview vor mir auftut. Da ist eine ganze Menge *Nichts*. Nur offene Straße und Bäume um uns herum, die gelegentlich im Licht eines entgegenkommenden Wagens aufflackern. Mit dem leisen Reden von Myles und Blake und der einlullenden Musik fühlt es sich fast an, als wären wir auf eine lange Fahrt aufgebrochen. Es ist auch irgendwie unheimlich. Hier sind kaum andere Wagen, nur hin und wieder Häuser und definitiv keine anderen Menschen.

Ich bin mir nicht sicher, ob mir gefällt, wie einsam ich mich hier fühle, wie abgeschnitten vom Rest der Welt. Aber ich sage mir, dass es sich am Ende als etwas Gutes herausstellen wird.

Nach fünf Minuten oder so tauchen die ersten Straßenlaternen auf, was nur heißen kann, dass wir die verlassene ländliche Gegend hinter uns haben und zum Innenstadtbereich von Fairview kommen – oder zumindest zu dem Ortskern, den Fairview haben müsste.

»Erinnerst du dich an irgendwas von hier?«, fragt Myles.

Blake sieht mich wieder im Rückspiegel an und wartet auf meine Antwort. Unwillkürlich frage ich mich, wie viel Savannah ihm erzählt hat … Aber da Blake mich eben vom berühmten Harding-Anwesen abgeholt hat, wird er sich selbst denken können, wer ich bin.

Ich setze mich auf und blinzle nach draußen. Wir fahren eine lange, gerade Straße entlang, in der genug vertraute Gebäude stehen, um mir zu versichern, dass Fairview, Tennessee, wie jede andere Kleinstadt auf dem Land ist. Hier gibt es McDonald's, Dunkin' Donuts – oh, Gott sei Dank, denn ich bin *süchtig* nach ihrem Haselnuss-Eiskaffee – und einen Walmart, soweit ich es im Dunkeln erkennen kann. Ein Straßenschild verrät mir, dass wir auf dem Fairview Boulevard sind. Hier ist es etwas belebter, mehr Verkehr, und es sind sogar einige Fußgänger unterwegs. Trotzdem … ich erinnere mich an nichts. Ich bin mittlerweile so an L.A. gewöhnt, dass mir ein Kleinstadtleben eher zu eng vorkommt, auch wenn es gewiss seine Vorzüge hat.

»Eigentlich nicht«, antworte ich kopfschüttelnd. »Ich war echt noch klein, als ich weggezogen bin.«

»Wahrscheinlich hältst du uns für einen Haufen Landeier«, sagt Savannah kichernd. »Aber es ist echt nicht so schlecht hier. Wir haben sogar Highspeed-Internet und alles.«

Myles und Blake unterdrücken ein Lachen. Und ich begreife, dass Savannah scherzt, doch mich macht es schon ein bisschen paranoid, dass sie alle denken, ich sei ein Westküstenmädchen, das hier draußen verschrumpelt und eingeht. Ich bin in dieser Kleinstadt geboren! Ich kann in Tennessee überleben. Verdammt, vielleicht gefällt es mir sogar.

»Blake, fahr mal zur Fairview Elementary«, sagt Savannah und lehnt sich vor, um ihm aufgeregt auf die Schulter zu tippen. »Lass Mila sie mal sehen.«

Links ist ein Schild zur Fairview Highschool und rechts das zur Grundschule. Wir biegen auf den kleinen Parkplatz, und Blake verlangsamt den Truck auf Kriechtempo, als er einen Bogen fährt und den Rotklinkerbau mit den Scheinwerfern anleuchtet. Im Wagen herrscht eine gespannte Atmosphäre, als alle darauf warten, dass mich die Erinnerungen einholen.

»Erkennst du etwas davon?«, fragt Savannah, die mich mit großen Augen ansieht. Sie ist wie ein Welpe, der endlich sein Lieblingsspielzeug zurückbekommt – so glücklich wirkt sie, mich wieder da zu haben. »Auf diesem Schulhof haben wir *ohne Ende* Tetherball gespielt!«

Ich sehe zu dem Gebäude. Es ist mir auf eine Déjà-vu-Art vertraut – ich *weiß*, dass ich es schon mal gesehen habe, kann es aber nicht mit Erinnerungen assoziieren, und erst recht erinnere ich mich nicht, mit Savannah Bennett Tetherball gespielt zu haben. Ich erinnere mich ja kaum an das Haus, in dem wir gelebt haben, von der Schule, auf die ich ein halbes Jahr ging, ganz zu schweigen.

»Nein, leider nicht«, antworte ich mit einem Schulterzucken. Vielleicht will Savannah, dass ich mich erinnere, damit ich mich für sie weniger wie eine Fremde anfühle.

»Tja, das ist zwecklos«, murmelt Blake und schwenkt zurück auf die Straße.

Ich frage mich, wo diese Parkplatzparty stattfindet, aber die Antwort wird offensichtlich, als Blake über die Straße zur Highschool fährt. Es ist Sommer, die Schule geschlossen, niemand in der Nähe, aber dennoch … Eine Parkplatzparty auf dem Schulgelände?

Wir nähern uns einer Stelle draußen beim Sportplatz, wo schon einige andere Trucks parken und Leute um sie herum stehen. Ein Mädchen steht auf der Ladefläche eines Trucks und hebt ein paar riesige Boxen auf das Wagendach. Unten auf dem Boden kniet ein Typ, der in einer Kühlbox kramt.

Meine Handflächen werden klamm, weil mir aufgeht, dass ich mit all diesen Leuten irgendwann reden muss. Eigentlich bin ich kontaktfreudig, aber es hilft natürlich, wenn alle, mit denen ich zu Hause zu tun habe, schon um meine Situation wissen. Hier hingegen? Hier frage ich mich, wer es weiß und wer nicht. Allein vom Sehen erkennen Fremde nicht, wer ich bin. Einzig Dads Superfans und die Presse beachten mich, also sehe ich für den Rest der Welt wie irgendein Teenager aus ... Nur ist dies Fairview, Dads niedliche Heimatstadt, weshalb ich mir sicher bin, dass die Einheimischen alles über uns Hardings gehört haben. Und bisher sind die Einzigen, die wissen, dass ich Everett Hardings Tochter bin, Savannah, Myles und Blake. Niemand sonst weiß, dass ich heute Abend vom Harding-Anwesen herkomme.

Vielleicht kann ich mich als jemand anders ausgeben. Ein Mädchen, das neu in der Stadt ist, dessen Eltern hier ein Haus gekauft haben ... normal. Nichts Klatschwürdiges.

Wir parken in der nächsten freien Lücke, sodass wir Teil des großen Kreises werden, den alle Trucks bilden. Blake stellt den Motor aus, löst seinen Gurt und steigt schon aus.

»Nervös?«, fragt Myles in die neue Stille hinein, die im Truck entsteht. Als ich aufschaue, ist sein freches Grinsen auf mich gerichtet. Er ist irgendwie schräg, aber auf nette Weise. Er schürzt übertrieben die Lippen. »Keine Angst. Sie werden dich mögen.«

»Du passt hier rein«, fügt Savannah hinzu.

Echt?

Die Bennett-Geschwister steigen aus dem Wagen, und ich folge ihnen, zurre an den Gürtelschlaufen meiner Jeansshorts, um etwas mit meinen Händen anzufangen. Mein Nabelpiercing blitzt im Licht, und der aquamarinblaue Stein glitzert – mein Geburtsstein. Meine Eltern wissen bis heute nichts von dem Piercing, aber ausnahmsweise sind sie ja nicht hier, um es zu sehen. Es ist irgendwie aufregend, dass sie zweitausend Meilen weit weg sind und null Kontrolle über mich haben, solange ich hier bin. So kann ich der Welt mein Piercing zeigen, ohne Angst vor den Folgen zu haben.

»Gefällt mir.«

Ich sehe zu Blake, der kurz zu meinem Nabel nickt.

Prompt schlinge ich die Arme um mich und mustere ihn so wie er mich. Mir ist seltsam dabei, dass Blake es gesehen hat, weil ich fürchte, dass er sich über mich lustig macht. Ich verdränge seine Bemerkungen im Truck, weil ich hier bin, um neue Freunde zu finden, doch er kommt mir wie … Na ja, nicht wie der netteste Mensch vor. Nicht so offen wie sein Cousin und seine Cousine und definitiv schwerer einzuschätzen.

Blake grinst spöttisch. »Warum sich ein Piercing verpassen, wenn man es versteckt?«

Er dreht sich weg, geht auf die Rückseite seines Trucks und hilft Myles, die Klappe der Ladefläche hinten herunterzulassen. Ich streiche mir eine Haarsträhne aus dem Gesicht und ärgere mich, als er mühelos auf die Ladefläche springt und diverse Sachen hin und her bewegt. Ich sehe, wie sich seine Armmuskeln bewegen.

Umso besser, dass Savannah neben mir erscheint und mich ablenkt. Sie nimmt meinen Arm. »Gehen wir Tori Hi sagen.«

Ich lasse mich von ihr durch den Truck-Kreis führen. Es kommen noch ein paar mehr angefahren, füllen die verbliebenen

Lücken, und alle machen sich bereit. Leute lassen ihre Heckklappen herunter, stellen Stühle, Kühlboxen und Snacks auf. Ich sehe jemanden Einweggrills auspacken und Hotdog-Brötchen auf seiner Ladefläche bereitlegen. Es ist eine belebte Stimmung, und ich genieße das Stimmengewirr, das nach und nach lauter wird. Alle scheinen gut gelaunt zu sein.

»Tori, komm mal kurz runter«, sagt Savannah, als sie hinter dem Truck stehen bleibt, auf dem gerade das Mädchen die Lautsprecherboxen aufstellt.

»Warte«, sagt Tori über die Schulter hinweg, während sie mit einer Hand etwas an den Boxen macht und mit der anderen auf ihrem Handy scrollt. Eine Sekunde später hallt Musik aus den Lautsprechern, ein schöner R&B-Sound, der eine willkommene Abwechslung nach der Countrymusik ist, die wir auf der Fahrt gehört haben. Tori dreht die Lautstärke auf ein akzeptables Maß herunter und dreht sich mit einem stolzen Grinsen um. »So. Nennt mich Technikgenie!«

»Ich muss dir jemanden vorstellen«, sagt Savannah zu ihr.

Tori springt von dem Truck, umarmt Savannah und sieht dann zu mir, einen Arm noch um Savannahs Schultern geschlungen. Sie sind also beste Freundinnen.

»Das ist Mila«, erklärt Savannah. »Sie war in der Grundschule in unserer Klasse.«

»Ahhh«, macht Tori mit einem vielsagenden Zwinkern. Ihr Haar ist in einem schrillen Pink gefärbt, das sich leuchtend von ihrer bronzefarbenen Haut abhebt, und sie hat ein Nasenpiercing. »Mila Harding. Hey, du bist wieder da!« Sie umarmt mich fest, sodass ich von einer Parfümwolke eingehüllt werde, und ich erwidere die Umarmung linkisch, obwohl sie mir nicht im Entferntesten bekannt vorkommt.

So wird es hier? Meine Freundinnen aus der Kindheit haben natürlich nicht vergessen, dass sie mal mit dem Kind eines Filmstars zur Schule gegangen sind. Ich hingegen erinnere mich an so gut wie keine von ihnen, weil meine Kindheitserinnerungen in den letzten zehn Jahren von aufregenderen, glamouröseren übertönt wurden. Ich weiß noch jedes Detail von meiner ersten Begegnung mit den Kardashians und dem superluxuriösen Flug in einem Privatjet nach Paris. Doch es fällt mir schwer, irgendwelche Erinnerungen an Savannah und Tori aus der ersten Klasse oder Tetherball-Spielen auf dem Schulhof auszugraben. Wie seicht macht mich das?

Eine Sekunde lang habe ich Schuldgefühle. Aber es ist ja nicht so, dass ich mein Leben hier absichtlich vergessen habe. Ich war einfach zu jung.

»Ja, ich bin wieder da«, antworte ich Tori mit einem wenig überzeugenden Lächeln.

»Für immer?«

»Zumindest für einige Zeit.«

Tori und Savannah wechseln einen Blick. Es ist die stumme Verständigung enger Freundinnen, die ich vielleicht verstehen würde, wäre ich tatsächlich mit ihnen aufgewachsen. Aber das bin ich nicht.

Plötzlich hallt ein lautes Scheppern über den Parkplatz. Ich erschrecke, entspanne mich jedoch gleich wieder, als ich mich umschaue und Blake hinten auf seinem Truck stehen und mit einer Grillzange auf den Boden der Ladefläche schlagen sehe. Das Stimmgewirr verstummt, und alle scharen sich automatisch in einem Halbkreis um Blake. Tori dreht die Musik leiser, sodass sie nur noch im Hintergrund läuft.

»Okay, Leute, danke, dass ihr zur Juni-Party gekommen seid«, sagt Blake und setzt sich auf die Laderampe, sodass seine Beine über die Kante baumeln.

Viel habe ich von der Gruppendynamik noch nicht mitbekommen, außer dass Savannah und Tori offensichtlich beste Freundinnen sind. Doch anscheinend hat Blake hier das Sagen. Und er wirkt auch ganz wie der Typ dafür.

»Diesmal dürft ihr euch bei Barney fürs Grillen bedanken und bei Tori für die Musik. Falls jemand Bier mitgebracht hat, seid bitte keine Arschlöcher und fahrt danach nicht noch nach Hause«, sagt Blake im Ton eines Klassenlehrers bei der Morgenansprache. Es ist irgendwie faszinierend, wie zivilisiert dies alles abläuft. »Und einige von euch haben vielleicht schon bemerkt, dass wir heute Abend ein neues Gesicht hier haben.«

O Gott, nein!

Offensichtlich ist es bereits allen aufgefallen, denn sämtliche Blicke richten sich auf mich, ohne dass Blake hinzeigen muss. Ich mache mich klein, ziehe den Kopf ein und wünsche mir, ich hätte eine Jacke, hinter der ich mich verstecken kann. Dad mag es lieben, wenn alle nur Augen für ihn haben. Ich hasse es.

»Das ist Mila«, sagt Blake. Sein näselnder Akzent betont die Vokale in meinem Namen. Er sieht mich direkt an, und ich erwidere seinen Blick verärgert. Meine Wangen glühen. Ich möchte schwören, dass er zufrieden grinst, als würde es ihm einen Kick versetzen, mich in so eine Lage zu bringen. Dann blinzelt er und sieht weg. »Also seid bitte alle nett, damit sich Miss Mila willkommen fühlt.«

Miss Mila? Ich beiße die Zähne zusammen und sehe ihn noch wütender an. Könnte ich ihn doch mit meinem Blick versengen! Was hat der Typ eigentlich für ein Problem? Denn es klingt, als würde er sich darüber lustig machen, dass ich hier bin, was lächerlich ist, weil er mich nicht mal kennt. Ich bin ihm vor ein paar Minuten zum ersten Mal begegnet! Vielleicht hätte ich im Truck darauf hinweisen sollen, dass ich gern unauffällig bleiben möchte, denn dies ist genau das Gegenteil davon.

Es gibt ein paar *Whoops* und *Yeahs*, bevor alle sich wieder ihren Gesprächen zuwenden, allerdings entgeht mir nicht, dass immer noch einige Leute zu mir starren … Blake mag meinen Nachnamen nicht genannt haben, aber ich schätze, man muss kein Genie sein, um die Verbindung herzustellen.

Blake sitzt nach wie vor an der Kante seiner Ladefläche und stützt die Hände hinter sich auf. Er sieht wieder zu mir und grinst spöttisch. In seinem Blick erkenne ich etwas verschlagen Amüsiertes. Auf keinen Fall war es freundlich von ihm gemeint, mich den anderen vorzustellen. Er genießt es eindeutig, mich in Verlegenheit zu bringen …

Ich funkle ihn wütend an.

Fünf

Savannah berührt meinen Arm und fragt: »Ist alles okay?«

Rasch löse ich den Blick von Blake und richte ihn stattdessen auf sie. »Was ist los mit deinem Cousin, warum spielt er sich so auf?«, frage ich verärgerter als beabsichtigt. »Ist er so was wie der Captain des Footballteams oder so? Der Schulsprecher?«

Tori prustet vor Lachen, und Savannah beißt sich auf die Unterlippe, um es nicht ebenfalls zu tun. Wieder sehen die beiden sich auf eine Art an, die ich nicht verstehe. Tori entschuldigt sich, weil sie sich wieder um die Musik kümmern will, und Savannah nestelt an ihren Ohrringen. Ich ziehe eine Augenbraue hoch, denn ich warte auf eine Antwort.

»Unsere Schule ist klein, deshalb gibt es bei uns keine Cliquen. Jeder versteht sich mit jedem«, erklärt sie achselzuckend und schaut über meine Schulter. »Blake ist bloß gut, wenn es ums Organisieren geht, und deshalb sorgt er meistens bei solchen Sachen dafür, dass alles reibungslos läuft.« Sie lacht kurz. »Es liegt ihm irgendwie im Blut.«

Okay, gut. Also kann ich hingehen und mit ihm reden, ohne befürchten zu müssen, dass ich den Star der Fairview High gegen mich aufbringe, denn den gibt es anscheinend gar nicht. Was ich keine Sekunde glaube. In welcher Welt hat eine Highschool keine klare Hierarchie?

»Danke. Ich bin gleich wieder da«, sage ich zu Savannah, drehe mich um und gehe weg.

Blake ist hinten auf seinem Truck und wühlt in einer Kühlbox. Ich bleibe neben dem Truck stehen und klopfe fest gegen die Seite der Ladefläche, um Blake auf mich aufmerksam zu machen. Er sieht kurz zu mir, richtet sich aber nicht auf.

»*Miss Mila?*«, frage ich und verschränke die Arme vor der Brust. Ich fühle mich vorgeführt und reagiere entsprechend defensiv. Es ist nicht cool, von einem Wildfremden *Miss Mila* genannt zu werden, und ich glaube auch nicht, dass es in den Südstaaten üblich ist.

»Na ja, du bist nicht verheiratet, oder?«, fragt Blake ungerührt und setzt sich mit einer Dose Dr Pepper in der Hand auf. »Du *bist* Miss Mila. Ich hatte schlicht angenommen, dass du mit einem Titel angesprochen wirst.«

»Willst du mich lächerlich machen?«

Blake öffnet die Getränkedose und wirft mir einen desinteressierten Blick zu. »Wie kommst du denn darauf?« Er trinkt einen Schluck, atmet laut aus und wartet auf meine Reaktion.

»Weil ich nicht *angesprochen* oder vorgestellt werden wollte. Erst recht nicht als *Miss Mila.*«

»O, *entschuldige.* Wäre es dir lieber gewesen, als Mila Harding vorgestellt zu werden, die Tochter von diesem … Wie heißt er noch gleich?« Übertrieben hält er eine Hand an sein Ohr und neigt sich leicht zu mir, doch ich sage nichts. »Nein, das glaube ich nicht.«

Sprachlos schüttle ich den Kopf. Was für ein Idiot. Ich presse mich an den Wagen und fauche mit zusammengebissenen Zähnen: »Was glaubst du eigentlich, wer du bist?«

Lässig springt Blake von der Ladefläche und kommt auf mich zu. »Blake Avery«, sagt er mit einem ärgerlichen Grinsen. »Sehr erfreut, Mila.«

Mann! Ich halte sein unverschämtes Selbstbewusstsein keine Sekunde länger aus. Mit dem strengsten Blick, den ich zustande bringe, fixiere ich ihn kurz, ehe ich kehrtmache und zu Savannah zurückgehe, die alles beobachtet zu haben scheint.

»Was war das?«, fragt sie und sieht abwechselnd Blake und mich an. Er redet jetzt mit einem Jungen und schwenkt beim Sprechen seine Coladose.

»Nichts«, murmle ich und ignoriere meinen rasenden Puls. »Dein Cousin ist …«, beginne ich, verstumme aber gleich wieder, weil es vermutlich keine gute Idee ist, über Savannahs Verwandtschaft herzuziehen.

»Du wirst schon noch warm mit ihm«, sagt Savannah mit einem komischen Grinsen. Nein, werde ich definitiv nicht. »Komm, setzen wir uns.«

Ich weiß nicht, wessen Truck es ist, auf dem Tori steht, helfe Savannah aber, einige Klappstühle von der Ladefläche zu ziehen und sie aufzustellen. Dann setzen wir uns hin, und ich nutze die Gelegenheit, mir die Leute richtig anzusehen.

Es sind ungefähr gleich viele Jungen und Mädchen unterschiedlichen Alters. Myles fläzt sich auf einem Liegestuhl und hat ein Mädchen auf dem Schoß, das an seinem Ohrläppchen knabbert. Ich werfe Savannah einen Seitenblick zu, um zu sehen, ob sie es mitbekommt, bin jedoch ziemlich sicher, dass sie absichtlich vermeidet, in die Richtung zu schauen.

Ich blicke zu dem Truck von vorhin, auf dessen Ladefläche die

Pakete mit Hotdog-Brötchen liegen. Da stellt ein Typ drei Einweggrills auf, und ich tippe, dass es Barney sein muss.

»Irgendwelche Jungs, die dir gefallen? Oder hast du schon einen festen Freund?«, fragt eine Stimme über uns, und ich sehe auf. Es ist Tori, die sich von dem Truck aus zu uns beugt. Sie streckt die Zunge raus, springt von der Ladefläche und macht es sich auf einem Stuhl neben mir bequem. Sie reicht uns Getränkedosen, und ich schätze, sie muss mit ihrer Playlist so weit zufrieden sein, dass sie jetzt Pause machen kann.

»Nein und nein«, antworte ich. »Was ist mit euch?«

»Savannah ist *total* in Nathan Hunt verschossen. Der Typ da drüben, der Barney mit dem Essen hilft.«

»Bin ich nicht!«, widerspricht Savannah, lehnt sich über mich und gibt Tori einen Klaps auf den Arm. »Ich habe *ein einziges Mal* gesagt, dass er süß ist, und seitdem glaubt Tori, ich bin besessen von ihm«, erklärt sie mir.

»O bitte!« Tori lacht schnaubend. »Du stalkst ihn täglich auf Insta.«

Tori erzählt mir von einigen Typen, mit denen sie sich trifft, wer heute Abend nicht hier ist und wer es alles ist. Sie informieren mich, wer mit wem zusammen ist, wer im Abschlussballkomitee war, wer im Footballteam ist (Blake erstaunlicherweise nicht) und wer letzten Monat nackt im See gebadet hat. Vielleicht bietet Fairview mehr, als man auf den ersten Blick meint.

Barney und Nathan verteilen Hotdogs an alle, aber ich lehne ab, als sie mir einen anbieten. Vor Jahren hatte Dad mir an einem Hotdog-Stand am Strand einen Hotdog gekauft, und ich bekam eine Lebensmittelvergiftung. Seitdem kann ich die nicht mehr essen. Doch Savannah und Tori verschlingen ihre.

Die »Party« ist eher ein gechilltes Abhängen unter Freunden, nicht die wilde Ausschweifung, die ich befürchtet hatte, also bin ich erleichtert. Die Leute sind entspannt, sitzen auf Gartenstühlen oder Ladeflächen von Trucks und trinken Softdrinks. Hier und da sehe ich mal ein Bier. Der Hotdog-Geruch wabert durch die Luft, und Toris Musik ist wie ein Puls in der Nacht. Es ist nett, und ich fühle mich wohl mit Savannah und Tori, bis Blake wieder anfängt, mit der Grillzange auf seinen Truck zu schlagen.

»Sind alle satt?«, fragt er. Er hat die Arme auf die Kante seines Trucks gestemmt. Die kleine Menge nickt und hält ihre Getränke in die Höhe. »Gut. Jetzt wird es Zeit für Wahrheit oder Pflicht.«

Okay, vielleicht fängt die »Party« jetzt erst an. Nervöses Flüstern und Kichern geht durch die Gruppe, und alle rücken ihre Stühle vor, um einen engeren Kreis zu bilden. Ich mache es Savannah und Tori nach, bis mir die Nähe zu allen anderen etwas unangenehm wird.

Natürlich leitet Blake das Spiel, was keinen mehr wundert. Er tritt in die Mitte des Kreises, legt eine leere Pepsi-Flasche auf den Asphalt und hält sie mit dem Fuß still. Die Musik spielt noch, eventuell ein bisschen zu laut. Blake fasst die Regeln zusammen, als gäbe es auf dieser Welt einen Teenager, der nicht weiß, wie Wahrheit oder Pflicht gespielt wird. Dann dreht er die Flasche und lehnt sich an seinen Truck. Sein weißes Polohemd spannt sich über seiner breiten Brust.

Der Flaschenhals zeigt zu Savannah.

»Wahrheit«, sagt sie, spitzt die Lippen und sieht ihren Cousin mit einem Dackelblick an. Vielleicht hofft sie, dass Blake gnädig mit ihr ist, was ich bezweifle.

»Stimmt es, dass du Pommes in Milchshake tunkst?«

Okay, er ist doch gnädig.

»Laaaaahm«, raunt jemand.

Savannah seufzt hörbar neben mir und grinst erleichtert. Dank der Blutsbande ist sie glimpflich davongekommen.

Sonst hat keiner solch ein Glück.

Der arme Barney wählt Pflicht, und Savannah befiehlt ihm, nackt über das Baseballfeld zu laufen. Er macht einen lustigen Striptease und sprintet nackig über das Feld. Bei seiner Rückkehr hält er die Hände schützend vor seinen Schritt und verneigt sich zu dem Applaus, bei dem sogar ich mitmache. Ich habe das Gefühl, dass er so was in der Art schon häufiger gebracht hat. Er scheint der Typ zu sein, der in jeder Runde gern die Rolle des Clowns einnimmt.

Das Spiel geht weiter, und es wird abwechselnd Wahrheit oder Pflicht gewählt. Bei Wahrheit werden gewöhnliche, offensichtliche Fragen gestellt, wie die nach der letzten Person, mit der man rumgemacht hat. Die Pflichten sind relativ zahm im Vergleich zu der, die Savannah verlangt hatte – küss jemanden aus der Gruppe, poste ein peinliches Foto auf deiner Instagram-Seite, kipp die letzte Flasche Bud Light, die jemand unten in einer Kühlbox gefunden hat. Jedes Mal, wenn wieder jemand die Flasche dreht, starre ich zum dunklen Himmel und bete, dass sie nicht auf mich zeigt. Bisher ist das Glück auf meiner Seite.

Bis …

»Ah, Mila«, sagt Blake, als die Flasche liegen bleibt und der Hals auf mich gerichtet ist. »Wahrheit oder Pflicht?«

Mein Herz schlägt schneller, und sämtliche Blicke sind auf mich gerichtet. Alle warten, ob die Neue mutig genug ist, Pflicht zu wählen. Doch selbst Wahrheit ist eine beängstigende Option, da ich mit Fremden zusammen bin, die nichts über mich wissen. Sie könnten alles Mögliche fragen, weil es so vieles herauszufinden gibt. Aber ich kann lügen, nicht? Wie wollen sie das merken?

»Wahrheit«, antworte ich und schlucke. *Selbstverständlich* war Blake mit Drehen dran.

Er sitzt jetzt auf einem Stuhl im Kreis, mir gegenüber, und hat eine neue Coladose in der Hand. Mit dem Finger streicht er über den Metallrand und tut, als würde er angestrengt überlegen. Dann blickt er lächelnd auf. »Wer ist dein Vater?«

Jetzt bleibt mein Herz stehen. *Was?*

Ich bedenke ihn mit einem eisigen Blick und würde ihm zu gern das Grinsen aus dem Gesicht schlagen. Er weiß genau, wer mein Vater ist, will aber offensichtlich, dass es alle anderen auch erfahren, da seine Vorstellung vorhin nicht den Aufruhr ausgelöst hatte, auf den er hoffte.

Verwirrung regt sich in der Gruppe, Leute runzeln die Stirn und murmeln in der angespannten Stille. Einige sehen neugierig aus, aber eine Handvoll andere, die bereits vorher die richtigen Schlüsse gezogen hatten, haben jetzt diesen »Hab ich's doch gewusst«-Ausdruck.

»Komm schon … ist nicht wichtig«, flüstere ich erbärmlich, flehe Blake quasi um Nachsicht an. Sofern er zu der fähig ist. Begreift er denn nicht, dass ich nicht darüber reden will? Dass ich, würde ich es jeden wissen lassen wollen, es schon längst selbst erwähnt hätte?

Blake schaut sich in dem stillen Kreis um, zieht den Moment absichtlich in die Länge. »Habt ihr gewusst, dass wir eine Berühmtheit unter uns haben? Nein, sorry – die *Tochter* einer Berühmtheit.«

Ich öffne den Mund vor Schock, weil er mich so fies reinlegt. Wir haben uns eben erst kennengelernt – was kann ich ihm getan haben, dass er das macht?

Mir ist bewusst, dass ich nicht verheimlichen kann, wer mein

Vater ist. Berühmtheit hat ihren Preis, und die Wahrheit wäre letztlich rausgekommen. Doch Blake strengt sich an, alle Scheinwerfer auf mich zu richten, und jetzt gerade ist alles viel zu grell.

Barney spricht es als Erster laut aus. Er beugt sich in seinem noch offenen Hemd auf dem Stuhl vor. »Warte mal. Mila ... Harding? Everett Harding ist dein Dad?«

Ich schließe die Augen und hole tief Luft. Jetzt geht es los. Alle plappern durcheinander, Fragen fliegen durch die Luft, sowohl an mich gerichtet als auch an andere.

»Wer?«, fragt jemand.

»Der Typ, der den Jacob Knight in *Flash Point* spielt!«, antwortet jemand anders.

»Ist er gerade hier in Fairview?«, höre ich eine aufgeregte Stimme, während gleichzeitig eine andere sagt: »Ich habe gewusst, dass sie es ist!«

Ich öffne die Augen und suche in der wuselnden Gruppe nach Blake. Er lehnt sich auf seinem Stuhl zurück und trinkt seine Cola, als hätte er nicht soeben totales Chaos in meinem Leben angerichtet. Wütend schüttle ich den Kopf und frage stumm: *Wieso?*

Leute kommen in der Hoffnung zu mir, dass ich ihnen ihre Fragen beantworte oder Tratsch erzähle. Den ganzen Abend hat mich niemand weiter beachtet. Doch jetzt, da Dads Name gefallen ist? Plötzlich finden sie mich so cool und spannend!

»Sollen wir die Bodyguards machen?«, scherzt Tori mit Savannah, die beide noch zu meinen Seiten sitzen. Zugegeben, auch Savannah war schon ein bisschen wegen Dad ausgeflippt. Tori ist die Einzige, die sich an mich erinnert, aber nicht sonderlich an meinem Vater interessiert ist – falls doch, lässt sie es sich nicht anmerken.

Das Mädchen, das den Großteil des Abends auf Myles' Schoß verbracht hat, zieht einen Stuhl vor mich und sieht mich mit riesigen Augen an. »Ist es gruselig, wenn ich sage, dass dein Dad heiß ist? Meinst du, du kannst mir ein Autogramm besorgen?«

»Hast du Bilder von dir mit ihm drauf?«, fragt Barney, der sich von hinten über meine Schulter beugt. »Können wir die sehen?«

»Ja, geht wohl«, murmle ich. Welchen Sinn hat es noch, auf heimlich zu machen, wenn jeder Bescheid weiß?

Ich hole mein Handy hervor und wische durch die Fotos. Mir ist schmerzlich bewusst, dass alle auf mein Display gucken. Die Leute rücken immer näher, um den besten Blickwinkel zu ergattern. Es sind nur sechs, die sich um mich drängen, aber sie fühlen sich wie tausend an. Jeder sonst bleibt vorerst auf Abstand, auch wenn ich ihr Raunen höre.

Ich finde ein Foto von Dad und mir, das ich letzten Monat gemacht habe. Ein Selfie von uns am Strand in Malibu, als die Sonne über dem Meer untergeht und uns in goldenes Licht taucht. Mein nasses Haar klebt an meinen Wangen, und Dads Blick wirkt noch eindringlicher als sonst. Ruben hatte dieses Bild auf Dads Instagram-Seite gepostet, um die Welt daran zu erinnern, dass Everett Harding ein stolzer und liebevoller Familienvater ist. Der trotzdem kein Problem damit hatte, mich wegzuschicken.

Auf einmal, als alle noch das Foto bestaunen, wird mir das Telefon aus der Hand gerissen.

»Hey!«, brülle ich und springe auf.

Aber Barney flieht bereits damit, drängt sich an den anderen vorbei und schlüpft durch eine Lücke zwischen zwei Trucks. Er hat mein Handy in seiner Faust und den Blick darauf gerichtet, während er läuft. Ich jage ihm nach – denn *er hat mein verdammtes Telefon*! Und mit dem hat er Zugriff auf eine Menge andere

Sachen, meine Social-Media-Accounts, meine Kontaktliste und meine privaten Fotos von Dad und mir, die nie veröffentlicht wurden und die viele Klatschreporter zu gern in die Finger bekämen. Von dem Moment an, als ich mein erstes Handy bekam, hat Ruben mir mehr als klargemacht, dass ich nie, niemals auch nur meine besten Freunde in dessen Nähe lassen darf.

Savannah, Tori und die anderen folgen mir, und es ist ein heilloses Durcheinander, als wir uns zwischen den Trucks durchquetschen, um Barney einzuholen. Seine Hände bewegen sich über mein Display, scrollen, dann hält er sich das Telefon ans Ohr. Er lacht, als er schnell über den Asphalt läuft, eine Hand in echter Footballspielermanier zur Seite gestreckt, um mich auf Abstand zu halten, wann immer ich ihm näher komme.

»Gib es mir zurück!«, bettle ich und versuche, es ihm wegzureißen. Er ruft jemanden an, und vor lauter Panik kommen mir die Tränen. »Bitte nicht! Bitte!«

»O, hi!«, sagt Barney munter in mein Telefon. »Wie geht's? Spreche ich mit Everett Harding?«

Nein!

»Gib ihr das Handy zurück, Barney!«, befiehlt Tori, die nahe genug an ihn herankommt, um ihm einen saftigen Tritt gegen das Schienbein zu verpassen.

»Hey!«, schimpft er und nimmt das Telefon herunter, als er sich beugt, um sein Bein zu reiben. Ich nutze die Chance und schnappe mir mein Handy. »Was soll das, Tori?«

Ich halte mein Telefon fest umklammert und renne weg. Zwischen zwei Trucks knie ich mich hin, um außer Sicht zu sein. Ich keuche, und mein Herz hämmert wie verrückt. Da ist noch ein aktiver Anruf – zu dem Kontakt, der als *Dad* abgespeichert ist. Ich hatte gebetet, dass Barney nur Quatsch macht, aber das hat er nicht. Er hat ernsthaft meinen Vater angerufen. Ängstlich zwinge ich mich, das Telefon an mein Ohr zu halten.

»Dad?«

»Mila? Was zur Hölle ist los?« Ich kann ihm nicht verübeln, dass er wütend ist, trotzdem zucke ich zusammen.

»Jemand hat mein Handy genommen und …«

»Du bist seit fünf Minuten in Tennessee, und schon lässt du Leute mit deinem Handy herumspielen? Warum bist du nicht auf der Ranch? Verdammt noch mal, ich dachte, es ist ein Notfall.« Ich höre, wie er stöhnt und tief durchatmet. »Hör mal, ich bin bei einem Geschäftsessen. Kannst du dich bitte benehmen?«

»Okay, tut mir leid! Ich …«

Doch er hat schon aufgelegt.

Ich stecke das Telefon in die Tasche meiner Jeansshorts und presse die Hände auf mein Gesicht, versuche, ruhiger zu atmen. Immer noch hocke ich zwischen zwei Trucks, doch einen Moment später richte ich mich auf und gehe zurück. Adrenalin pulsiert in meinem Körper. Barney streitet sich mit Tori, und Savannah verteidigt sie. Die drei werden still, als sie mich sehen.

Ich stemme die Hände in die Hüften. »Warum zur Hölle hast du das gemacht?«, frage ich Barney. Einige andere sind noch in der Nähe, während manche, wie Blake, gar nicht erst von ihren Stühlen in dem Kreis aufgestanden waren.

»Das war witzig«, antwortet Barney verlegen und unterdrückt ein Lachen, als er zu den anderen sieht, die dabei sind. »Ihr wisst schon, ein Scherz!«

Ehe ich bei diesem Typen ausflippe, beschließe ich, mich aus der Situation rauszunehmen. Die Party schien eine coole Idee, bis sie zu etwas wurde, das die Grenzen zu schnell zu sehr verwischte. Blake hat mich öffentlich verspottet, und nun weiß jeder hier, dass ich Everett Hardings Tochter bin. Dad wird *wieder* irre wütend auf mich sein ... Ich kann nur hoffen, dass Ruben es nicht erfährt.

Es sollte ein lustiger, gechillter Abend werden ... doch jetzt will ich wirklich nicht mehr hier sein. Ich will zurück auf die Ranch, mich für den Sommer in meinem neuen Zimmer vergraben und in meinem Planer kritzeln. Welche Ironie, dass Ruben exakt das von mir erwartet!

Ich wende mich von allen ab, gehe zu Blakes Truck und versuche, die Tür zu öffnen, aber sie ist verriegelt. Er muss bemerkt haben, dass ich an dem Griff ziehe, denn er erscheint neben mir und sieht mich fragend an.

»Mach auf«, verlange ich. »Bitte.«

»Warum?«

»Damit ich mich drinnen verstecken kann, bis du mich nach Hause bringst.«

Blake kneift die Lippen zusammen, angelt den Schlüssel aus seiner Khaki-Shorts und entriegelt den Truck. Sobald ich das Klicken höre, reiße ich die Tür auf, steige auf die Rückbank und knalle die Wagentür hinter mir zu. Blake sieht mich noch einen Moment lang durchs Fenster an, dann schlendert er zurück zu seinen Freunden. Ich würde gern glauben, dass alles seine Schuld ist, aber im Grunde ist es meine, weil ich zugestimmt hatte, mit herzukommen.

Ich lehne mich zurück und koste die Stille für eine Minute aus. Alle scheinen sich beruhigt zu haben und versammeln sich wieder in dem Kreis. Ich kann Musik und Stimmen hören, die als gedämpfter Chor durchs Glas dringen. Was für ein Finale für ihr Wahrheit-oder-Pflicht-Spiel! Notiz an mich: Sei in Zukunft vorsichtiger mit deinem Telefon.

Wenig später geht die andere Wagentür auf, und Savannah steigt zu mir.

»Es tut mir so leid, Mila«, sagt sie mit schuldbewusstem Blick, dabei hat sie gar nichts getan. »Das war eine richtig beschissene Nummer von Barney. Hat er tatsächlich deinen Dad angerufen?«

»Ja!« Frustriert werfe ich die Hände in die Höhe. »Ich kriege *solchen* Stress mit meinen Eltern, und jetzt seht ihr alle mich nur noch als Everett Hardings Tochter ...«

»Was an sich ja nichts Schlimmes ist«, unterbricht Savannah mich, um mich aufzumuntern. »Jeder findet das supercool.«

»Darum geht es nicht!«, erwidere ich wütend.

Savannah sieht ein bisschen gekränkt aus und ist offenbar unsicher, wie sie sich verhalten soll. »O.«

»Entschuldige.« Ich massiere meine Schläfen. Es ist unfair, meinen Frust an ihr auszulassen. »Ich muss mich nur sehr bedeckt halten, solange ich hier bin. Ich wollte nicht, dass jemand mich mit meinem Dad in Verbindung bringt. Es macht das Leben immer so wahnsinnig kompliziert.«

»Aber ... Jeder hätte es sich irgendwann denken können, oder? Wir sind in einer Kleinstadt. Bei uns gibt es weder viele Milas noch viele Hardings.«

»Weiß ich, aber es darf wirklich, wirklich kein großes Ding werden. Unter uns, Dads Kontrollfreak von einem Manager will auf keinen Fall, dass die Presse erfährt, wo ich bin.«

»Warum?«, fragt Savannah. »Wieso ist es so ein Skandal, dass du den Sommer in deiner Heimatstadt verbringst?«

Beim Anblick ihres freundlichen, unschuldigen Gesichts kommt es mir sinnlos vor, ihr nicht die Wahrheit zu sagen. »Weil ich nicht herkommen wollte.«

»O.« Savannah holt tief Luft. »Ist es eine Strafe, dass du hergeschickt worden bist?«

»Eine Präventivmaßnahme«, korrigiere ich.

»Okay, alles klar!«, sagt Savannah entschlossen und strafft die Schultern. »Ich gehe mal raus und versuche mich in Schadensbegrenzung.« Sie streckt mir ihren kleinen Finger hin. »Ich gebe dir Rückendeckung, versprochen. Und ich sorge dafür, dass alle cool bleiben. Sollten irgendwelche bekloppten Fans aufkreuzen, ramme ich sie notfalls aus dem Weg.«

Das entlockt mir ein kleines Lächeln. Ich schätze, ich verstehe jetzt, warum Savannah Bennett in der ersten Klasse meine beste Freundin war: Sie passt auf Leute auf und bekräftigt ihre Versprechen noch sechzehnjährig mit dem kleinen Finger.

Ich nicke und verhake meinen kleinen Finger mit ihrem.

Sechs

Circa eine Stunde später endet die Party. Ich beobachte, wie alle den Müll einsammeln und die Stühle und Kühlboxen verstauen. Tori stellt die Musik aus und packt die Boxen weg, und bald steigen die Leute in Trucks und verschwinden. Auf dem Parkplatz ist keine Spur mehr von dem zu sehen, was hier stattgefunden hat.

Ich bin die ganze Zeit in Blakes Truck geblieben. Da ich von dem Morgenflug erschöpft bin, ist es sogar ganz wohltuend gewesen, in der Stille zu sitzen und meine Augen für eine halbe Stunde zu schließen (hauptsächlich aus Angst, ich könnte wütende Textnachrichten von meinen Eltern oder Ruben auf meinem Telefon aufleuchten sehen). Und jetzt geht es endlich zurück nach Hause.

Savannah und Myles sind als Erste wieder im Wagen. Sie streiten sich laut wegen irgendwas. Ich setze mich auf und reibe mir die Augen.

»Wie war der Rest der Party?«, frage ich und sehe nervös auf mein Handy. Bisher keine Anrufe oder Nachrichten. Ein Glück!

Savannah zerrt genervt an ihrem Sicherheitsgurt. »Super, außer dass unser Prince Charming hier Cindy mit zu uns nach Hause schmuggeln wollte. Wie eklig!« Myles lacht höhnisch auf dem Beifahrersitz, aber Savannah beachtet ihn nicht, sondern sieht mich an. »Und ich habe allen nachdrücklich gesagt, sie sollen ja cool bleiben, was dich angeht.«

Die Fahrertür schwingt auf, und Blake steigt ein, der leise vor sich hin pfeift. Allein seinen Hinterkopf zu sehen nervt mich schon. Er lässt den Motor an, schaltet seinen Country-Pop ein und fährt vom Schulgelände.

»Also, Miss Mila«, sagt er und sieht mich im Rückspiegel an, »denkst du, du bist zur Juli-Party noch hier?«

»Hoffentlich nicht«, antworte ich verkniffen. Warum redet er überhaupt noch mit mir?

»Was denn – hattest du etwa keinen Spaß?«

»Halt die Klappe, Blake«, schnauzt Savannah ihn an. »Können wir uns bitte alle darauf einigen, dass Mila sich wohlfühlen soll, solange sie hier ist?«

»Klar«, antwortet Blake halb lachend. »Ich verspreche, ausnahmslos nett zu Mila zu sein.«

Savannah wirft mir einen entschuldigenden Blick zu. »Danke«, sage ich stumm. Ich bin dankbar, dass sie sich anstrengt, auch wenn ihr Cousin sich anscheinend vorgenommen hat, ein Vollidiot zu sein. Wenigstens konzentriert er sich darauf, mit Myles herumzublödeln, und sagt nichts mehr zu mir, als wir den Fairview Boulevard zurück und nach Norden aus dem Ort fahren.

Es ist fast Mitternacht und niemand sonst mehr auf den Straßen unterwegs. Wir kommen an keinem anderen Wagen vorbei, und draußen ist nichts zu sehen als dunkle Leere. Schließlich biegen wir in den sich schlängelnden Sandweg ab, den ich wiedererkenne, und ich sehe die Lichter des Bennett-Farmhauses in der Ferne.

Schlagartig wird mir klar, dass Blake zuerst seine Cousine und seinen Cousin absetzt, was bedeutet, dass ich allein mit ihm im Truck zurückbleibe. *Warum, warum, warum?* Ich hatte angenommen, dass er mich zuerst nach Hause bringt, weil es logisch ist, oder? Man setzt *immer* die Leute als Erste ab, die man am wenigsten kennt, damit man genau dieses Problem vermeidet. Ich will nicht allein mit Blake in dem Truck sein, und mich erstaunt, dass er bereit ist, mit mir allein zu sein. Und ich brauche es wahrlich nicht, dass er mich provoziert, schon gar nicht, wenn Savannah nicht da ist, um ihn zu stoppen.

Mein Mund wird trocken, und ich versuche, nur auf den knirschenden Sand unter den Reifen zu lauschen, als der Truck die holprige Einfahrt der Willowbank-Ranch entlangrumpelt. Blake hält vor dem Haus, und Savannah und Myles steigen aus.

»Blake fährt dich nach Hause«, flüstert Savannah mit einer Hand an der Tür. »Es sind nur fünf Minuten die Straße runter.« Dann sagt sie lauter in Richtung Blake: »Sei nett zu Mila.«

»Jawohl!«, antwortet Blake und salutiert ihr.

Die Bennetts verabschieden sich und schleichen ins Haus. An der Tür knuffen sie sich gegenseitig mit den Ellbogen, weil jeder als Erster reingehen will. Schließlich sind sie weg, Blake dreht um und fährt vom Grundstück zurück auf die Straße.

Ich komme mir lächerlich vor, weil ich allein auf der Rückbank sitze und er mich chauffiert, deshalb löse ich meinen Gurt und klettere über die Mittelkonsole.

»Hey!«, schimpft Blake, als ich ihm *versehentlich* meinen Ellbogen seitlich gegen den Kopf ramme.

Ich sacke auf den noch warmen Beifahrersitz und schnalle mich wieder an. Mit Blake allein habe ich zwei Optionen: Entweder verhalte ich mich wie ein Loser und lasse mich von ihm schikanieren, oder ich demonstriere Stärke.

»Verrate mir, was du vorhast«, sage ich, die Arme vor der Brust verschränkt und halb zu ihm gedreht.

Blake wirft mir einen verächtlichen Blick zu, merklich genervt, weil ich über seine Polster gestiegen bin. »Was ich vorhabe?«

»Ja, was?«, frage ich strenger. »Denn du scheinst es genossen zu haben zuzugucken, wie ich mich heute Abend da draußen gewunden habe. Bist du der Mobbingkönig der Schule oder so? Wer hat dich zum Herrscher der Fairview High ernannt?«

Blake wirft den Kopf in den Nacken und lacht leise. »Du bist doch die Drama Queen. Ich habe dich vorgestellt und dir in dem Spiel ein Gesprächsthema serviert. Erklär mir, wie mich das zum Obermobber macht?«

»Du hast mir keinen Gefallen getan, falls du das glaubst. Warum musstest du allen erzählen, wer mein Vater ist?«

»Tja, ich persönlich finde ja, die schauspielerischen Fähigkeiten deines Dads könnten ein wenig Feinschliff vertragen. Die *Flash-Point*-Filme sind größtenteils Schrott, aber eine Menge Leute denken anders«, sagt er schulterzuckend. Er fährt mit einer Hand am Lenkrad, während er mit der anderen gedankenverloren an den Reglern auf der Mittelkonsole spielt. »Mir schien es schade, alle im Dunkeln zu lassen. Außerdem wusste ich nicht, dass es ein großes Geheimnis sein soll.«

»Ach, gib es auf, Blake!« Seinen Namen spucke ich beinahe aus. »Tu nicht so, als hättest du nicht genau gewusst, was du machst. Du bist ein Arsch und hast mir den Abend versaut.«

Ich blicke aus meinem Seitenfenster und schicke ein Gebet

zum Nachthimmel, dass Savannah nicht allzu oft mit ihrem Cousin zusammen ist, denn ich möchte für den Rest meiner Zeit hier nicht in seiner Nähe sein.

Blake spart sich eine Antwort, lacht nur leise, und wir schweigen ungefähr eine Minute, bis die Harding-Ranch zu sehen ist. Die Strahler an der Mauer gehen an und werfen ein kühles, bläuliches Licht auf die Straße. Ich löse meinen Gurt schon, ehe Blake das Tor erreicht hat, um schnellstens aus dem Wagen zu kommen und ihn hoffentlich nie wiederzusehen.

»Mila Harding, sicher abgeliefert in ihrem Gefängnis – sorry, Zuhause«, verkündet er und schaltet auf »Parken«.

»Gefängnis?«, wiederhole ich verwirrt. Ich meine, ja, die Mauer ist furchteinflößend, und der Gedanke, dass sich die Ranch wie ein Gefängnis anfühlt, ist auch mir schon gekommen. Aber die Sicherheitsmaßnahmen haben ja einen Grund – Sheri und Popeye zu schützen.

Blake senkt den Kopf und blickt durch die Windschutzscheibe. »Na ja, ich stelle mir vor, dass es sich so anfühlt.«

Ich bin noch nicht lange genug auf der Ranch, um mich eingesperrt zu fühlen, daher ignoriere ich seine Worte und steige aus. Er hat auf keinen Fall ein *Danke* oder *Tschüss* verdient, also will ich die Tür wortlos zuknallen.

»Hast du einen Schlüssel für das Tor?«

»Ich habe den Code«, antworte ich und schlage die Beifahrertür zu. *»Logisch.«*

Ich gehe zum Tor und rufe die Notizen-App auf meinem Handy auf, in der ich den Code gespeichert habe. Mir wird bewusst, dass Blakes Truck noch mit laufendem Motor hinter mir ist. Warum fährt er nicht weg? Ich hasse das Gefühl, dass er mich beobachtet.

»Willst du dableiben und mir zugucken?«, rufe ich.

Blake rollt das Seitenfenster herunter, lehnt einen Arm nach draußen und lächelt süß. Es ist das netteste Lächeln, das ich heute Abend bei ihm gesehen habe, dennoch klingt sein Ton hart, als er antwortet: »Ich will nur sicher sein, dass du heil nach Hause kommst, wie versprochen. Du bist doch garantiert ein sattes Lösegeld wert. Und wenn du jetzt verschwindest, bin ich der Hauptverdächtige.«

»Fahr nach Hause, Blake«, befehle ich ihm und winke mit einer Hand ab. »Tschüss. Gute Nacht. Auf Nimmerwiedersehen.«

Ich drehe mich wieder zum Tor um, hole tief Luft und tippe die Zahlenkombination ein, die Sheri mir gegeben hat. Ein schrilles *Beep!* ertönt, und die kleine Tafel leuchtet rot auf. Ansonsten passiert nichts.

Hä?

Ich versuche es wieder, drücke die Nummern langsamer, um sicher zu sein, dass ich sie richtig eingebe, doch wieder folgen das Piepen und das rote Aufleuchten. Hat Sheri mir den falschen Code gegeben? Habe ich ihn falsch notiert? Ich hatte es ja eilig zu gehen.

Nervös tippe ich mit dem Fuß auf, ähnlich wie heute Mittag, als ich auf der Ranch ankam, und denke nach. Ich will mich nicht umdrehen und Blake gestehen, dass ich ausgesperrt bin. Deshalb halte ich den Kopf gesenkt und gehe meine Kontaktliste durch.

Entsetzt stelle ich fest, dass ich Tante Sheris Nummer nicht habe.

Ich sehe die Liste erneut durch und bekomme Panik. Warum habe ich ihre Nummer nicht? Meine hatte ich ihr vorhin auf einem Post-it in der Küche geschrieben, aber nicht daran gedacht, Sheri nach ihrer zu fragen, für den Fall ... für *Notfälle* wie diesen.

»Gibt es ein Problem mit dem teuren großen Sicherheitstor?«, höre ich Blake rufen.

»Habe ich nicht gesagt, du sollst nach Hause fahren?«, murmle ich mit dem Rücken zu ihm. Ich täusche Selbstsicherheit vor, während ich mir das Hirn zermartere, wie ich auf die Ranch komme.

»Aber bist du nicht froh, dass jemand hier ist, der dir helfen kann?«

Der Motor geht aus, und ich höre das Klicken der Fahrertür, gefolgt von Schritten. Er bleibt neben mir stehen, die Hände in die Hüften gestemmt und den Kopf zur Seite geneigt, während er zu dem hohen Tor vor uns sieht. Ich wiederum sehe *ihn* starr vor Scham an. Kann dieser Abend noch schlimmer werden?

»Vielleicht solltest du ... ich weiß nicht ... jemanden anrufen?«, schlägt er vor.

»Ja, klar«, muss ich ihm leider zustimmen. »Aber ... ich habe die Nummer meiner Tante nicht.«

Er sieht mich von der Seite an, und der Strahler an der Mauer beleuchtet das Grübchen in seiner Wange. »Du hast die Nummer deiner Tante nicht?« Er grinst, als könne er nicht glauben, dass jemand so blöd sein kann.

»Sei still!«, knurre ich und scrolle weiter hektisch durch meine Kontaktliste, ob die Festnetznummer der Ranch dort abgespeichert ist, aber nein. Wenn ich Popeye anrufe, dann von dem Festnetztelefon zu Hause. Ich habe keine der Nummern hier in meinem Handy. »Ich bin heute erst angekommen.«

»Das ist ungünstig«, sagt er, dreht sich zur Dunkelheit hinter uns um und ruft scherzhaft: »Hat jemand ein Zelt, das er Mila leihen kann?« Seine Stimme dröhnt durch die Nacht, hallt in der Ferne. »Und vielleicht einen Schlafsack?«

»Hör auf. Das ist nicht witzig.«

Ich neige den Kopf in den Nacken und blicke an der Mauer hinauf. Es gibt einen Grund, warum die zweieinhalb Meter hoch ist – keiner kann da rüberklettern. Stöhnend presse ich die flache Hand an meine Stirn und gehe meine begrenzten Optionen durch.

»Kannst du echt nicht rein?«, fragt Blake.

»Was meinst du? Denkst du, ich *will* mit dir hier rumstehen?«

Lächelnd zieht er sein Handy aus der Tasche. »Jetzt tue ich dir einen richtig großen Gefallen.«

Ich frage mich, was er denn tun kann, damit ich durch das Tor komme, bin aber bereit, ihm einen Vertrauensvorschuss zu geben. Ich mag wütend auf ihn sein, doch momentan bin ich insgeheim froh, dass er nicht auf mich gehört hat und weggefahren ist.

Blake wählt eine Nummer, hebt das Telefon an sein Ohr und geht auf Abstand zu mir. Die freie Hand steckt er in die Hosentasche und geht neben seinem Truck auf und ab, ohne mich anzusehen. Ich bleibe, wo ich bin, beobachte und warte. Wen ruft er an?

Er hält inne und räuspert sich, als am anderen Ende jemand antwortet. »Hey, ja, ja, mir geht es gut, keine Sorge«, sagt er leise. Er steht mit dem Rücken zu mir. »Ich weiß, es ist spät, aber kannst du jemanden für mich anrufen?« Er hört zu und seufzt. »Ich habe doch gerade gesagt, dass es mir gut geht. Es ist nicht wegen mir.« Wieder verstummt er, dreht sich zu mir und hält das Telefon weg von seinem Ohr. »Wie heißt deine Tante noch mal?«

»Sheri.«

Blake dreht sich abermals weg und spricht ins Handy. Er ist

leise, aber nicht ganz leise genug. »Kannst du Sheri Harding anrufen und ihr sagen, dass ihre Nichte ausgesperrt ist? Ja, ihre Nichte, also *seine* Tochter.« Es folgt eine längere Pause. »Ich weiß, aber außer dir ist um diese Zeit keiner mehr wach und kann helfen.« Noch eine Pause. »Okay, danke.« Er beendet das Gespräch, steckt sein Handy wieder ein und kommt zurück.

»Wer war das?«, frage ich.

Blake hat nun beide Hände in den Taschen und wippt vor und zurück. Für einen Moment starrt er auf den Boden, ehe er antwortet: »Meine Mom.«

»Deine Mom?«

»Sie kennt eine Menge Leute. Und es ist eine kleine Stadt, schon vergessen? Kleiner als man denkt.«

Tja, kryptisch, aber ich schätze, es spielt keine Rolle, wie ich auf die Ranch komme, solange ich irgendwann drinnen bin. Stumm schlinge ich die Arme um meinen Oberkörper, weil ich unsicher bin, was ich tun soll, außer zu warten.

Inzwischen ist es kühler geworden, und mir weht eine leichte Brise das Haar ins Gesicht. Auf der anderen Straßenseite erstrecken sich Felder in die unendliche Dunkelheit. Heute Nacht ist Vollmond, und über uns funkeln die Sterne am Himmel. Dank L.A.s chronischer Lichtverschmutzung habe ich noch nie so viele Sterne gesehen.

Blake und ich stehen schweigend da, und das einzige Geräusch sind die unermüdlichen zirpenden Grillen. Wir sprechen kein Wort. Je mehr Zeit vergeht, ohne dass einer von uns etwas sagt, desto größer wird der Druck. Ich knicke als Erste ein.

»Danke, dass du bei mir bleibst«, sage ich.

Er lehnt sich an seinen Truck. »Ziemlich rücksichtsvoll für einen Arsch wie mich, was?«

Jeder Versuch weiterer höflicher Konversation wird vom erschreckenden Schrillen einer Klingel zunichtegemacht, die das Öffnen des Tors ankündigt. Langsam bewegen sich die Flügel nach innen und enthüllen Tante Sheri auf der anderen Seite, die einen Morgenmantel fest um sich gewickelt hat.

»Mila! O, Süße, es tut mir so leid!«, ruft sie. Ihre Hausschuhe flappen auf dem Sand, als sie zu mir gelaufen kommt und mich in ihre Arme schließt, als wäre ich seit fünf Tagen vermisst. »Spinnt dieses verfluchte Tor schon wieder? Hat der Code nicht funktioniert?«

»Schon okay«, beruhige ich sie und klopfe ihr unsicher auf den Rücken, bis sie mich wieder freigibt. Ihre unglückliche Miene bewirkt, dass ich sie angrinse. »Ich glaube, ich habe ihn falsch notiert. Und ich brauche dringend deine Telefonnummer.«

»O, *natürlich*! Daran habe ich überhaupt nicht gedacht … ich hatte geglaubt, die hast du …« Sheri spricht nicht weiter, weil ihr Blick über meine Schulter wandert. »Hallo, Blake.«

»Guten Abend, Miss Harding«, antwortet Blake mit einem höflichen Nicken. Aha, er kann also auch nett sein, wenn er will.

Sheri sieht mich seltsam an und fragt: »Warst du nicht mit Savannah aus?«

»War sie«, antwortet Blake für mich. »Wir sind alle mit meinem Truck gefahren, und ich habe Mila nur zurück zu Ihnen gebracht.«

»Ah, danke, Blake. Und sag deiner Mutter noch mal Danke von mir. Ich war schon ein wenig nervös, was mich erwartet, als ich den Anruf angenommen habe.«

»Mach ich«, sagt er, doch es herrscht eine komische Anspannung zwischen den beiden, die ich nicht verstehe. Sie sehen einander nicht in die Augen. »Dann fahre ich mal lieber nach Hause. Gute Nacht, Mila.«

»Gute Nacht«, murmle ich verdutzt. Jetzt auf einmal ist er ganz höflich und süß?

Blake springt zurück in seinen Truck, winkt ein letztes Mal und fährt davon. Seine Rücklichter leuchten hell in der Ferne, bis sie von einem Augenblick zum nächsten weg sind.

Sieben

Mein Handy klingelt, und ich nehme den Anruf halb schlafend an, um Rubens erboste Stimme zu hören, die mich anschreit.

»Dein Vater hat mir erzählt, was gestern Abend war. Das ist total, absolut hundertprozentig inakzeptabel!«

»Dir auch einen guten Morgen, Ruben«, antworte ich verschlafen, setze mich im Bett auf und sehe nach der Uhrzeit auf meinem Handy. Acht Uhr morgens. Sonnenlicht fällt in mein Zimmer, aber meine Augen sind zu empfindlich, deshalb kneife ich sie zu und reibe mir die Lider. »In L.A. ist es jetzt wie spät, sechs? Warum bist du so früh auf?«

»Mila, Schätzchen, keine Ruhe den Gottlosen in dieser Branche«, antwortet er trocken. »Dein Vater war gestern Abend bei einem sehr wichtigen Dinner, und du hältst es für einen guten Moment, dass dein kleiner Südstaatenkumpel ihn anruft? Wo genau bist du gewesen? Es klang nicht so, als wärst du auf der Ranch, wie ich explizit angeordnet hatte.«

»Er ist nicht mein *Kumpel*«, widerspreche ich. Mein Hals fühlt sich kratzig an, weil er ausgetrocknet ist, und ich ziehe die Bettdecke zurück, um ein nacktes Bein rauszustrecken.

»Was war dann? Freundest du dich mit den Einheimischen in Tennessee an, indem du ihnen Privattelefonate mit Everett Harding anbietest?«

Wie konnte ich vergessen, was für eine Nervensäge Ruben ist? Für mich ist er wie ein Onkel, allerdings einer, der mir dauernd wegen *allem* im Nacken sitzt. »Nein, selbstverständlich nicht«, antworte ich resigniert. »Ich war bei einer …« Abrupt breche ich ab. Vielleicht sollte ich Ruben nicht gestehen, dass ich so schnell gegen seine Regeln verstoßen habe.

»Du warst bei was, Mila?«, hakt er nach.

»Okay, ich bin mit einer alten Schulfreundin bei einer Parkplatzparty gewesen«, gestehe ich resigniert, doch ich muss dies hier retten, damit Sheri nicht auch noch Schwierigkeiten bekommt. »Sheri hat es nicht gewusst, aber keine Sorge, sie hat mich schon runtergemacht. Die Ranch nicht verlassen. Ich hab's kapiert.«

»Mila«, knurrt Ruben geradezu. »Nicht mal vierundzwanzig Stunden, und du hast schon wieder für ein Desaster gesorgt. Das dürfte ein neuer Rekord sein. Du konntest nicht anders, als deinen Vater zu erwähnen, oder?«

»Habe ich nicht! Das war jemand anders!«

Er seufzt. »Darf ich vorschlagen, dass du dich mit deinen Verwandten dort anfreundest, beim Ausmisten der Pferdeställe hilfst und vielleicht ein paar Kitschromane liest? Die Ranch wird nicht verlassen. Nie. Wieder. Partys. Verstanden, Mila?«

Langsam öffne ich die Augen, gewöhne mich an das Licht und wache hinreichend auf, um in die Defensive zu gehen. »Ruben, das geht nicht! Wie soll ich mich in Dads *Heimatstadt* bedeckt halten, wo jeder genau weiß, wer wir sind? Du solltest mich auf einen anderen Kontinent schicken, wenn du wirklich willst, dass ich unentdeckt bleibe.«

»Sei nicht albern!«, kontert er. »Als könnte ich dir draußen in der Welt trauen.« Dann verändert sich sein Ton. »Ehrlich gesagt ist mir egal, *wo* du bist. Aber ich übernehme fürs Erste deine Social-Media-Accounts.«

Ich drücke das Handy sehr fest. »Was?«

»Ich habe deine Passwörter geändert«, sagt er. »Du musst nur ein Tweet rausschicken – *ein* Foto auf Instagram –, das auch bloß entfernt den Schluss zulässt, du seist zurück in heimischen Gefilden, und schon nehmen die Paparazzi deine Duftspur auf.«

»Ruben, hat dir schon mal jemand gesagt, dass du der fieseste Mensch auf Erden bist?«, frage ich süßlich und wünsche mir, ich könnte durch das Telefon kriechen und ihn erwürgen.

»Ja, Schätzchen, schon sehr oft. Aber ich bin auch der Beste in meinem Job.« Ich höre, wie er mir einen Luftkuss zubläst. »Jetzt benimm dich, Mila, Schätzchen, und beschäftige dich auf der Ranch. Zwing mich nicht, wieder anzurufen.«

Die Verbindung ist tot, und ich schleudere mein Handy auf den Boden, bevor ich zurück auf die Kissen sinke und in die Bettdecke stöhne. Könnte ich doch eine normale Sechzehnjährige sein, deren Vater keinen Manager braucht, der jede ihrer Bewegungen kontrolliert. Doch wie Mom mich immer wieder erinnert, bin ich nicht normal. Für sie ist das auch nicht leicht. Sie ist die Frau eines verdammten Filmstars. Die Gerüchte, die ihre Ehe umkreisen, sind wahnwitzig. Und der Druck, die Rolle der perfekten, umwerfenden, allzeit unterstützenden Ehefrau zu spielen, kostet sie einiges. Kein Wunder, dass sie sich mit solcher Leidenschaft auf ihr eigenes Leben in der Branche konzentriert. Da kann sie sie selbst sein.

Hätte ich doch nur meine eigene Identität!

Mit einem müden Gähnen strecke ich die Arme aus und stehe

auf. Es ist komisch, in einem nagelneuen Zimmer aufzuwachen. Zu Hause liegt mein Planer auf der Kommode mit dem Spiegel; meine Bodylotions sind dort aufgereiht; mein Schmuck ist in hübschen kleinen Kästchen auf den Wandregalen sortiert. Hier ist alles überall, teils auf dem Boden verteilt. Ich fange an auszupacken, aber bis ich alles durchgesehen habe, bin ich noch erschöpfter. Ich habe meine Kleidung in Haufen auf dem Boden sortiert, meine Kosmetika aufgereiht und meinen Teddy auf mein Kissen gesetzt. Dann gebe ich es auf, alles wegräumen zu wollen und gehe stattdessen nach unten.

Aus der Küche riecht es nach frischem Kaffee, also folge ich dem Duft. Im Haus ist es still, weshalb ich überrascht bin, Popeye in der Küche zu sehen. Er arbeitet mit einem Schraubenzieher am Fenster und blickt hinaus zu der Ranch, auf die er so stolz ist. Ich sehe mit ihm zu den Weiden. Es war mein Urgroßvater, der Harding Estate nach dem Zweiten Weltkrieg aus dem Nichts aufgebaut hatte. Danach hatten Popeye und meine Großmutter die Ranch geerbt und hier ihre eigene Familie großgezogen. Dad hätte sie als Nächster übernommen, wäre das Leben so verlaufen, wie es seit Generationen erwartet wurde. Doch seine Pläne waren andere. Deshalb hilft Sheri Popeye seit Jahren mit der Ranch, und ich schätze, sie wird eines Tages ihr allein gehören. Früher war sie sogar noch viel größer – ein paar Hundert Morgen mehr –, doch Popeye hat das meiste Land vor einigen Jahren verkauft, bevor die Sicherheitsmauer kam, damit die Arbeit besser zu bewältigen ist. Ich glaube nicht, dass Dad *jemals* wieder herzieht, selbst wenn seine Karriere irgendwann vorbei ist. Dies hier ist zu weit weg von dem, der er heute ist.

»Guten Morgen«, begrüßt Popeye mich und hält den Schraubenzieher in die Höhe. »Sheri ist draußen bei den Pferden, aber sie hat gesagt, dass sie dir ein herzhaftes Frühstück macht, wenn sie fertig ist. Ich versuche, dieses verfluchte Fenster zu reparieren, das nicht aufhören will zu quietschen.«

»Schon okay. Ich kann mir selbst was machen«, sage ich, gehe zu ihm und küsse ihn auf die Wange. »Guten Morgen, Popeye.«

Meine Hand ist auf seiner Schulter, und er umfängt sie, um meine Finger zu drücken. Seine Haut ist warm. Er sieht mich an: »Wie ich höre, warst du letzte Nacht am Tor ausgesperrt.«

Ich lege einen Arm um ihn und lehne meinen Kopf an seine Schulter, inhaliere den Geruch von … Na ja, von Popeye. Wie von jemandem, der sein ganzes Leben auf einer Ranch verbracht hat. »Ja, war ich. Machen wir keine Witze darüber.«

»Sheri und ich sind hier schon so lange allein, da vergisst man schnell, dass man noch an jemand anderen denken muss.« Sein Ton ist eher niedergeschlagen als scherzhaft.

Mir wird schmerzlich bewusst, dass wir in all den Jahren nicht so oft zu Besuch gewesen sind, wie wir es hätten sein sollen. Ich stelle mir Sheri und Popeye vor, allein am Esstisch, nur sie zwei, tagein, tagaus, und es tut mir weh. Als Dad packte und mit seinen großen Träumen nach L.A. zog, schien er das Leben der Menschen vergessen zu haben, die er zurückließ.

Ich nehme meine Arme von Popeyes Schultern, und er legt den Schraubenzieher hin, bevor er quer durch die Küche schlurft. Dort kramt er in einer Schublade voller Zettel und Kabel. Dann hält er ein Plastikteil hoch, das wie eine Fernbedienung aussieht. »Die ist für dich«, sagt er. »Ich rufe diesen Techniker an und erzähle ihm ein paar Takte, wenn er nicht bald herkommt und das Tor in Ordnung bringt. Und wenn es heil ist, kannst du mit dieser Fernbedienung rein und raus. Aber bis dahin notier dir bitte den *richtigen* Code.«

Ich gehe zu ihm, nehme sie und drehe sie in der Hand um. »Danke, Popeye.«

Sheri kommt zur Hintertür herein und löst ihren Pferdeschwanz. Sie hat ein altes Hemd und eine verwaschene, schmutzverkrustete Jeans an und streift ihre Gummistiefel auf der Fußmatte ab. Sheri ist eine Naturschönheit und sieht selbst voller Pferdehaar und Schmutz umwerfend aus. Dad hat mir mal erzählt, dass Sheri mit Anfang zwanzig einen Rettungssanitäter aus der Stadt heiraten wollte, der jedoch bei einem tragischen Autounfall auf der Interstate ums Leben kam. Danach blieb sie ledig und kinderlos. Es scheint ihr allerdings zu gefallen, denn sie wirkt immer fröhlich und zufrieden.

»Ah, guten Morgen, Mila, du bist auf!« Sie kommt auf mich zu und streicht mir eine Haarsträhne hinters Ohr. »Hast du gut geschlafen?«

»Ja, bis Ruben mich geweckt hat. Er ist nicht so begeistert wegen gestern Abend.«

»Gestern Abend?«, wiederholt Sheri. »Weiß Ruben, dass du aus warst?«

»Na ja, was das angeht ...«, beginne ich verlegen. »Es gab einen kleinen ... Zwischenfall. Jemand hat mir mein Handy weggenommen und meinen Dad angerufen.«

»O, Mila!«, stöhnt Sheri und dreht sich zur Spüle um. Dort seift sie ihre Hände mit Spülmittel ein und wäscht sie unterm Wasserhahn. »Jetzt wird Ruben *mich* anrufen und mir die Hölle heißmachen!«

»Nein, wird er nicht«, sage ich und lächle ein bisschen. Obwohl ich wenig Gelegenheit gehabt habe, meiner Familie richtig nahe zu sein, mag ich Tante Sheri und bin ihr ehrlich dankbar, dass sie bereit ist, mich über den Sommer aufzunehmen. Das Letzte, was ich will, ist, ihr das Leben schwer zu machen. »Ich habe gesagt, dass du nichts wusstest.«

»Danke, Mila. Das ist die Art Teamwork, die wir brauchen, nicht?«, sagt sie mit einem erleichterten Lachen und schüttelt sich das Wasser von den Händen. Sie mag meine Tante sein, doch ich habe das Gefühl, dass Sheri innerlich noch jung ist. »O Dad, was machst du mit dem Schraubenzieher?«

Popeye zeigt auf das Werkzeug. »Ich repariere das verdammte Fenster! Den Riegel, den *du* letzte Woche kaputtgemacht hast. Das Haus soll sich ja nicht in eine Bruchbude verwandeln. Jetzt nicht, in fünfzig Jahren nicht, nie«, murrt er.

»Okay, aber vielleicht ist es jetzt gerade nicht so günstig …« Sheri stöhnt und wendet sich zu mir um. »Um zehn müssen wir in der Kirche sein, Mila. Sei bitte in einer Stunde fertig.« Sie beäugt meine fransige Jeansshorts. »Und für die Kirche ziehen wir uns etwas förmlicher an, also trag bitte einen Rock.«

»*Kirche?*«, wiederhole ich, als hätte sie in einer Fremdsprache geredet.

»Es ist Sonntag«, antwortet sie und runzelt die Stirn, als sie meine Verwirrung erkennt. Dann begreift sie, dass ich nicht wegen des Wochentags frage, und sofort verändert sich ihre Haltung. »Ich nehme an, Everett geht in L.A. nicht mit dir in die Kirche.«

»Nein.«

Popeye murmelt etwas Unverständliches, wirft den Schraubenzieher auf den Tisch, wo er klappernd landet, und verlässt die Küche. Sheri seufzt resigniert.

Da ich fürchte, sie zu verärgern, schlage ich einen möglichst positiven Ton an und sage: »Rock, geht klar. Ich bin rechtzeitig fertig.«

Ich meine, wie schlimm kann Kirche schon sein? Sheri und Popeye ist sie eindeutig superwichtig, also schätze ich, dass sie mir auch wichtig sein muss, solange ich in Fairview bin.

Sheri verschwindet, um nach Popeye zu sehen, und ich toaste mir etwas Brot, das ich mit nach oben in mein Zimmer nehme. Wahrscheinlich sollte ich Mom anrufen, anstatt ihr nur zu texten, aber Ruben hat sämtliche Energie aus meiner Seele gesogen und für einen Tag bin ich genug an mein Leben in L.A. erinnert worden.

Stattdessen verbringe ich zehn Minuten damit, in meinem Planer ein neues Kapitel für mein Leben hier in Fairview zu entwerfen. Ich gestalte einen Abschnitt mit der Überschrift »Neue Erinnerungen«. Hier will ich alle erinnerungswürdigen Ereignisse während meines Aufenthalts eintragen. Und als Erstes kommt eine Notiz mit Datum von gestern und dem Stichwort »Parkplatzparty«. Hoffentlich passiert tatsächlich etwas über den Sommer, denn ich werde mir superlahm vorkommen, sollten die Seiten größtenteils leer bleiben.

Danach dusche ich und ziehe mich an, damit ich pünktlich bereit bin. Ich lasse mein Haar, wie es ist, ohne es zu glätten, wähle einen Jeansrock, die konservativste Bluse, die ich dabeihabe, und Sandalen. Für einen Moment frage ich mich, ob Jeans überhaupt gestattet sind, doch es ist der einzige Rock, den ich eingepackt habe.

Als ich eine Stunde später wieder nach unten komme, sitzt Popeye im Schatten draußen auf der Veranda. In seiner braunen Tuchhose und dem weißen Hemd sieht er gut aus. Sein seidiges weißes Haar ist gekämmt, und er riecht sogar nach Eau de Cologne. Er greift wieder nach meiner Hand, als ich mich zu ihm setze, und mir wird bewusst, dass ich sein einziges Enkelkind bin. Kein Wunder, dass er mich ansieht, als wäre ich etwas Besonderes.

»Ich bin froh, dass du mit uns kommst«, sagt er. »Es sind auch eine Menge junge Leute dort, nicht bloß wir Alten.«

»Wenn dir die Kirche wichtig ist, Popeye, will ich es mir ansehen«, antworte ich, auch wenn es nicht ganz die Wahrheit ist. Ich *brenne* nicht darauf, weiß aber, dass er sich freut, das zu hören. Und das ist letztlich die Hauptsache. Man sorgt dafür, dass der Großvater glücklich ist, selbst wenn man ein wenig lügen muss.

Acht

Die Kirche, in die Sheri und Popeye gehen, befindet sich am Fairview Boulevard. Es ist ein großer Rotklinkerbau mit weißem Vordach und haufenweise makellosen, leuchtenden Blumenkörben. Der Anblick ruft eine alte Erinnerung wach. Ich war schon mal hier. In dieser Kirche wurde Grandmas Trauerfeier abgehalten. Ich war erst elf, erinnere mich aber, wie meine Eltern und ich zur Beerdigung nach Fairview geflogen sind. Popeye wanderte damals rastlos und verzweifelt über die Weiden der Ranch, während Dad und Sheri ihre eigene Trauer beiseiteschieben und sich um die Beerdigung kümmern mussten. Und dann versammelten wir uns alle hier, in dieser Kirche, und nahmen Abschied von der Großmutter, die ich kaum gesehen hatte, seit wir nach L.A. gezogen waren. Deshalb wurde es mir wichtig, viel mehr Kontakt zu Popeye zu halten, als ich ein wenig älter war. Und ich möchte ihn nicht auch noch vergessen, weil ich bereits gelernt habe, was Distanz Menschen antut.

Der Gottesdienst heute fängt erst in einer Viertelstunde an, trotzdem ist der Parkplatz schon ziemlich voll. Leute stehen vor der Kirchentür und unterhalten sich im Sonnenschein, bevor sie nach drinnen gehen.

Ich bin eben aus Sheris Van gestiegen, als mir jemand auf die Schulter tippt. Ich drehe mich um, und Savannah begrüßt mich mit einem breiten Lächeln.

»Ich habe nicht gewusst, dass du heute Morgen herkommst!«, sagt sie munter. »Dabei hätte ich es mir denken können. Ich sehe deine Tante und deinen Grandpa ja jede Woche hier. Hi, Nachbarn!« Sie neigt sich zur Seite, um Sheri und Popeye hinter mir zuzuwinken, und sie winken zurück.

Dann hakt Savannah sich bei mir ein. »Willst du bei uns sitzen?« Ich sehe zu Sheri, und sie nickt. »Klar«, antworte ich Savannah. Ich bin froh, wie unkompliziert sie mich wieder als Freundin annimmt.

Wir gehen zur Kirchentür, wo wir uns mit ihren Eltern und Myles treffen, und ich bleibe bei Savannah und ihrem Bruder, während Sheri und Popeye mit Patsy und deren Mann reden.

Dann folge ich Savannah, als die Hardings und die Bennets in die Kirche gehen. Drinnen sind Reihen von Kirchenbänken und vorn eine hölzerne Bühne mit einem Podium. Alle unterhalten sich angeregt, solange sie warten, dass der Gottesdienst beginnt.

Es dauert nicht lange, bis die Kirchenbänke gefüllt sind, und ich sitze schließlich eingequetscht zwischen Savannah und Myles. Sheri ist am Ende der Reihe, Popeye neben ihr.

»Das macht ihr also hier?«, flüstere ich, weil ich nicht wage, zu laut zu sprechen. »Parkplatzpartys und danach morgens in die Kirche?«

Myles lässt seine dichten Augenbrauen tanzen und grinst ein bisschen zu breit. »Ja, da muss sich dein Leben in L.A. vergleichsweise öde anfühlen. Sorry.«

Ich erwidere sein Grinsen und verdrehe die Augen, als alle auf einmal verstummen. Ich blicke zur Bühne, wo der Prediger oder

Pfarrer oder Priester – keine Ahnung, wie sie ihn nennen – seinen Platz auf dem Podium eingenommen hat und das Mikro richtet. Nun folgt die mental anstrengendste Stunde meines Lebens, in der ich keinen Schimmer habe, was los ist.

Die Hälfte der Wörter, die der Prediger sagt, habe ich noch nie gehört, und die anderen, die ich kenne, verstehe ich in dem Kontext nicht, in dem er sie benutzt. Bibelverse werden zitiert, Gebete gesprochen, Kirchenlieder gesungen (zu denen ich die Lippen bewege). Alle scheinen ganz in dem aufzugehen, was hier abläuft, und ich bin offensichtlich die Einzige, deren Blick ununterbrochen durch die Kirche schweift, zur Wanduhr, dem Sonnenlicht, das durch ein großes Schmuckfenster hereinfällt, und der Holzverkleidung an der Decke.

Als es aussieht, als würde der Gottesdienst allmählich enden, landet mein Blick auf jemandem, den ich hier nicht erwartet hatte.

Blake.

Ich habe ihn vorher nicht gesehen, weil ein großer Kerl vor mir die Sicht auf ihn versperrt hatte. Doch jetzt hat er sich ein wenig anders hingesetzt, und ich sehe ganz klar Blakes verdammten Kopf.

Er ist auf der anderen Seite des Ganges, schräg vor mir. Ich kann erkennen, dass er sich in der Bank zurücklehnt, den Kopf zur Seite geneigt und auf seine flache Hand gestützt. Ich weiß nicht, mit wem er hier ist; zu beiden Seiten von ihm sitzen Frauen. Seine Mom? Grandma? So oder so ist es ein Trost zu sehen, dass hier noch jemand so gelangweilt scheint wie ich.

Der Gottesdienst endet, und Lärm hebt an, als alle aufstehen, sich strecken und ihren unteren Rücken reiben. Diese Holzbänke sind kein bisschen bequem, und ich fühle, wie sich ein Knoten zwischen meinen Schulterblättern bildet. In dem allgemeinen

Gedränge verliere ich Blake aus den Augen, dabei weiß ich sowieso nicht, warum ich überhaupt nach ihm Ausschau halte.

Der Strom der Kirchgänger – zu dem ich jetzt wohl auch gehöre – bewegt sich nach draußen in die sengende Hitze. Ich habe erwartet, dass alle in ihre Autos springen und nach Hause fahren, muss jedoch feststellen, dass es noch etwas Langweiligeres gibt als einen Sonntagsgottesdienst – und das ist das Zusammenstehen und Plaudern hinterher.

Ein alter Mann mit silbrigem Haar kommt zu uns, schüttelt Popeyes Hand und spricht darüber, wie wunderbar die Predigt eben war. Ich stehe ein bisschen verloren hinter Popeye und versuche, keine Aufmerksamkeit auf mich zu lenken, während Sheri etwa sechs Meter weiter mit einigen Frauen redet, unter anderem auch Patsy Bennett. Ich höre sie lachen, was nett ist.

»Und wen haben wir hier, Wesley?«, fragt der Mann und lächelt mir zu.

Popeye blickt über seine Schulter zu mir, und ich bemerke, dass seine Bewegungen heute Morgen ein wenig ruckartig scheinen. »Das ist meine Enkelin Mila«, antwortet er stolz. »Sie verbringt den Sommer bei uns auf der Ranch.«

»Wie wunderbar!«

Ich erwidere das Lächeln des Fremden und werde von Sheri gerettet, die mich ruft.

»Mila!« Sie winkt mir. »Komm doch bitte mal rüber.«

Ich lasse Popeye stehen und bahne mir einen Weg zu Sheri. Erst als ich näher komme und es zu spät ist, um vorzugeben, ich hätte sie nicht gehört, wird mir klar, warum sie mich gerufen hat. Die Gruppe, mit der sie vor einer Sekunde noch geredet hatte, ist fort, und stattdessen steht eine andere Frau mit Blake an ihrer Seite bei Sheri.

Ich spüre, wie ich mich verspanne. Er hat eine schwarze lange Hose und ein schlichtes weißes Hemd an, langärmlig und ordentlich geknöpft. Sein Haar ist nicht so wild wie gestern Abend. Anscheinend hat er es mit Gel gezähmt, sodass es wie absichtlich zerzaust aussieht, nicht so, als käme er gerade aus dem Bett.

»Mila, dies ist … LeAnne Avery«, sagt Sheri höflich und zeigt zu der Frau neben Blake. Ihre Worte klingen allerdings nicht so fließend und warmherzig wie üblich. Es ist, als müsste sie sich Mühe geben, nicht verkrampft zu wirken. »Ich habe ihr eben noch einmal gedankt, dass sie mich letzte Nacht angerufen hat. Wer weiß, wie lange du sonst draußen vor dem Tor gestanden hättest?«

Das ist also Blakes Mutter. *Wow.* Sie ist groß und schlank, hat einen dunkelblauen Bleistiftrock und eine cremefarbene Rüschenbluse an. Ich erkenne, woher Blake sein Aussehen hat. LeAnne Averys brünettes Haar fällt vollkommen glatt bis zu ihren Schultern, und ihre Augenbrauen sind so dunkel und ebenmäßig, dass ich mich frage, ob sie echt sind. Sie lächelt mich an, und ich sehe sie – die Grübchen, genau wie bei Blake.

»Hi, Mila«, sagt sie und faltet die Hände vor sich. Dann mustert sie mich sekundenlang prüfend, während ihre Mundwinkel zucken, als fiele es ihr schwer, ihr Lächeln zu halten. »Ich bin froh, dass du sicher nach Hause gekommen bist.«

»Hi. Vielen Dank«, presse ich heraus und spüre, dass Blake mich ansieht.

»Und wie geht es dir, Wes?«, fragt LeAnne, als Popeye zu uns kommt. Mir fällt auf, dass ihr Akzent nicht so ausgeprägt ist wie Blakes – oder der aller anderen hier. Weniger näselnd, neutraler. Sie verwickelt Popeye und Sheri in ein Gespräch.

Blake und ich stehen verloren da.

»Du gehst also zur Kirche«, sage ich lahm.

97

»Wie man sieht.«

Er nickt zur Seite, zu einer Hecke seitlich vom Parkplatz und geht in die Richtung. Was soll das? Ich blickte verstohlen zu Popeye, LeAnne und Sheri. Keiner von ihnen beachtet uns, also folge ich Blake widerwillig.

»Also, warum bist du hier?«, fragt er.

»Weil meine Tante und mein Grandpa es so wollten. Ich schätze, dass ich jetzt jede Woche herkomme.«

Blake verengt die Augen, als versuchte er, meine Miene zu lesen, doch ich gebe nichts preis, behalte meinen ruhigen, neutralen Gesichtsausdruck. »Wie lange bleibst du eigentlich in Fairview?«

»So lange, wie ich muss.«

»So lange, wie du *musst*?«, wiederholt er, wobei er eine Augenbraue misstrauisch hochzieht. »Das klingt nicht nach jemandem, der hier ist, um bei seiner Familie zu sein.«

Mist. Seine Bemerkung erwischt mich eiskalt, und ich zermartere mir das Hirn nach einer Antwort, die meinen Patzer wiedergutmacht. Aber je länger ich stumm bleibe, desto klarer wird Blake, dass er den Nagel auf den Kopf getroffen hat.

»Jedenfalls«, sagt er, räuspert sich und erspart mir eine Reaktion, »tut mir leid wegen gestern Abend.«

»Dir tut … wie bitte, was?« Hat er sich gerade unaufgefordert bei mir entschuldigt?

»Mir tut das von gestern Abend leid«, sagt er noch einmal.

»Warum?«

»Weil du recht hattest. Ich war ein Arsch.« Er zuckt mit den Schultern, als wolle er kein großes Ding draus machen. Als wäre ihm peinlich, dass er zu seinen Taten stehen muss. »Ich habe gewusst, dass ich dir keinen Gefallen tue, und mir tut leid, wenn ich dir Stress mit deinem Vater oder so gemacht habe.«

»Könntest du das doch Ruben sagen«, murmle ich. Nachdenklich zupfe ich an meinen Haarspitzen, lasse mir Blakes ernste Entschuldigung durch den Kopf gehen und bin ein bisschen … Hin und her gerissen? Er hat mich gestern den ganzen Abend gereizt, aber jetzt scheint er beinahe … nett. Was so richtig verwirrend ist, bedenkt man, dass ich sein Gesicht nie wiedersehen wollte. Aber er *ist* mir letzte Nacht zu Hilfe gekommen … »Danke für deine Hilfe mit dem Tor.«

»Blake!«, ruft LeAnne, winkt ihren Sohn zu sich und bricht das unangenehme Schweigen zwischen uns.

Blake hält zwei Finger in die Höhe, um seine Mom um zwei Minuten zu bitten, dann kommt er näher. »Gib mir dein Handy«, sagt er.

»Auf keinen Fall!«, entgegne ich empört. Hält er mich nach gestern Abend für so blöd? Unwillkürlich gehe ich einen Schritt zurück, um den Abstand zwischen uns zu vergrößern. »Keiner fasst je wieder mein Telefon an.«

»Okay, hier ist meines.« Er zieht sein Telefon aus der Tasche und reicht es mir. Als ich mich nicht rühre, nimmt er meine Hand und drückt das Handy hinein. Seine Fingerspitzen streifen warm meine Handfläche, und ich hasse es, dass mein Herz einen kleinen Hüpfer macht. »Trag deine Nummer ein.«

Unsicher starre ich sein Telefon an. »Und warum soll ich?«

»Hast du letzte Nacht nichts gelernt? Du musst dir Nummern von Leuten einspeichern, damit du sie im Notfall anrufen kannst.«

»Sei mir nicht böse, aber du dürftest der letzte Mensch sein, den ich in einem Notfall anrufen würde«, sage ich. Doch Blake lacht, als würden wir bloß scherzen.

»Tu es einfach, Mila«, befiehlt er. Erwartet er allen Ernstes, dass ich mache, was er sagt?

Es ist nicht so, als würde ich Dads Privatnummer herausgeben oder so, trotzdem höre ich noch Rubens Stimme in meinem Kopf und dazu das Schrillen von Alarmglocken. Ich muss vorsichtig sein, wer meine Nummer bekommt, denn auch wenn es kein Weltuntergang ist, sollte sie online durchsickern, würde ich ohne Ende von Fans meines Dads und den Medien belästigt, die Klatsch und Informationen wollen. Das brauche ich nun wirklich nicht.

»Bitte gib sie *niemandem* weiter«, sage ich und bedenke ihn mit einem warnenden Blick, ehe ich meine Nummer in seine Kontaktliste eingebe und ihm das Telefon reiche. »Es ist das Mindeste, was du mir schuldig bist.«

»Deine kostbaren Zahlen sind bei mir sicher«, sagt er ein wenig spöttisch und legte eine Hand auf sein Herz. Er sieht sich meine Nummer an, blickt auf und beobachtet mich erwartungsvoll, als mein Telefon zu vibrieren beginnt. Bevor ich auch nur versuchen kann, danach zu greifen, legt Blake auf. »So, jetzt hast du auch meine Nummer. Nur für den Fall, dass es dir mit Savannah zu langweilig wird.« Er zwinkert mir zu und schlendert zurück über den Parkplatz zu seiner Mom. Sie legt eine Hand auf seine Schulter und führt ihn zu einigen der anderen Kirchgänger.

Ich schüttle den Kopf, um den Anflug eines Lächelns zu vertreiben, ehe ich mich auch auf den Rückweg zur Menge mache. Savannah und ihre Familie habe ich nicht mehr gesehen, seit wir die Kirche verlassen haben, und ich vermute, sie sind direkt nach Hause gefahren. Zum Glück wollen Popeye und Sheri auch endlich los. Sie sind schon am Van.

»Worüber hast du mit Blake geredet?«, fragt Sheri ein bisschen zögerlich.

»Nichts Besonderes«, antworte ich und greife nach der Autotür.

»Unsere Bürgermeisterin Mrs. Avery ist so freundlich, nicht wahr? Sogar jetzt …«

»Wie bitte? *Bürgermeisterin?*«

»Die Mutter von deinem Freund da drüben«, erklärt Popeye grinsend und blickt nickend über meine Schulter, »ist die Bürgermeisterin.«

Ich stelle mich auf die Zehenspitzen, um über das Wagendach hinweg zu Sheri zu sehen. »Blakes Mom ist die Bürgermeisterin von Fairview?«

»Ach, Schätzchen, nein«, antwortet Sheri kichernd. »Sie ist die Bürgermeisterin von Nashville.«

Ach du Schande! Blakes Mom ist echt die Bürgermeisterin von *Nashville?* Das ist ein Riesending!

Ich schaue mich nach Blake um. Er ist noch bei seiner Mom, und sie unterhalten sich jetzt mit dem Prediger, allerdings wirkt Blake desinteressiert. Seine Mom hingegen nickt begeistert und hat dieses elegante Lächeln, das nur Politiker so glatt hinbekommen. Ich nehme alles wahr: wie sie ihren Kopf hält, wie bedacht und wohlüberlegt sie sich bewegt. Jetzt scheint es irgendwie offensichtlich, dass sie eine gewisse Autorität besitzt. Sie sitzt im Rathaus von Nashville. Sie hat eine beknackte Wahl gewonnen. *Natürlich* tritt sie so anmutig und selbstsicher auf.

Blake ertappt mich, tippt auf seine Tasche mit dem Handy und sagt stumm: *»Ruf mich an.«*

Okay, Sohn der Bürgermeisterin, denke ich und verdrehe die Augen.

Sofort bekomme ich ein schlechtes Gewissen, weil ich an ihn als den *Sohn der Bürgermeisterin* denke, nicht als Blake Avery. Ich hasse es, als Everett Hardings *Tochter* bekannt zu sein anstatt als Mila Harding. Also, ja, ich bin eine totale Heuchlerin.

Ich blicke wieder zu ihm, doch er sieht schon weg und schüttelt jetzt dem Prediger die Hand. Ich beobachte ihn noch einen Moment. Seine höfliche Körpersprache passt zu der seiner Mom, und mir wird etwas klar.

Ich denke, Blake Avery könnte der Einzige hier sein, der weiß, wie es sich anfühlt, im Schatten von jemand anderem zu leben.

Neun

Die nächsten Tage helfe ich Sheri auf der Ranch, denn ganz ehrlich, ich glaube, sie ist froh über ein paar zusätzliche Hände neben Popeyes. Mir ist aufgefallen, dass sein Stolz ihm nicht erlaubt, seine schwindenden Kräfte zu akzeptieren, was es schwer macht, ihn zufriedenzustellen, und die Arbeit mit ihm schwierig. Sheri bringt mir alles bei, was ich über die sechs Pferde wissen muss, die sie halten – zum Beispiel, welches Futter sie wann bekommen oder wie man sie striegelt, ohne von einem riesigen Huf ins Gesicht getreten zu werden. Und nach anfänglichem Zögern helfe ich sogar beim Stallausmisten. Wir räumen auch die Veranda auf, und als Sheri mit dem Van voller Farbeimer vom Baumarkt zurückkommt, ergreife ich die Gelegenheit, zur Anstreicherin des Harding-Anwesens zu werden – es braucht seine jährliche Auffrischung zum Sommer. Wenn wir in L.A. umgezogen sind, haben Mom und ich bei voller Lautstärke Musik gehört und selbst jedes Zimmer gestrichen, statt einen Innenarchitekten zu engagieren. Unsere fleckigen Anstriche in den Zimmern machten unsere Häuser ein bisschen normaler und bodenständiger.

Am Mittwoch bin ich fertig damit, alle Fensterrahmen des

Erdgeschosses von außen zu streichen und mache nachmittags wegen der Hitze Schluss. Um kurz nach fünf Uhr tapse ich von der Dusche zurück in mein Zimmer, als mein Telefon auf dem Nachttisch summt. Ich schlinge das Handtuch fester um mich und sprinte hin, weil ich weiß, dass Ruben es hasst, wenn ich seine Anrufe auf die Mailbox gehen lasse. Also packe ich das Telefon hektisch und halte es an mein Ohr, ehe es aufhört zu klingeln. Ich hoffe, er hat nicht schon die ganze Zeit anzurufen versucht, die ich unter der Dusche war, denn falls doch, wird er stinksauer sein.

»Ruben, hey. Ich war unter der Dusche«, sage ich hastig. »Tut mir leid, falls du es schon länger probierst.«

»Wer ist Ruben, und warum muss er wissen, dass du geduscht hast?«

Ich reiße das Telefon von meinem Ohr und blicke auf das Display. Der Anrufer ist mein neuer »Freund«, Blake Avery. Misstrauisch halte ich das Telefon wieder an mein Ohr. »O, sorry. Hi, Blake. Ruben ist der Manager meines Dads. Er ruft oft an.«

»Hört sich an, als wäre er auch dein Manager.«

»Schön von dir zu hören …« Grinsend setze ich mich auf die Bettkante. »Gibt es einen Grund für deinen Anruf?«

»Erinnerst du dich noch an die Kirche, in der du am Sonntag gewesen bist? Die, bei der dir der Typ seine Nummer gegeben und dich gebeten hat, ihn anzurufen?«, fragt Blake süßlich. »Tja, heute ist Mittwoch, und hat mein Telefon geklingelt? Nein, kein einziges Mal. Deshalb dachte ich, ich rufe mal an und checke, ob du noch lebst.«

»Ich bin mit Helfen auf der Ranch beschäftigt gewesen«, sage ich, was die Wahrheit ist. Der Gedanke, Blake anzurufen, ist mir häufiger gekommen, als ich zugeben möchte, doch ich habe ihn jedes Mal wieder verdrängt, weil mir schlecht vor Nervosität wurde. Lieber habe ich auf cool gemacht und stattdessen mit Sheri abgehangen.

»Und bist du jetzt beschäftigt?«

»Nein …«, antworte ich zögerlich, weil ich nicht sicher bin, worauf das hier hinausläuft.

»Super. Wie schnell kannst du fertig sein?«

»Hä?«

»Da ist dieser Laden in Nashville, den ich mag. Myles hat mich versetzt, weil Cindy Jamieson heute Abend sturmfreie Bude hat, und, wow, wie sollte er *das* absagen? Aber ich will trotzdem noch hin«, erklärt Blake. »Und du hast gesagt, dass ich dir was schuldig bin, stimmt's? Also gebe ich dir die Chance auf ein *echtes* Nashville-Erlebnis. Kannst du in einer halben Stunde bereit sein?«

Mein Blick fällt auf den Planer auf meinem Nachttisch, und ich denke an die Seiten, die ich letztes Wochenende vorbereitet habe, um dort alles einzutragen, was ich hier in Tennessee erlebe. Immerhin klingt ein Abend in Nashville, als könnte er mir helfen, etwas von den leeren Seiten zu füllen.

»Darf ich fragen, wohin in Nashville wir fahren?« Ich versuche, mir meine lästige Nervosität nicht anhören zu lassen.

»Das ist eine Überraschung, Miss Mila«, sagt Blake, und ich kann sein Grinsen deutlich hören. »Ich sehe dich draußen am Tor.«

Das Gespräch endet, und ich sitze einige Minuten in meinem Handtuch da, um mir seine Worte durch den Kopf gehen zu lassen. Wir fahren also nach Nashville – nur wir beide, wie es sich angehört hat. Es könnte alles Mögliche sein, was mir bei der Kleiderfrage null hilft. Und ich habe Sheri noch nicht um Erlaubnis gebeten. Ich überlege, sie zuerst zu fragen, bevor ich mir aufwendig das Haar föhne, doch dann erinnere ich mich an unseren Pakt. Sie hat klar gesagt, ich hätte Freiheit, solange ich ihr sage, wohin ich will und mit wem.

Irre schnell tobe ich durch mein Zimmer, um rechtzeitig fertig zu sein, denn allein mein dickes Haar ist ein Problem, das geschlagene zwanzig Minuten in Anspruch nimmt. Ich föhne es glatt und gehe hinterher mit einem Glätteisen über die Enden, während ich mich gleichzeitig durch das Chaos in meinem Schrank wühle. Ich hatte vorgestern endlich alles einsortiert, nur ungeordnet, was ich jetzt bitter bereue. Schließlich finde ich meine Lieblingsjeans in einem ausgewaschenen Blau und mit Rissen an den Knien, von der Mom nicht müde wird, mir zu sagen, dass sie furchtbar aussieht, und wähle dazu ein bauchfreies kirschrotes Bardot-Top. Ich trage viel zu selten Rot, obwohl es so gut zu meinem Haar passt. Und ich entscheide mich auch für roten Lippenstift.

Als ich die zweite Schicht Mascara auftrage, leuchtet eine Textnachricht auf meinem Handy auf. Es ist Blake. Er steht vor dem Tor, exakt dreißig Minuten nach unserem Telefonat.

Ich schnappe mir meine kleine Handtasche und stopfe Handy, Parfüm, Lippenstift und Portemonnaie hinein. Ich habe noch die fünfzig Dollar, die Sheri mir am Wochenende gegeben hatte, und hoffe, was immer Blake vorhat, kostet nicht mehr.

Erst als ich nach unten eile, wird mir richtig bewusst, dass ich allein mit Blake ausgehe. Ich bin so darauf konzentriert gewesen, rechtzeitig fertig zu sein, dass ich keine Zeit gehabt habe, genauer darüber nachzudenken. Ehrlich, ich kenne diesen Typen gar nicht, aber seine Mom ist die Bürgermeisterin, also kann man wohl davon ausgehen, dass er nicht gefährlich ist. Nervig, klar. Aber höchstwahrscheinlich ungefährlich. Außerdem sind die Bennets mit ihm verwandt, und *sie* scheinen ziemlich normal.

Sheri kocht das Essen – oder *Nachtmahl*, wie sie es nennt –, als ich in die Küche komme. Ich sehe Popeye durchs Fenster draußen in der Abendsonne auf der Veranda sitzen und ein Glas süßen Tee trinken.

»Hunger?«, fragt Sheri, die mich kommen hört.

»Was das betrifft …«

Sie dreht sich um und reißt die Augen weit auf, sichtlich überrascht, mich nach drei Tagen, in denen ich mir ihre alten, farbfleckigen T-Shirts geliehen und Farbkleckse im Haar und auf den Wangen hatte, so gestylt zu sehen. Rasch halte ich mir die Tasche vor den Bauch, damit sie das Piercing nicht sieht.

»Ich fahre mit Blake nach Nashville«, sage ich ruhig, doch leider werden meine Wangen aus unerfindlichen Gründen heiß.

»Ist das ein Date?«, fragt Sheri, was eher besorgt als scherzhaft klingt. Hinter ihr auf dem Herd brodelt es in den Töpfen. »Mit Blake *Avery*?«

»Nein!«, rufe ich. »Es ist kein Date«, füge ich ruhiger hinzu. Blake braucht eine Begleitung für den Abend, und ich brauche erinnerungswürdige Erlebnisse, um hier draußen zu überleben. »Er zeigt mir nur die Gegend.«

»Und wohin wollt ihr in der Stadt?«

»Na ja, das weiß ich nicht genau …« Ich verstumme. »Aber er ist draußen. Ich habe Geld und deine Nummer und … oh! Diesmal den richtigen Code für das Tor«, sage ich grinsend.

Nun erscheint ein kleines Lächeln auf Sheris Gesicht. »Okay, du darfst gehen, aber nur, weil ich denke, dass es dir langweilig wird, die Abende hier bei uns zu verbringen. Benimm dich bitte, sei vorsichtig in der Stadt und komm nicht zu spät nach Hause.«

»Alles klar, mache ich und werde ich nicht!«, sage ich und hüpfe hinaus auf die Veranda. »Hi, Popeye, ich gehe aus.«

»Mit deinem Freund aus der Kirche?« Er umschlingt sein Teeglas und schürzt die Lippen. »Blake Avery?«

»Wie hast du …?«

»Ach, wie wohl nicht, Mila?«, sagt er und blickt über die Weiden, die von einer tief stehenden Sonne beschienen werden. »Deine Großmutter hat nur roten Lippenstift getragen, wenn wir zusammen aus waren, sonst nie.«

Plötzlich werde ich traurig, weil ich mich an Grandma erinnere, die ich nie richtig gekannt habe. Es ist lange her, seit sie gestorben ist, aber Popeye muss immer noch an sie denken und sie jeden Tag vermissen.

»Schönen Abend, Popeye«, murmle ich, drücke seine Hand und küsse ihn auf die Wange. Ich habe zu viele Jahre Zuneigung verpasst.

Blake wartet inzwischen seit mindestens fünf Minuten, deshalb eile ich die Verandastufen hinunter und zum Tor. Der schwarze Lack von Blakes Truck blitzt im goldenen Sonnenschein.

Er öffnet das Beifahrerfenster und lehnt sich über den Sitz. »Steig ein, Hollywood, wir müssen los!«

Ich ziehe die Tür auf, steige ein, und mein verräterisches Herz rast ein bisschen, was definitiv daher kommt, dass ich mich so abgehetzt habe, nicht, weil ich auch nur ansatzweise nervös bin.

»Hey«, sage ich cool und schnalle mich an. Ich versuche, nicht zu zappelig zu sein. Immerhin ist dies derselbe Typ, der die Ereignisse in Gang gesetzt hatte, die damit endeten, dass ich am Ende der Parkplatzparty fast in Tränen aufgelöst war. Folglich habe ich einen berechtigten Grund, beunruhigt zu sein, was den heutigen Abend betrifft … Trotzdem will ich nicht, dass Blake es merkt.

»Hi«, sagt Blake. Kurz mustert er mich mit seinen braunen Augen, nur für eine Sekunde oder zwei, und ich frage mich, ob er mir ein Kompliment machen will. Will er nicht. »Bist du bereit für den tollsten Abend deines Lebens?«

»Eine gewagte Behauptung«, antworte ich. »Wo fahren wir hin?«

Blake lässt den Motor an und tippt gleichzeitig auf die Schalter für das Soundsystem des Trucks. Er blickt aus dem Augenwinkel zu mir und grinst charmant, als die Musik angeht. Lauter Country-Rock erklingt. »Wir, Süße, wollen zu einem Honky Tonk!«

Ich sehe ihn verständnislos an. Was hat er eben gesagt? Mit der lauten Musik und seinem übertriebenen Akzent ist es noch schwerer, die verrückten Wörter zu verstehen, die ihm gerade über die Lippen gekommen sind.

Blake bemerkt, dass ich nicht reagiere, und dreht die Musik leiser. »Ich bin persönlich beleidigt, wenn du den Mund aufmachst und mir erzählst, dass du nicht weißt, was ein Honky Tonk ist.«

Ich werde ein bisschen zu rot. »Was ist ein Honky Tonk?«

»O Maaaannn!«, stöhnt er dramatisch und schlägt einige Male mit der Hand aufs Lenkrad. »Du hast wahrlich keinen Tropfen Südstaatenblut in den Adern. Du bist von hier! Aus Nashville! Der Musikstadt! Der einzigen *Heimat* der Honky Tonks! Und du weißt nicht, was die sind?«

»Verrätst du es mir oder nicht?«

Er schüttelt den Kopf. »Ein Laden, in dem live Countrymusik gespielt wird. *Offensichtlich.*«

»Hätte ich mir denken müssen«, sage ich und verdrehe die Augen. Jedes Mal, wenn ich bisher in Blakes Truck war, hat er Country gespielt, Country-Pop, Country-Acoustic, jetzt Country-Rock ... Er ist das Klischee des Tennessee-Jugendlichen.

»Ich bringe dich zu meinem Lieblingsladen«, fährt er fort. »Das *Honky Tonk Central* unten am Broadway. Die haben da auch gutes

Essen. Und …« Er schließt kurz die Augen und holt Luft. »*Wage* nicht zu sagen, dass du nicht weißt, was Fleisch mit drei Beilagen ist.«

»Hey!« Ich hebe die Hände. »Natürlich weiß ich das!«

Blake fährt sich mit einer Hand über den Nacken und wirft mir ein Lächeln zu. »Na, das ist doch immerhin etwas.«

Wir lassen die ländlichen Straßen um Fairview hinter uns und fahren auf den Highway. Blakes Playlist leistet uns den Großteil der Fahrt Gesellschaft, auch wenn er dauernd ein bisschen leiser stellt, wenn einer von uns etwas zu sagen versucht. Er erzählt mir mehr über Honky Tonks, während ich mich bemühe, nicht zu kichern, und wir reden ein wenig über Nashville. Lauter harmlose Themen. Harmlos, weil wir nicht zu viel über uns selbst sprechen, er meinen Vater nicht erwähnt und ich ganz sicher nicht seine Mutter. Stattdessen bleiben wir beim oberflächlichen Gespräch über Musik, bis Blake eine halbe Stunde später im Zentrum von Nashville parkt.

»Warte«, sagt Blake, als ich meinen Gurt löse und aussteigen will. Ich halte inne und sehe ihn fragend an. »Nur zur Info, das hier ist nicht Hollywood, also kein Glitzer oder so. Erwarte nicht zu viel.«

Ich kneife die Lippen zusammen. »Warum musst du das vor mir rechtfertigen?«

Blake muss nicht antworten. Er sieht mich sehr eindringlich an, ehe er schuldbewusst mit den Schultern zuckt. »Muss ich wohl nicht. Ich habe nur gedacht, dass du an viel … Nobleres gewöhnt bist als das, wo wir jetzt hingehen.«

»Was nicht heißt, dass ich es nicht mag.«

Komme ich wie eine verwöhnte Kuh rüber oder so? Ich bin viel privilegierter aufgewachsen als die meisten Leute, klar, aber

Mom hat mir immer beigebracht, bescheiden zu sein. Mir ist von klein auf gesagt worden, dass ich unglaubliches Glück habe und mein Leben schätzen muss; außerdem ist Mom viel genügsamer als Dad. Er kauft sich alle paar Monate einen neuen Wagen, während Mom immer noch dieselbe Handtasche benutzt, die er ihr vor sechs Jahren zum Geburtstag geschenkt hatte, auch wenn sie schon ein bisschen abgenutzt ist. Ich bekomme ein festes Taschengeld, und wenn das aufgebraucht ist, gibt es bis zum nächsten Monat nichts mehr. Wenn ich wirklich dringend etwas möchte, muss ich bloß bei Dad mit den Wimpern klimpern, aber das tue ich nie. In der Hinsicht bin ich mehr wie Mom.

Deshalb ärgert mich Blakes Bemerkung, weil sie ein Vorurteil ist.

»Okay«, sagt Blake und atmet aus. Er steigt aus dem Truck, und ich folge ihm.

Das letzte Sonnenlicht, das auf dem Weg her noch zu sehen gewesen war, ist fort und der Himmel dunkelblau mit pinken Streifen über den Straßen von Nashville. Die Luft ist immer noch heiß und stickig, und es ist *laut*. Straßenverkehr, Stimmen und Musik. Ich inhaliere den Duft von brutzelndem Fleisch, und mir läuft das Wasser im Mund zusammen.

Es ist so schön, nach oben zu sehen und von Gebäuden überragt zu sein, anstatt über die Ranch zu blicken und *nichts* zu sehen. Auch wenn ich in Fairview geboren bin, glaube ich, dass ich ein Stadtmensch bin. Ich liebe das Gewimmel, das Meer von neuen Gesichtern, die endlosen Möglichkeiten. Manchmal ziehe ich mit Freundinnen zu Hause einfach los, ohne irgendwelche Pläne, um mich mit dem Strom treiben zu lassen und zu sehen, was L.A. für uns bereithält. Die Stadt ist voller Möglichkeiten, und das macht sie so bezaubernd – man weiß nie genau, wohin sie einen führt.

Es ist ein paar Jahre her, seit ich in Nashville gewesen bin, und obwohl es eine völlig andere Welt ist als L.A., fühlt es sich für mich doch heimisch an. In meinem Pass steht Nashville als mein Geburtsort, also bin ich wohl irgendwie von hier.

Meine Schritte sind im Takt mit Blakes, als ich ihm wie ferngesteuert folge, während ich mich begeistert umschaue. Um eine Ecke gelangen wir auf den Broadway und sind plötzlich im Herzen der Stadt. Vor mir erstreckt sich die Bridgestone Arena, und ich blicke die Straße hinunter, angezogen von den eigenwilligen Neonlichtern, die den Abendhimmel beleuchten. Musik der unterschiedlichsten Genres ist von den Dachterrassen zu hören, und ich sehe eine endlose Auswahl an Steakhäusern und Restaurants, aus denen es köstlich duftet. Menschengruppen ziehen über die Gehwege, deren Lachen den Soundtrack glücklicher Sommerabende liefert. Downtown Nashville hat einen einzigartigen Vibe, seine eigene Blase voller guter Laune (jeder ist glücklich), gutem Essen (nehme ich mal an) und guter Musik (logisch – wir sind in *Nashville*).

»Ha«, sagt Blake und holt mich aus meiner Trance.

»Was?«

Er sieht mich mit einem matten Lächeln an, als hätte er mich schon eine Weile lang beobachtet. »Nichts.«

Wir gehen weiter den Broadway entlang, bis ich abrupt von einer lebensgroßen Elvis-Presley-Figur vor einem Souvenirladen gebremst werde. Sie ist so absolut typisch für Nashville, dass ich mein Handy zücke und ein Foto mache. Im Geiste überlege ich mir bereits eine witzige Bildunterschrift und ein Hashtag, als mir einfällt, dass ich keinen Zugriff auf meine Accounts in den Social Media habe. Unauffällig bleiben, unter dem Radar fliegen und so. Was für ein spaßiger Sommerurlaub, dank Ruben und, nun ja …

Dad, schätze ich. Immerhin hatte er Ruben zugestimmt, dass es das Beste war, mich herzuschicken. Nicht für mich, sondern für sein Image in der Öffentlichkeit.

Dieser Gedanke setzt sich etwas zu sehr in meinem Kopf fest und blockiert mich. Eigentlich denke ich so nicht. Ich glaube keine Sekunde, dass Dad seine Karriere wirklich wichtiger ist als ich, doch die Enge in meinem Brustkorb bringt mich ins Grübeln …

Wow, wo kam dieser Gedanke her?

»Ich finde es irgendwie unfair, Elvis Presley als Country-Ikone auszugeben, denn er hat eher Rock and Roll gemacht«, sagt Blake neben mir. Wir stehen noch vor der Figur, deren Bild nun auf meinem Display ist. Ich schlucke und stecke das Telefon wieder ein. Wenigstens bemerkt Blake mein momentanes Stocken nicht, und ich bin froh über die Ablenkung, auch wenn er nur wieder über Musik redet.

»Du magst Country so richtig, was?«, frage ich.

Blake wird ein wenig rot und hält die Hände in die Höhe. »Ich bin in Nashville geboren und aufgewachsen, was erwartest du?« Er grinst und nickt nach vorn. »Da an der Ecke, das ist das gelobte Land.«

Ich folge seinem Blick und sehe das *Honky Tonk Central* an der Ecke, wo es von Menschen wimmelt. Der orangene Backsteinbau hat lauter Balkone nach vorn raus, auf denen Leute zusammenstehen. Die blitzenden Lichter von drinnen beleuchten sie, und ich bin ziemlich sicher, dass auch die meiste Musik, die ich höre, von dort kommt. Gruppen strömen durch die Eingangstüren mit dem neonblauen *Honky-Tonk-Central*-Schriftzug darüber. Es ist eindeutig *der* In-Treff, mitten auf Nashvilles Hauptstraße, aber …

»Es ist eine Bar.« Ich kann meine Enttäuschung nicht verbergen, als ich Blake verwirrt ansehe. Soweit ich weiß, bin ich noch sechzehn und er ist siebzehn.

»Eine *Musikbar*«, korrigiert Blake, als wir weitergehen. »Sie servieren auch Essen, also dürfen wir rein. Wir können nur kein Bier kaufen.«

Plötzlich bin ich extrem unsicher und bleibe hinter Blake, um mich an ihm zu orientieren. Schließlich hat er gesagt, das ist sein Lieblingsladen und er sei häufiger hier, also wird er sich auskennen.

Am Eingang ist ein Türsteher, und ich bekomme Panik, dass wir direkt weggeschickt werden. Doch Blakes Haltung ist unverändert: die Schultern gestrafft, der Kopf gerade, der Gang selbstsicher. Was hat seine Mutter ihm früher *gefüttert*? Proteinshakes im Babyfläschchen? Er wirkt viel älter als ich, aber immer noch nicht alt *genug*, denn als wir uns hinter älteren Frauen auf den Eingang' zubewegen, streckt der Türsteher den Arm aus, um Blake aufzuhalten.

»Um acht fangen wir mit der Ausweiskontrolle an, also seid in anderthalb Stunden wieder draußen«, sagt der Mann über den Lärm der Musik hinweg. Seine harten Züge weichen einem Grinsen, als er den Arm herunternimmt. »Zwingt mich nicht, euch dann suchen zu kommen!«

Blake nickt ihm artig zu und geht voraus in die Bar, als gehörte ihm der Laden. Ich wünschte, er würde nicht so schnell gehen, denn er ist schon quer durch den Raum, bevor ich eine Chance habe, mich umzusehen. Links von mir ist eine kleine Bühne, auf der sich eine Frau die Seele aus dem Leib singt – ich bin mir sicher, dass es ein Carrie-Underwood-Song ist. Ihre Stimme hallt durch die Bar, schallt aus den Lautsprechern, und Leute singen mit und jubeln. Ein riesiger Holztresen nimmt einen Großteil des

Raums ein, an dem sich Leute drängen und das Bier fließt, und Freundesgruppen knabbern Nachos an den Holztischen vor den Fenstern. Ich bin noch nie in solch einer Bar gewesen. Wo ich mit meinen Eltern hingehe, ist es schillernd und formell. Hier ist es sorglos, spaßig und gemütlich. Entspannt. Wie in einer vollkommen anderen Welt. Auch wenn wir früher in Nashville waren, hätte Dad sich nicht einmal tot in solch einem Laden erwischen lassen wollen. Er hat eine Vorliebe für die protzigeren Dinge des Lebens entwickelt, und Lokale wie dieses passen wirklich nicht zu seinem Starimage.

Blake scheint sich zu erinnern, dass er mit mir hier ist, denn er bleibt stehen und blickt sich zu mir um. »Nicht in diesem Stockwerk«, sagt er. Seine Stimme wird von dem Lärm gedämpft, und er zeigt zur Decke. »Wir wollen nach oben.«

Wir gehen an der Bühne vorbei zu einer Treppe in der Ecke und steigen sie hinauf. Die Musik von oben beginnt, die Sängerin unten zu übertönen. Leute kommen uns auf der Treppe entgegen, alle angetrunken und fröhlich, und ich kann nicht aufhören zu lächeln. Dad würde mir niemals erlauben, hier zu sein, und ich ergreife meine Chance, Nashville in all seiner Pracht zu erkunden. Vielleicht sogar auch Fairview, falls es dort etwas zu entdecken gibt.

Es gibt drei Stockwerke, aber Blake bleibt im zweiten. Von der Treppe aus betreten wir eine Etage, die identisch mit der unteren ist – eine Bühne, auf der eine Band, in der alle Cowboyhüte tragen, Country-Rock jammt, ein dicht gepackter Tresen auf der anderen Seite und jede Menge Tische zwischen den Tanzenden. Ich weiß nicht, was für Essen ich hier rieche, doch es duftet so, dass einem das Wasser im Mund zusammenläuft.

Wir suchen uns einen Tisch nahe der Bühne, und meine Beine

sind so kurz, dass ich mich auf die Zehenspitzen recken muss, um auf den gepolsterten Barhocker zu kommen. Blake, der bereits sitzt, beobachtet es amüsiert. Er hat es leicht – er muss mindestens einen Meter sechsundachtzig groß sein.

»Willkommen« – er breitet die Arme aus und zeigt zu dem Raum – »im *Honky Tonk Central*.«

»Gefällt mir«, rufe ich über die Musik hinweg und blicke zur Bühne rechts von mir. Die Bandmitglieder sind jung, aber verdammt gut. Das Genre ist mir nicht sehr vertraut, deshalb kann ich nicht mal sagen, ob sie Songs covern oder eigene spielen. Die Gitarrenriffs vibrieren aus der Box über meinem Kopf, und mich würde wundern, sollte ich hier mit intakten Trommelfellen wieder rausgehen.

»Warte, bis du die Quesadillas probiert hast«, sagt Blake. Er winkt einer Kellnerin und bestellt eine Platte mit Snacks, ohne mich vorher zu fragen. Wieder mal gibt er den geborenen Anführer.

Ich verschränke die Arme vor mir auf dem Tisch. »Woher weißt du, ob ich nicht irgendwelche Allergien habe?«, frage ich, als die Kellnerin wieder weg ist.

Er ahmt mich nach, stützt die verschränkten Unterarme auf den Tisch und neigt sich zu mir. »Hast du irgendwelche Allergien?«

»Nein.«

»Dann entspann dich, Hollywood – ich will dir nur das Beste zeigen, was dieser Laden zu bieten hat. Wir haben nicht viel Zeit, weil Myles mich in letzter Minute versetzt hat, also genießen wir es, solange wir können.«

Er dreht sich auf seinem Hocker zur Bühne, wobei er einen wie gemeißelten Arm auf den Tisch gelehnt lässt. Mein Seufzen angesichts seiner kleinen spitzen Bemerkung bemerkt er nicht. Er nickt im Takt des Schlagzeugs, und mir fällt auf, dass er die Lippen ein wenig bewegt, als würde er den Songtext murmeln – vermutlich spielt die Band keine eigenen Stücke – und wie der Rest seines Körpers mit der Musik mitgeht. Er wiegt die Schultern und tippt mit den Fingern auf dem Tisch. Die Neonscheinwerfer blitzen in seinen Augen. Es ist, als würde der bloße Klang von Country-Rock etwas in ihm entzünden, denn ich glaube, er vergisst, dass er nicht allein ist. Er ist gebannt, saugt die Atmosphäre in sich auf.

Erst als das Essen kommt, taucht er wieder auf, und mir wird bewusst, dass ich mehr auf ihn als auf die Band geachtet habe. Meine Wangen werden heiß vor Scham, als hätte er mich ertappt, wie ich ihn ansehe, doch er scheint es nicht mitbekommen zu haben.

Die Platte, die er uns bestellt hat, ist köstlich, muss ich zugeben. Es ist eine Mischung aus Chips und Salsa. Mozzarella-Wedges, Hähnchen-Quesadillas und Buffalo-Wings. Anfangs bemühe ich mich, so elegant wie möglich zu essen, aber bald fällt mir eine halbe Quesadilla aufs Top, sehr zum Amüsement von Blake, und von da an bedienen wir beide uns hemmungslos, bis nur noch eine Quesadilla übrig ist.

»Nimm du«, sagt Blake und schiebt mir die Platte hin.

Ich schiebe sie zurück. »Nein, du kannst sie haben.«

»Okay, ich streite mich nicht.«

Er schnappt sie sich und schiebt die Hälfte davon mit der Eleganz eines Spaghetti mampfenden Kleinkinds in den Mund, während ich angewidert zusehe. *Bäh!*

»Was?«, fragt Blake unschuldig, nachdem er geschluckt hat.

»So isst du die?«

»Wie? So?« Und damit verschwindet die zweite Hälfte in seinem Mund. Diesmal kaut er sehr übertrieben und laut, wobei er mir direkt in die Augen sieht. Da ist eindeutig ein Grinsen zwischen den Malmbewegungen.

Ich kann kaum hinsehen. »Eklig, Blake.« Sogar meine Wangen tun weh, so sehr verziehe ich das Gesicht.

»Erinnere mich dran, dass ich dich nie zu Rippchen einlade«, sagt er und verdreht die Augen, während er sich mit einer Serviette über die Lippen wischt. Dann rückt er seinen Barhocker näher an den Tisch und stützt die Ellbogen auf, die Hände vor sich gefaltet, als würde er sich bereit machen, mich zu interviewen. Was er offenbar auch vorhat. »Also, Miss Mila, verrate mir eines, denn ich kann es nicht erkennen. Bist du froh, hier zu sein?«

Ich schaue mich um und nehme erneut die Atmosphäre in mich auf; die energiegeladene Musik, all die strahlenden Leute, das unbeschwerte Lachen derer, die bei ihrem vierten Bier sind, der Rhythmus der Tanzenden. Dann sehe ich wieder Blake an, der wartet. »Ich habe dir doch schon gesagt, dass ich es klasse finde. Es ist anders als das, was ich gewohnt bin, und die Musik ist nicht schlecht …«

»Nein«, unterbricht er mich kopfschüttelnd. »Ich meine, bist du froh, *hier* zu sein? In Tennessee. In Nashville. In Fairview.« Er verstummt kurz, und sein einer Mundwinkel zuckt. »Zu Hause.« Das Wort hat eine Menge Gewicht, und ich frage mich, ob so offensichtlich ist, dass ich zwar in Tennessee geboren bin, es sich aber nicht wie mein Zuhause anfühlt.

»Ich … Natürlich bin ich froh, zu Hause zu sein«, beginne ich, allerdings schwankt meine Stimme, weil ich es ohne einen Funken Überzeugung sage. »Ich habe meinen Grandpa sehr vermisst und meine Tante auch. Ich dachte, es wäre cool, sie mal für einige Zeit zu besuchen. Und es ist immer etwas Besonderes, zurück an den Ort zu kommen, an dem man seine Kindheit verbracht hat.«

»Nett gespielt, Mila«, sagt Blake und presst die Lippen zusammen. »Aber du lügst.«

»Wie bitte?« Ich blinzle, und mein Tonfall wird schärfer vor Empörung.

»Du lügst«, wiederholt er. »Du bist nicht freiwillig hier. Das hast du bei der Kirche gesagt.«

Mist, das hatte ich vergessen. Es schien so harmlos, einfach zu sagen, ich würde so lange bleiben, wie ich »muss«, anstatt wie ich »will«. Meine unbedachte Wortwahl in dem Moment war ihm aufgefallen, trotzdem war mir nicht klar, dass er noch einmal darauf zurückkommen würde. Doch er hat eindeutig auf eine Gelegenheit gewartet nachzubohren.

»Okay, was soll's? Dann bin ich eben nicht hier, weil ich es wollte«, erwidere ich. »Was kümmert dich das?«

Blake verengt die Augen. Entweder überrascht ihn meine schroffe Reaktion oder die Tatsache, dass ich nicht leugne, gelogen zu haben. Er betrachtet mich, als würde er mich für faszinierend halten, doch ich habe keine Ahnung, warum er mich interessant findet. »Ich denke, du bist aus einem sehr bestimmten Grund hier, und ich würde wetten, dass es kein sehr positiver ist.«

»Hey, Sherlock, hör auf, deine Nase in meine Angelegenheiten zu stecken«, sage ich zähneknirschend. Ich verschränke meine Arme und drehe mich zur Band. Mein Gesicht ist heiß, und mein Herzschlag dröhnt in meinen Ohren; in meinem Kopf baut sich ein solcher Druck auf, dass ich die Band kaum richtig wahrnehme.

Doch Blake bohrt weiter. Über die Musik hinweg höre ich ihn sagen: »Du hältst dich vielleicht für superwichtig, weil die Welt weiß, wer dein Dad ist, aber, glaub mir, hier interessiert das eigentlich keinen so sehr. Wie wäre es also, wenn du dich normal verhältst und mir einfach erzählst, warum du wirklich hier bist?«

»*Superwichtig?*« Entgeistert sehe ich zu ihm. »Dafür halte ich mich nicht!«

»Und warum bist du dann ausgeflippt, als ich den Leuten erzählt habe, wer du bist? Warum diese Heimlichtuerei?«

Er wartet auf eine Antwort, und er weiß, dass er mich in die Enge getrieben hat. Fragend zieht er eine Augenbraue hoch. Ich bin so wütend, dass ich ihn schlagen könnte. Wie kann er es wagen? Er weiß nichts über mich. Ich balle die Fäuste, lasse die Arme verschränkt und funkle ihn an.

»Weil ich unter einer Menge Druck stehe, okay?«, antworte ich schließlich. »Ich versuche, das Beste aus einer miesen Situation zu machen, und *du* machst es mir nicht leicht.«

»Dann gibst du zu, dass du in einer miesen Situation bist?«, fragt Blake selbstzufrieden. Wieder einmal hat er es geschafft, dass ich mich verplappere.

»Okay, ich sage nichts mehr.«

Plötzlich räuspert sich jemand neben uns, aber nicht einmal das genügt, damit Blake aufhört, mich anzustarren. Keiner von uns will zuerst nachgeben. Blakes Blick ist herausfordernd, und ich weiß, dass meiner dunkel und warnend ist.

Wieder räuspert sich die Person neben uns. »Es ist nach acht, Leute«, sagt der Türsteher. »Darf ich die Ausweise sehen?«

»Schon gut«, murmle ich verärgert, greife nach meiner Handtasche und rutsche von dem Barhocker. »Wir wollten gerade gehen.«

Der Blickkontakt ist gebrochen.

Ich will hier raus, weg von Blake und seinen aufdringlichen Fragen. Unhöflich drängle ich mich an dem Türsteher vorbei und stürme durch den Raum, ohne mich umzusehen, ob Blake mir folgt oder nicht.

Und die Lektion aus der Geschichte: Wenn ein Typ bei der ersten Begegnung solch ein Arsch ist, dass man am Ende seinetwegen weint, gib ihm *niemals* eine zweite Chance. Was habe ich mir dabei gedacht, überhaupt mit ihm herzukommen?

Ich renne die Treppe hinunter ins Erdgeschoss, nehme jeweils zwei Stufen auf einmal. Seit unserer Ankunft ist es voller geworden, und eine dichte Horde von Leuten tanzt vor der Bühne, durch die ich mir meinen Weg bahnen muss. Doch schließlich schaffe ich es nach draußen. Am Eingang ist ein Chaos aus Kommenden und Gehenden, deshalb verschwinde ich um die Ecke und finde eine ruhigere Stelle, um mich wieder zu fangen. Ich stemme eine Hand an die Mauer des *Honky Tonk Central*, kneife die Augen zu und atme warme, schwüle Luft.

»Ich nehme an, dieses Dramatalent liegt in den Genen?«

Ich reiße die Augen auf und sehe Blake nur wenige Schritte entfernt, eine Schulter an die Mauer gelehnt und die Hände in den Taschen. Das Neonblau des Schilds spiegelt sich in seinen Augen.

»Es war nämlich schon dramatisch, so rauszustürmen«, fährt er fort. »Von unverschämt ganz zu schweigen.«

»Unverschämt? *Ich* bin unverschämt?! Lass mich einfach in Ruhe«, speie ich hervor und remple ihn mit der Schulter an, als ich den Broadway hinaufeile. Ich kann nirgends hin als zu seinem Truck, und obwohl mit ihm in einen Wagen zu steigen das Letzte ist, was ich jetzt gerade ertragen möchte, bleibt mir keine andere Wahl. Entweder bringt Blake mich nach Hause, oder ich muss mir ein Taxi zurück nach Fairview suchen, denn eine Busverbindung gibt es nicht.

Ich höre Blakes Schritte hinter mir. Er geht schnell, um mich einzuholen. »Mila. Mila, komm schon«, versucht er es. »Mila, *warte*.«

Verdammt, der Typ ist hartnäckig. Ich bleibe stehen, drehe mich um, und er ist so dicht hinter mir, dass er direkt mit mir kollidiert. Wir beide stolpern, und er packt meine Unterarme, um uns abzufangen. Aggressiv reiße ich mich von ihm los, wende mich aber nicht ab. Mir ist bewusst, dass sein Körper nur Zentimeter von meinem entfernt ist und sich unsere Oberkörper beinahe berühren. Keiner von uns weicht zurück, und ich blicke in seine Augen, gebe ihm eine Chance zu beweisen, dass es sich lohnt zu hören, was er zu sagen hat.

»Hey, komm schon«, sagt er und atmet recht lange aus. »Sei nicht so. Ich versuche ehrlich nicht, dich wütend zu machen.« Aus der Nähe sind seine braunen Augen von helleren Flecken gesprenkelt, fast wie kleine Karamellpunkte. »Ich möchte doch bloß schlau aus dir werden.« Für einen Moment blickt er nach oben, als suche er nach den richtigen Worten. »Du weißt schon, weil ich wahrscheinlich der Einzige hier bin, der dich verstehen kann.«

Ich recke mein Kinn, sodass mein Gesicht noch näher an seinem ist. »Warum?«, frage ich immer noch kochend vor Wut. »Du denkst, dass du irgendwas von meinem Leben verstehst, weil du der Idiotensohn der Bürgermeisterin bist?«

Blakes Augen verdunkeln sich, und ich zuckte fast zusammen angesichts seines Stimmungswechsels. Jetzt tritt er einen Schritt zurück. »Ganz genau«, antwortet er matt.

»Du und ich« – ich zeige zwischen uns hin und her, schüttle den Kopf und werde lauter – »wir sind *nicht* gleich. Unsere Leben sind vollkommen verschieden, also lass es, *Bürgermeisterkind*.«

»Bürgermeisterkind?«, wiederholt ein Typ, der an uns vorbeigeht und nun schwankend stehen bleibt. Er zeigt mit dem Finger auf Blake. »Du bist Averys Kind? Sag deiner Mom, sie soll aufhören, nach Waffengesetzen zu schreien. Je schneller die aus dem Amt fliegt, desto eher …« Sein Lallen verliert sich, als ihn die Frau an seiner Seite wegzerrt und sich hastig bei uns entschuldigt.

»Vielen Dank dafür«, sagt Blake verbittert und sieht wieder zu mir. Wir stehen immer noch auf dem Gehweg mitten auf dem Broadway, während die Leute um uns herumgehen. Doch wir beide scheinen für eine Sekunde vergessen zu haben, dass wir nicht allein sind.

»Gern geschehen«, sage ich und halte mich dazu sehr aufrecht. »Bring mich nur nach Hause, bitte.«

»Na gut! Aber eigentlich verdienst du, hiergelassen zu werden und dein Glück mit einem Taxi zu versuchen.« Er holt die Truck-schlüssel aus seiner Tasche, geht weiter und murmelt: »*Gott*, hätte ich Blödmann bloß Lacey eingeladen!«

Ich weiß nicht, wer Lacey ist, aber ich wünsche mir auch, er hätte sie eingeladen, denn dies hier hat sich als Desaster entpuppt. Wir beide gehen zu schnell, angefeuert von unserer Wut aufeinander. Beide pressen wir die Lippen zusammen, und jeder, der uns sieht, muss sich fragen, was mit uns nicht stimmen mag. Wir passen nicht zu der lockeren, lebendigen Atmosphäre um uns herum. Lebendig bin ich zwar durchaus, aber auf die falsche Art.

»Du kannst meine Nummer aus deinem Telefon löschen«, ergänze ich, weil ich nicht umhin kann, kleinlich zu werden.

»Da, siehst du? *Das* ist Drama«, erwidert Blake spöttisch. »Krieg dich ein!«

Wir gehen um eine Ecke vom Broadway, und vor uns ist das Parkhaus zu sehen. Hier ist weniger los, und ich stelle mich vor Blake, sodass er nicht weitergehen kann.

»Hör zu, Blake«, sage ich ein wenig ruhiger, »ich vertraue nicht darauf, dass du mich nicht in Schwierigkeiten bringst. Also lass es bitte gut sein und glaub mir, wenn ich sage, dass ich freiwillig hier bin, weil mir mein Grandpa und Fairview gefehlt haben und sonst nichts. Okay?«

»Obwohl ich weiß, dass du lügst?«

Ich schlucke das Gift in meiner Stimme herunter und nicke. »Obwohl du weißt, dass ich lüge.«

Zehn

»Er hat immer bis Sonnenuntergang in den Bächen gespielt, und wenn er abends zum Essen nach Hause kam, war er durchnässt und voller Nesselausschlag«, sagt Popeye. »Einmal, er muss so dreizehn gewesen sein, musste ich in den Lake Van waten und ihn eigenhändig rausholen. Ich hätte den Jungen oft erwürgen können.«

Es ist später Freitagmorgen, und Popeye und ich entspannen zusammen auf der Veranda, trinken seinen Lieblingstee, und er erzählt mir Geschichten von früher. Heute ist die Sonne außergewöhnlich grell, deshalb lehne ich mich auf dem Segeltuchstuhl nach hinten, die Beine übereinandergeschlagen, und trage eine Sonnenbrille. Tante Sheri ist mit dem beschäftigt, was sie am besten kann – niemals stillsitzen, sondern immerfort an und auf der Ranch arbeiten. Ich kann sie in der Ferne sehen, wie sie aus dem Stall kommt und wieder drinnen verschwindet.

»Wollte er immer schon Schauspieler werden?«, frage ich Popeye.

»Nicht immer«, antwortet er, und da ist eine leichte Anspannung in seinen Worten. Er sitzt an einem schattigen Flecken mir gegenüber. Hier draußen ist es friedlich; man kann die frische

Luft atmen und sich in der Wärme und Stille aalen. »Wir haben gedacht, es ist bloß eine Phase. Nur ein Teenager-Hobby, aus dem er herauswächst. Aber, oh nein, er hat das bis ins College verfolgt. Ich begreife nicht mal, wie man in Theater und Schauspielerei überhaupt einen richtigen Abschluss machen kann.«

Verstohlen sehe ich aus dem Winkel meiner Sonnenbrille zu ihm. Natürlich *ist* das Eintauchen in die Welt des Theaters nicht nur eine Teenager-Spinnerei, aber Popeye scheint anderer Meinung. »Bist du enttäuscht?«, frage ich vorsichtig. »Dass Dad nicht hiergeblieben ist und dir mit der Ranch geholfen hat?«

Popeye blickt zu mir, und ich neige den Kopf schnell in die andere Richtung, damit ich ihm nicht in die Augen sehen muss. »Na, das war der Traum«, antwortet er leise. »Ich habe sie von meinem Vater übernommen und bin stolz gewesen, dass ich die Familientradition fortsetzen kann. Selbstverständlich hatte ich gehofft, dass Everett es genauso macht. Ich hätte mich ihm nie in den Weg gestellt, trotzdem wünsche ich mir, er hätte einen richtigen Beruf.«

»Schauspieler ist ein Beruf, Popeye.«

»Ein Skript lernen und auf einem Filmset herumalbern?« Popeye schwenkt abfällig die Hand, als wolle er es sich nicht einmal vorstellen. »Das ist ein leichtes Leben … In einem Trailer sitzen, wo ihm drei Leute gleichzeitig das Haar stylen – wie kann das als *Arbeit* zählen? Ich bin vielleicht ein bisschen altmodisch, aber all das Brimborium fürs Posieren vor einer Kamera, das verstehe ich eben nicht.«

»Genau genommen ist es wirklich schwer, ein Skript auswendig zu lernen. Dad ist manchmal die ganze Nacht auf, läuft durchs Haus und übt seinen Text«, verteidige ich Dad, weil mir bei Popeyes verächtlichem Ton unwohl ist. Sein Sohn ist ein weltweit

bekannter Star, sein Erfolg in jedem Winkel der Welt anerkannt ...
Popeye muss doch begreifen, wie viel harte Arbeit Dad investiert
hat, um diesen Status zu erreichen. Ist er denn nicht stolz auf
seinen Sohn?

»Ach, Mila, natürlich bin ich froh, dass sich alles gut ergeben
hat. Es wäre ein Jammer gewesen, hätte seine Berufswahl bedeutet, dass er nicht für seine Familie sorgen kann ... Es war ein rie-
siges Glücksspiel«, murmelt Popeye und reibt sich nachdenklich
das Kinn. »Und dennoch, auch wenn sich das Risiko gelohnt hat,
sollte er häufiger zu Besuch kommen. Oder wenigstens anrufen. Ich habe nicht mehr mit Everett gesprochen seit ... O, seit
Februar.«

»Was?« Ich setze mich auf und hebe meine Sonnenbrille an.
»Ihr habt seit Monaten nicht miteinander geredet?«

»Nein.« Popeyes Lächeln hat einen verletzten Zug. »Aber sorg
du dich deswegen nicht, Mila. Ich bin sehr froh, dass ich mit dir
reden kann.«

Ich setze die Sonnenbrille wieder richtig auf und blicke zu den
Mauern, die uns sicher in unserer privaten Blase halten. Eine Million Gedanken jagen mir durch den Kopf. Mir ist klar, dass Dad
zu tun hatte und den Kontakt zu Popeye und Sheri nicht so gehalten hat, wie er vielleicht sollte, aber mir war nicht bewusst, wie
sehr er sich distanziert hat. Er hat seinen eigenen Vater seit *Februar*
nicht angerufen? Besuche sind wegen Dads vollem Terminkalender nicht immer möglich, das weiß ich, aber wie schwer kann es
sein, hin und wieder zum Telefon zu greifen? Und ich hatte ein
schlechtes Gewissen, weil ich nur ein- oder zweimal im Monat
angerufen habe ... Jetzt kommt es mir vor, als würde ich mich am
häufigsten melden.

»Mila!«, ruft Tante Sheri. Sie kommt durch das lange Gras zu uns. Ihr Gesicht ist von einem Cowboyhut beschattet, und sie hält die Fernbedienung für das Tor in der Hand. »Deine Freundinnen waren draußen. Ich habe sie reingelassen. Der Techniker hat ausnahmsweise gute Arbeit geleistet – der Mechanismus funktioniert!«

Freundinnen? Bisher denke ich nicht, dass ich hier Freunde habe, springe aber auf und gehe zum Tor. Bis ich dort bin, ist es vollständig offen, und Savannah und Tori betreten so zögerlich das Grundstück, als wäre die Ranch ein Minenfeld.

»Dürfen wir reinkommen?«, fragt Tori. Sie dreht sich um die eigene Achse und nimmt die Ranch in all ihrer Pracht in sich auf.

Seit diese Mauern vor wenigen Jahren errichtet wurden, ist die Ranch für jeden uneinsehbar, der hier vorbeikommt, weshalb die Leute sich wahrscheinlich fragen, wie es hinter dem Tor aussehen mag. Dabei gibt es hier nicht viel zu sehen. Kann sein, dass sich die Leute ausmalen, die Ranch würde mit Hilfe von Fachkräften in erstklassigem Zustand gehalten, wir würden hier Rassepferde züchten und wohnten in einem neuen Herrenhaus. Was so gar nicht stimmt. Das Harding-Anwesen ist ausgesprochen bescheiden.

»Warum sollt ihr nicht reindürfen?«, frage ich lachend und bedeute ihnen, zu mir zu kommen. Tante Sheri muss alles aus der Ferne beobachten, denn das Tor schließt sich hinter den beiden wieder.

»Na ja, es ist nur …«, beginnt Savannah, entspannt sich dann aber und lächelt strahlend. »Ach, egal.«

Ich brauche eine Sekunde, bis ich begreife, was sie sagen wollte. *Dies ist Everett Hardings früheres Zuhause* oder etwas Fanmäßiges in der Richtung. Ich verdränge den Gedanken und frage: »Also, was gibt's?«

»Wir haben gedacht, wir kommen mal vorbei und sehen nach, wie es dir geht«, antwortet Tori.

Das Nasenpiercing, das sie bei der Parkplatzparty hatte, ist heute nicht da, wie sie überhaupt konservativer wirkt. Ich blicke zu ihren Halbstiefeln und frage mich, wie sie es schafft, dass ihre Füße in dieser Hitze nicht anschwellen. Ich trage Flipflops, die nicht gerade für eine Ranch geeignet sind, aber wenigstens verglühen mir in denen nicht die Füße.

»Und meine Mom sagt, Sheri hält noch Pferde«, sagt Savannah. Sie kann ihre Aufregung schlecht verbergen, denn sie schaut sich bereits über meine Schulter zu den Koppeln und dem Stall um.

Tori verdreht die Augen und hält sich seitlich eine Hand an den Mund, um mir zuzuflüstern: »Ja, sie ist einer von den Pferdefreaks.«

Lächelnd sehe ich Savannah an. »Ah, dann seid ihr hier, um aufzusatteln?«

»Geht das?« Savannahs blaue Augen werden riesig, und es sieht aus, als könnte sie platzen vor kindlicher Freude.

»Klar«, antworte ich. »Können wir alle.«

»Augenblick mal«, sagt Tori panisch. »Ich? Auf einem Pferd?«

»Das geht schon«, versichere ich ihr, obwohl ich genauso wenig optimistisch bin. Ich habe Sheri in der letzten Woche mit den Pferden geholfen, keine Frage, aber eines zu striegeln ist etwas anderes, als eines zu reiten. Und bisher habe ich den Teil mit dem Galoppieren über die Weiden ausgelassen. Sicher, mit sechs Jahren bin ich auf meinem Pony Misty herumgetrottet, was jedoch eine Ewigkeit her ist. Aber ich will nicht, dass Savannah und Tori meine Herkunft infrage stellen, also ist es an der Zeit, ein wenig Mut zu beweisen.

Wir gehen den Sandweg entlang zum Haus, wo Popeye uns von

der Veranda begeistert zuwinkt, und dann finde ich Sheri, die mit einem Eimer in jeder Hand über die Weide stapft. Sie scheint skeptisch und ein wenig besorgt, als ich sie frage, ob wir die Pferde reiten dürfen. Natürlich weiß sie, dass ich keinen Schimmer habe, was ich tue, doch als Savannah ihr versichert, dass sie Reiterfahrung hat und ein Auge auf Tori und mich haben wird, ist sie ein wenig beruhigt und erlaubt uns, die ruhigsten und gehorsamsten Pferde zu nehmen, die sie hat. Sie begleitet uns zum Stall und stellt uns »unsere« Pferde vor. Dann zeigt sie uns (na ja, Tori und mir), wie wir sie satteln, und gibt uns sehr detaillierte Anweisungen, wie man reitet.

»Müssen wir das machen?«, jammert Tori, die den Gurt ihrer Reitkappe einschnappen lässt. Sie sieht unsicher zu Domino, dessen Name sehr passend gewählt ist. Er steht gelassen da und kaut auf einem Happen Heu.

»Du willst doch nicht den neuesten Tratsch verpassen, oder?«, fragt Savannah. Sie sieht mich direkt an, und die beiden wechseln einen Blick und solch ein vielsagendes Grinsen, wie es nur beste Freundinnen machen.

Tratsch? Welcher Tratsch?

»Na gut«, sagt Tori. »Los geht's, Cowgirls.«

Wir führen unsere Pferde aus dem Stall in den strahlenden Sonnenschein. Jeder Morgen hier ist sagenhaft, anders als die diesigen Morgenhimmel in L.A. Meine Schädeldecke unter der hässlichen Kappe fühlt sich jetzt schon heiß an, und ich trage immer noch *Flipflops*. Ich mache hier keinem etwas vor – nein, ich bin definitiv kein Mädchen vom Lande, das mit ihrem vertrauten Hengst in den Sonnenuntergang reitet. Aber wenigstens scheint Sheri sich sehr zu amüsieren, als sie uns aus der Ferne beobachtet.

Savannah schwingt sich mühelos auf ihr Pferd und sitzt schon entspannt im Sattel, während Tori und ich noch kämpfen. Unter der Reitkappe sieht Savannahs Bauernzopf richtig nett aus. Dagegen dürfte ich lächerlich aussehen, weil mir Haarsträhnen ins Gesicht hängen, und Tori wirkt nicht minder albern, denn sie versucht, in einem Rock auf ein Pferd zu steigen. Meines – Fredo – ist geduldig, und ich schaffe es endlich, ein Bein über ihn zu heben. Dabei hat Savannah einen Lachanfall nach dem anderen. Tori braucht länger als ich, auf das Pferd zu kommen, und bis wir alle bereit sind, sieht sie ziemlich finster aus.

»So stelle ich mir Spaß nicht vor«, murrt sie.

Wir bewegen uns in einem langsamen Schritt über die Weide, und ich kann mich auf nichts anderes konzentrieren, als nicht vom Sattel zu rutschen. Es ist sehr wacklig, und ich klammere mich an die abgewetzten Zügel und bete, dass Fredo sich nicht erschrickt und wild losgaloppiert. Dass ich von einem Pferd stürze und in der Notaufnahme lande, ist nicht die Sorte L.A.-Detox, für die ich hergeschickt wurde.

»Mila, wir müssen etwas gestehen«, sagt Savannah nach einer Weile friedlichen Dahintrottens. Blutige Anfänger, die wir sind, halten Tori und ich uns relativ gut, denn wir schaffen es immerhin, mit Savannah und ihrem Pferd Schritt zu halten. Unsere drei Pferde sind exakt in einer Reihe. Ich löse meinen Blick von Fredos üppiger Mähne und sehe zu Savannah, die mich mit einem Grinsen beobachtet. »Wir sind hier, weil wir mit dir über Blake reden wollen.«

Also *das* haut mich fast aus dem Sattel. Sein Name bewirkt, dass ich sofort den Rücken gerade mache. »Blake?«, frage ich so gelassen wie möglich und blicke geradeaus, damit sie nicht sehen, was sie damit auslösen, dass sie ihn bloß erwähnen. »Was ist mit ihm?«

»Ihr zwei hattet neulich ein Date«, antwortet Savannah.

»Aha?«, sagt Tori. Sie lehnt sich auf ihrem Pferd vor, damit sie zu Savannah sehen kann und zieht dabei fragend die Augenbrauen zusammen.

»Was?«, frage ich. Woher wissen sie von meinem Abend in Nashville mit Blake? Ich hatte das keinem erzählt. »Und es war kein Date! Hat er … Hat Blake gesagt, dass es eins war?«

»Er hat nicht direkt das Wort benutzt, aber, glaub mir, es war ein Date«, antwortet Savannah mit einem Schulterzucken. »Er hat dich ins *Honky Tonk Central* eingeladen! Das ist buchstäblich sein Lieblingsort auf diesem Planeten, und da würde er nicht jeden mit hinnehmen.«

Ich sehe zu den Ohren meines Pferds, die zucken, als würde Fredo auch mithören und kaum mitbekommen, dass ich meine Finger in seine Mähne webe. Irgendwie kennt Savannah alle Einzelheiten, wann und wo Blake und ich waren, und wenn ich es ihr nicht erzählt habe, dann …

»Blake hat dir von Mittwochabend erzählt?«

»Äh, nein«, gesteht Savannah. »Er hat es Myles erzählt, und Myles war so nett, mir die Information weiterzugeben.«

Der Mittwochabend war eine solche Katastrophe, dass ich mich schon krümmen will, wenn ich nur daran denke. Blake und ich hatten uns in der Öffentlichkeit gestritten, was so schlecht ausging, dass wir auf der Rückfahrt kein Wort gewechselt hatten. Als wir wieder bei der Ranch ankamen, war ich aus seinem Truck gesprungen, hatte die Tür zugeknallt und bin durchs Tor, ohne mich noch einmal umzusehen.

Furchtbar!

Und ich habe viel über den Abend nachgedacht, als ich (vergeblich) einzuschlafen versuchte. Es ist ja nicht so, als gäbe es ein

Riesengeheimnis, das die Welt auf den Kopf stellt, wenn es jemand herausfindet. Vielmehr halte ich gar nichts geheim. Ich versuche bloß zu machen, was mein Dad und Ruben verlangen, und das bedeutet, dass ich mich sehr bedeckt halte, vernünftig bin, nicht auffalle und nichts tue, was Aufmerksamkeit auf mich lenkt. Denn jede Aufmerksamkeit, die ich auf mich ziehe, gilt natürlich sofort meinem Dad.

Meine Sorge ist nicht, dass jemand den wahren Grund erfährt, warum ich hier bin, sondern dass es die *falsche* Person erfährt. Es bedarf nur einer Person, die boshaft oder verzweifelt genug ist, um der Presse eine absurde Geschichte zu verkaufen, warum die Tochter von Everett Harding für den Sommer nach Fairview verbannt wurde. Die Klatschblätter würden daraus jede Story stricken, die sie wollen – dass ich weggelaufen bin, weil es in der Familie kriselt; was immer sie denken, das mehr Klicks bringt.

Was bedeutet, dass Blake ... dass Blake definitiv jemand ist, den ich auf Abstand halten muss. Egal wie sehr er drängte, er hatte mir Mittwochabend nicht die Wahrheit entlockt.

»Alsooo«, sagt Tori. »Wird das jetzt mit dir und Blake was Ernstes?«

Ich schnaube und werfe den Kopf in den Nacken, um zu demonstrieren, wie lächerlich der Gedanke ist. Blake und ich? Was Ernstes? Ernst ist nur, dass Blake Avery sich zum Parasiten entwickelt hat, der mir unter die Haut kriecht.

»Auf keinen Fall«, sage ich so entschieden, dass Savannah und Tori es nicht als Kokettieren missverstehen können. »Er hat allen bei der Parkplatzparty erzählt, wer mein Vater ist, als offensichtlich war, dass ich es nicht allgemein bekanntgeben wollte, und Mittwochabend war ... Tja, das war richtig übel.«

»Echt? Was ist passiert?«, fragt Savannah, die sehr überrascht klingt. Vielleicht hat sie nicht erwartet, dass ich den Abend als übel beschreibe, aber das ist noch eine der zahmeren Beschreibungen, die ich für ihn habe. »Myles hat er nur erzählt, dass ihr im *Honky Tonk Central* wart, was gegessen habt und er einen schönen Abend hatte.«

Jetzt bin ich es, die überrascht ist. »Hat er nicht erzählt, dass wir uns gefetzt haben? Und dass wir auf der Fahrt zurück kein Wort gesprochen haben? Und dass ich vielleicht ein *bisschen* dramatisch war?« Im Nachhinein hatte Blake recht – ich habe übertrieben und zickig reagiert. Das bewirkt Panik bei mir.

»Ähm, nein«, antwortet Savannah verwundert. »Weshalb habt ihr euch gestritten?«

»Uuh …«, bemerkt Tori. »Ich bin mir ziemlich sicher, dass statistisch bewiesen ist, wenn zwei Leute immer wieder aneinandergeraten, ist ihnen bestimmt, am Ende zusammenzukommen. Also, Mila, wie es sich anhört, ist Blake dein künftiger Mann. Merk mich schon mal als Brautjungfer vor.«

Savannah ignoriert Toris gestörten Humor – der von mir auch nur mit einem Augenverdrehen kommentiert wird – und fragt wieder: »Weshalb habt ihr euch gestritten?« Sie sieht mich direkt an, doch ich kann ihren Blick nicht lange genug halten, denn ich vergewissere mich immer wieder, dass Fredo nicht mit mir in eine Baumreihe trottet.

»Er hat mich dauernd nach Sachen gefragt, über die ich nicht reden wollte, und war superunverschämt«, gestehe ich leise, denn ich habe beschlossen, dass ich zumindest ihnen beiden trauen kann. Und ich hoffe, Savannah und Tori nutzen diese Gelegenheit nicht, um mich ebenfalls auszuhorchen. »Ich verstehe nicht, was er will. Es ist, als würde es ihm einen Kick verschaffen zu sehen, wie ich mich winde.«

»Hmm.« Savannah wird für eine Weile still, als wir weiter über die Weide reiten und dem sanften Klang der Hufe im Gras lauschen sowie dem leisen Schnauben der Pferde, das sich anhört, als würden sie sich unterhalten. Schließlich setzt Savannah sich gerade auf und scheint munterer. »Vielleicht liege ich völlig falsch, aber ich frage mich, ob er nur versucht, die Aufmerksamkeit auf jemand anderen zu lenken. Bei der Parkplatzparty hat es funktioniert – alle haben über *dich* geredet, Mila. Werden Kinder, die in der Grundschule gemobbt wurden, nicht oft in der Highschool zu Mobbern oder so?« Sie hebt eine Hand, damit ich sie nicht unterbreche, was ich gar nicht vorhabe. »Und, nein, ich behaupte nicht, dass Blake dich mobbt. Aber was dahintersteht ist ähnlich. Was meinst du, Tori?«

»Seit wann bist du denn so schlau?« Tori sieht Savannah so verdutzt an, als hätte sie noch nie eine vernünftige Erklärung von ihrer besten Freundin gehört. »Aber du könntest recht haben.«

Verpasse ich hier etwas? Das ist das Schlimmste daran, wenn man irgendwo neu ist. Man hat keine Ahnung von der Vorgeschichte der Leute, den Jahren, in denen das soziale Gefüge entsteht, sich anpasst und sorgfältig ausbalanciert wird.

»Wovon redet ihr?«

»Na ja«, übernimmt Tori, »vielleicht weißt du es schon … aber Blakes Mom ist die Bürgermeisterin. Die Bürgermeisterin von Nashville, was ein ziemlich großes Ding ist.«

»Äh, ja, das hat mein Grandpa mir erzählt. Dabei fällt mir ein …« Ich sehe Savannah streng an. »Wann wolltest du mir verraten, dass deine *Tante* die Bürgermeisterin ist?«

»Ich dachte, dass Sheri es dir sagt.« Savannah wird rot und fügt hinzu: »Das ist eigentlich nichts, was man nebenher erwähnt.«

»JEDENFALLS«, fährt Tori fort. Sie bewegt die Hände viel beim Sprechen und schwenkt dabei die Zügel durch die Luft. Ihre

Aufmerksamkeit ist ganz auf mich gerichtet, weil ich hier diejenige bin, die nichts begreift. »Fairview ist eine kleine Stadt, und jeder kennt die Averys. So ähnlich wie jeder die Hardings kennt.« Sie lächelt. »Jedenfalls kriegt Blake einiges ab, weil seine Mom die Bürgermeisterin ist. Nicht auf fiese Art oder so, aber seine Freunde ziehen ihn dauernd damit auf.«

»Es ist nichts Besonderes«, ergänzt Savannah. »Nur Bemerkungen hier und da, aber man merkt ihm an, dass es ihn nervt. Und manchmal wird er von Leuten beschimpft, die er gar nicht kennt, weil ihnen die Politik seiner Mutter nicht passt.« Ich erinnere mich an den Typen in Nashville, der gegen die Reform der Waffengesetze war. »Aber jetzt bist du hier. Und ohne meine Tante beleidigen zu wollen oder so, ist ein großer Filmstar doch allemal aufregender als eine Bürgermeisterin. Ausnahmsweise lenkt es von Blake ab.« Sie tippt sich nachdenklich ans Kinn und blickt hinauf zum blauen Himmel. »Und ich frage mich, ob er froh ist, mal der sein zu können, der jemand anderen nervt, statt immer nur das Ziel zu sein.«

»Das ist eine Möglichkeit, Oprah«, sagt Tori. »Die andere ist, dass er dich schlicht hasst und wir da zu viel reininterpretieren.« Sie grinst mir zu.

Ich denke über Savannahs Worte nach, will, dass sie einen Sinn ergeben, damit ich wenigstens eine Erklärung habe, warum Blake mich so behandelt hat. Und ich verstehe es. Eltern zu haben, die in der Öffentlichkeit stehen, ist nicht leicht. Es entsteht eine Menge Druck, den niemand sonst sich vorstellen kann, und es gibt einen *Haufen* Regeln. Deshalb bin ich überhaupt hier, weil ein normales Teenagerleben, in dem meine Fehler schlicht zum Erwachsenwerden gehören, in der Welt des schönen Scheins nicht gestattet ist.

Wenn ich eines gelernt habe, dann ist es, dass Dads Beruf Auswirkungen auf uns alle hat. Er ist nicht der Einzige, der strikt auf Linie bleiben muss – zumindest in den Augen der Öffentlichkeit –, seine Familie muss es ebenfalls. Fehler sind nicht erlaubt. Und ich wette, in Blakes Welt läuft es genauso.

Abrupt ziehe ich an Fredos Zügel und bin überrascht, dass er tatsächlich stehen bleibt.

»Was?«, fragt Savannah, die sich mit ihrem Pferd zu mir umdreht.

»Leute. Stopp. Wartet!«, ruft Tori, deren Pferd unbeirrt weitertrottet. »Leute, wie halte ich den an?«

Im Moment ist Toris Nachhilfe in Sachen Reiten nicht meine oberste Priorität. Savannah und ich blicken einander an und setzen das Gespräch nur zwischen uns fort.

»Denkst du wirklich, darum könnte es gehen?«, frage ich.

»Ich bin immerhin mit ihm verwandt, oder?«, antwortet sie. »Deshalb weiß ich auch, dass er normalerweise nicht einfach so mit einem Mädchen ausgeht. Vielleicht zeigt er sein Interesse auf sehr unerwartete Art.« Sie zwinkert mir zu und stößt ihrem Pferd leicht mit dem Fuß in die Seite, worauf es in einen schnellen Trott verfällt, der sich zu einem vollen Galopp steigert. Savannah beugt sich vor und hält sich mühelos auf dem Pferd, als es durch das Gras prescht. Das Letzte, was ich von Savannah sehe, ist ein strahlendes Lächeln, als sie sich noch einmal zu uns umdreht. Ich glaube, auf diesen Moment hat sie die ganze Zeit gewartet. Es ist wie ein Feuerwerk, das endlich losgeht.

»Savannah!«, kreischt Tori, denn ihr Pferd setzt Savannahs nach. O-oh. Das Tier bewegt sich schnell, und Tori wird im Sattel hin und her geworfen, hält sich aber mit aller Kraft fest.

Fredo bleibt, wo er ist. Ich sitze in der heißen Sonne und beobachte amüsiert meine Freundinnen. Tori heult so laut, dass die

Vögel aus den Bäumen auffliegen, aber sie schafft es, nicht vom Pferd zu stürzen, und schließlich wird es wieder langsamer. Savannah hingegen galoppiert um die Weide, lacht vergnügt und macht keine Anstalten, ihre Freundin zu retten.

Ich klopfe meinem Pferd auf den schlanken Hals. »Fredo, bin ich froh, dass ich dich genommen habe.«

Elf

»Was mir *wirklich* fehlt, ist der Pool. Hier ist es immer so heiß, und trotzdem haben wir keinen Pool? Wo ist da die Logik? Ich träume davon, ins Wasser zu springen und mich abzukühlen.«

»Ranches haben gewöhnlich keinen Pool«, sagt Mom. »Und ich glaube auch nicht, dass er für Sheri und deinen Großvater Priorität hat.«

»Nein, wohl nicht … Vielleicht mache ich es wie die Einheimischen und probiere mal den See aus.« Ich rolle mich auf dem Bett herum und lehne mein Telefon an die Nachttischlampe, weil mein Arm langsam einschläft vom langen Halten. Dieses Videotelefonat mit Mom dauert schon eine Weile. Ich erzähle ihr, wie das Leben am anderen Ende des Landes ist. »Hey, weißt du, was mir noch fehlt? Mein Twitter-Account. Instagram. Meinst du, du kannst Ruben überreden, mir meine Accounts wiederzugeben? Denn ich finde, er übertreibt es mit den Verboten, und es nervt.«

Mom runzelt mitfühlend die Stirn, und für eine Sekunde ist ihr Gesicht verpixelt. Sie sitzt vor ihrem Laptop an unserem Esstisch; demselben Tisch, an dem sie mich vor einer Woche in den Armen gehalten und mir versichert hat, dass alles gut wird. Natürlich sieht sie glamourös wie immer aus, und bei ihrem Anblick vermisse ich den Duft ihres Parfüms. »Tut mir leid, Schatz. Du weißt, dass ich nichts tun kann. Ich habe versucht, Ruben zu einem Arrangement zu bewegen, das für dich *und* deinen Dad funktioniert, doch er kann das Thema nicht mehr hören.«

»Wie soll ich seiner Meinung nach meine Freunde belügen und mich benehmen, als wäre ich hier in den Ferien, die ich dringend machen wollte, wenn ich nicht mit ihnen in Kontakt bleiben kann?« Ich sehe sie streng an, hoffe auf Unterstützung. »Das ist schräg, Mom. Wenn das hier echt wäre, würde ich auf Instagram posten, wie viel Spaß ich habe. Es würde diese Scharade glaubwürdiger machen. Aber dass ich komplett vom Radar verschwinde? Das vermittelt kaum den Eindruck, ich würde meine *Ferien* genießen.«

»Mila, es tut mir leid«, entschuldigt Mom sich wieder, obwohl nichts hiervon ihre Schuld ist. Sie hat so viel Einfluss auf die PR zu Dads Karriere wie ich, also *null*. Ruben bestimmt über uns beide. »Mein Terminkalender ist ziemlich voll, sonst wäre ich mit dir verschwunden! Wir hätten zusammen nach Europa reisen können. Ein Mutter-Tochter-Kurztrip nach Cannes, Nizza, Monte Carlo! O, stell dir das vor!«

»Und du verpasst Dads Events? Du weißt, was die Klatsch-Kolumnen dazu sagen würden.« Ich seufze. Würden Mom und ich ohne Dad verreisen, wäre es ein Fest für die Boulevardpresse.

Mom stöhnt und verstellt die Stimme. »*Marnie Harding ... sonnt sich an der Côte d'Azur – ohne Everett ... Gibt es Ärger im Paradies?!*«

Es ist schön, jemanden zu haben, der sogar besser als ich versteht, wie schwierig es ist, in Dads Schatten zu leben. Ich fühle mich weniger allein, wenn Mom mich an den Druck erinnert, unter dem sie steht. Für sie ist es eine Million Mal schlimmer, und wenn sie es schafft, deswegen nicht wahnsinnig zu werden, habe ich auch keine Ausrede.

»Wisst ihr schon, wann ich wieder nach Hause kann?«, frage ich.

»Der Kinostart ist in drei Wochen«, antwortet Mom, lehnt das Kinn auf die Faust und blickt zur Seite. »Und ich nehme an, zumindest in den ersten zwei Wochen wird die Produktionsfirma *keine* schlechte Presse riskieren wollen.« Mom verzieht das Gesicht. Sie ist selbst in der Filmbranche, dennoch erkennt sie, dass dort manches ein bisschen extrem ist.

Ich setze mich auf, strecke meine Beine über die Bettkante und spiele mit den Fingern auf meinem Schoß. Dabei starre ich zum Fußboden und betrachte die Maserung im Holz. »Gelte ich wirklich als so schlechte Publicity für Dad?«

»O, natürlich nicht! Aber die Boulevardblätter …« Mom seufzt resigniert. »Du weißt, wie sie sind, wenn sie Blut wittern, und die Schlagzeilen letzte Woche waren nicht ideal, muss ich zugeben. Es ist nicht fair deinem Vater gegenüber und auch nicht dir gegenüber. Aber so ist unser Leben.« Sie greift nach etwas, verschwindet aus dem Bild und taucht mit einem Glas Weißwein in der Hand wieder auf. Nachdem sie einen Schluck getrunken hat, stellt sie das Glas mit einem leichten Klirren wieder ab. »Glaub mir, ich muss mich auf absehbare Zeit auch von meiner besten Seite zeigen. Du kennst das ja … Keine wenig schmeichelhaften Gesichter in der Öffentlichkeit ziehen.«

Jemand geht im Hintergrund so schnell vorbei, dass ich es beinahe verpasse.

»War das Dad?«, frage ich und nehme mein Telefon auf, um besser sehen zu können.

Anscheinend ist es Dad, und er muss meine Frage hören, denn er taucht wieder hinter Moms Schulter auf. Er hat ein Telefon an sein Ohr gepresst und nickt ernst zu dem, was am anderen Ende gesagt wird. Wie immer hat er seine Sonnenbrille nach oben in sein Haar geschoben, als wäre sie dort verschraubt. Ich schätze, er hat Angst, dass er aus Versehen ohne aus dem Haus geht. Es ist leichter, sie nicht zu vergessen, wenn man sie gar nicht erst abnimmt. Er winkt mir kurz zu und verschwindet wieder.

»Er telefoniert mit Ruben«, sagt Mom leise. Ihr Blick schweift durch den Raum, folgt vermutlich Dad, und er muss die Küche verlassen haben, denn sie wird wieder lauter. »Das Stresslevel deines Vaters geht derzeit durch die Decke, und Ruben ist *nicht* hilfreich.«

»Und warum redet er so gut wie nicht mit mir?«, frage ich matt. »Wegen seines *Stresslevels*?«

»Mila«, sagt Mom streng, um Dad gegen meine bissige Bemerkung zu verteidigen. Sie schürzt die makellos geschminkten Lippen. »Du weißt doch, wie es kurz vor einem Kinostart ist. Alles wird ein bisschen verrückt. Ich sehe ihn in letzter Zeit auch kaum.«

»Was nicht heißt, dass er mich einfach vergessen kann.« Jetzt kann ich nichts mehr dagegen tun, dass ich beleidigt bin. »Aus den Augen, aus dem Sinn, schätze ich.«

»Du weißt, dass das nicht stimmt«, sagt sie, und sie hat recht. Ich habe nur nicht das Gefühl, dass ich ihm wichtig bin, selbst wenn es nur vorübergehend so ist. »Ich sehe mal in seinen Kalender und trage einen Termin ein, wann er dich anruft, okay?«

Jetzt muss ich schon in Dads Terminplaner? »Okay«, murmle ich und bin zu verärgert, um sie darauf hinzuweisen, wie bekloppt das ist.

»Jetzt hör zu«, sagt sie und zeigt auf mich. »Wenn Sheri und du Rubens Regeln brecht, lasst euch *bitte* nicht erwischen. Er macht mir so schon genug Kopfschmerzen, und ich kann nicht gut mit seinem Gezeter umgehen.«

»Kannst du noch einmal versuchen, ihn zu überzeugen?«, bettle ich und drücke die Daumen.

»Mila, wenn ich das noch ein einziges Mal gegenüber Ruben anspreche, könnte ihm eine Ader platzen. Du kennst doch die an seiner Stirn? Die sich immer vorwölbt, wenn er wütend ist?« Mom muss selbst lachen und trinkt einen Schluck Wein, um es zu überspielen. »Tja, die wölbt sich in letzter Zeit wie verrückt.«

»Kannst du Dad bitten, mit ihm zu reden?«, versuche ich es wieder. Ich lache nicht, weil ein wütender Ruben nie ein netter Ruben ist. Sein Stresslevel muss gegenwärtig noch höher sein als Dads.

»Falls ich ihn zwischen zwei Telefonaten erwische …« Mom schüttelte frustriert den Kopf. »Doch bis dahin sei lieber sehr vorsichtig, wenn du die Ranch verlässt, okay?«

»Versprochen.« Ich seufze und recke meinen kleinen Finger nach Savannah-Art.

Mom lacht, und ich sehe, dass sich ihre Schultern entspannen. »Also, erzähl mir, was du so treibst. Irgendwelche Pläne?«

»Na ja, ich habe beschlossen, ein paar Erkundigungen einzuholen«, sage ich.

»Und worüber genau?«

Mein Blick wandert zum Fenster und dem leuchtend orangenen Sonnenuntergang am Horizont. Ich lächle, als ich ihr antworte …

»Über einen Jungen.«

Zwölf

Am nächsten Morgen in der Kirche verbringe ich die eine Hälfte des Gottesdienstes damit, zur Uhr zu sehen, und brenne in der anderen mit meinen Augen ein Loch in Blake Averys Hinterkopf. Wir waren spät dran, sodass wir ganz hinten sitzen. Es ist der ideale Platz, um Blake anzustarren. Ich habe bereits beschlossen, ihn hinterher draußen abzufangen.

Ja, ich weiß – ich sollte in der Kirche nicht auf den Nacken eines Jungen achten, sondern zuhören, was der Prediger sagt, aber, hey, ich kann nicht anders.

Blake sitzt mit seiner Mom in der zweiten Reihe. Seine Schultern sind gestrafft, und er hält sich sehr gerade. Vor zehn Minuten waren sie noch ein wenig eingesunken, dann knuffte seine Mutter ihn diskret. Es geht offensichtlich nicht, dass man in der Kirche gelangweilt wirkt.

Als der Prediger seine Schäfchen entlässt, springe ich auf und führe Sheri und Popeye nach draußen, damit ich mir eine gute Stelle suchen kann, um Blake rauskommen zu sehen. Wir sind die Ersten draußen, also schnappe ich mir den Platz neben einigen Sträuchern links von den Kirchentüren.

»Wartest du auf jemanden?«, fragt Sheri und sieht mich komisch an. Wahrscheinlich hat sie gedacht, dass ich so gehetzt habe, weil ich nach Hause will, und versteht nicht, warum ich jetzt stehen bleibe.

»Bleibt ihr … Bleiben nicht alle hinterher noch zum Reden?«

»Nicht immer. Das Essen ist schon auf dem Herd, also müssen wir los«, sagt sie und greift nach Popeyes Ellbogen, damit er sich nicht wegschleicht. Sie bugsiert ihn Richtung Van.

»Warte!«, sage ich.

»Also wartest du tatsächlich auf jemanden«, sagt Sheri mit einem verschlagenen Grinsen. Die Kirchgänger versammeln sich langsam draußen, doch ich habe Blake noch nicht gesehen. »Du kannst gern noch bleiben. Sicher nehmen dich die Bennets später mit nach Hause.«

Popeye winkt mir freundlich zu, und die beiden verschwinden auf dem Parkplatz.

Ich bleibe auf meinem Posten am Ausgang und recke mich auf die Zehenspitzen, um besser zu sehen, bis ich endlich Blake und seine Mutter entdecke. Ich zögere keinen Moment länger, sonst siegt womöglich meine Nervosität, und gehe direkt auf sie zu. Die beiden bewegen sich durch die Menge. LeAnne ist beherrscht und elegant wie immer. Abrupt stelle ich mich ihnen in den Weg.

Blake runzelt die Stirn. Er hat eindeutig nicht erwartet, dass ich ihn anspreche. Ich lächle ihm kurz zu, bevor ich mich mit einem höflicheren Lächeln an seine Mutter wende.

»Frau Bürgermeisterin«, sage ich mit einem Nicken. Wie begrüßt man eine Bürgermeisterin? Soll ich ihr die Hand schütteln, obwohl wir uns letzte Woche bereits vorgestellt wurden? Spreche ich sie überhaupt mit »Frau Bürgermeisterin« an? Falls nicht … Tja, zu spät.

»O, hi …«, sagt sie ein klein wenig verwirrt. Vielleicht neigen Teenager im Allgemeinen nicht dazu, auf sie zuzugehen; auf jeden Fall wirkt sie nicht begeistert von der Unterbrechung. »Mila, nicht wahr? Ich hoffe, Sie waren nicht wieder von der Ranch ausgesperrt.«

»Zum Glück nicht!« Ich lache gekünstelt. »Ich habe gehofft, dass ich Blake für eine Sekunde entführen kann. Blake?« Ich drehe mich halb zu ihm und sehe ihn sehr streng an, damit er ja nicht ablehnt.

»Klar«, sagt er. »Bin gleich wieder da, Mom.«

Wie letzte Woche gehen wir auf Abstand zu den anderen, nur dass ich jetzt vorauslaufe und Blake mir folgt. An der Hecke drehe ich mich zu ihm um, verschränke die Arme vor der Brust und sehe ihn hochdramatisch an.

»Bist du hier, um mich zu verprügeln?«, fragt Blake spöttisch. Er tritt halb zurück und hebt die Fäuste wie ein Boxer, der sein Gesicht schützt. »Du siehst nämlich aus, als würdest du mich schlagen wollen. Denk dran, wo wir sind. Kirche.«

»Ach, hör auf, Blake. Du hast allerdings recht, dass ich nach dem Abend in Nashville nicht dein größter Fan bin. Für mich ist es okay, dich von nun an zu ignorieren, solange ich hier bin, aber eines muss ich dich vorher fragen.«

Nun wird er neugierig. »Schieß los.«

»Und antworte mir bitte ehrlich. Du schuldest mir was. Mal wieder.«

Das Grinsen verschwindet, er nickt ernst und streicht sich das Haar zurück. Dies ist der falsche Zeitpunkt, um zu bemerken, wie sich sein weißes Hemd über den Armmuskeln spannt.

»Auf der Parkplatzparty hast du dafür gesorgt, dass jeder erfährt, wer mein Dad ist. Und im *Honky Tonk Central* hast du mir

Fragen gestellt, von denen du *wusstest*, dass ich sie nicht beantworten will«, beginne ich, die Arme nach wie vor verschränkt. »Also, verrate mir, bist du einfach ein Arschloch, oder willst du, Bürgermeistersohn, zur Abwechslung mal die Aufmerksamkeit auf jemand anderen als dich lenken?«

»Man flucht nicht vor der Kirche«, sagt er mit einem tadelnden Kopfschütteln.

»Blake!« Mir ist nicht nach Spielchen.

Er blickt über meine Schulter zu den Autos. »Wo sind deine Leute?«

»Schon weg. Ich frage Savannah, ob sie mich mitnehmen können«, antworte ich. Seine Ablenkungstaktik ist nicht sehr ausgereift. »Beantworte meine ...«

»Vertraust du mir?«, unterbricht er mich und nimmt die Hand herunter, mit der er sich eben am Hinterkopf gekratzt hat.

»Nein.«

Er lächelt, als hätte er genau mit dieser Reaktion gerechnet.

»Lass mich dich nach Hause bringen«, sagt er. »Aber später. Nachdem du mit bei bei mir gewesen bist.«

»Was?« Ich blinzle vor Schreck. Mit zu ihm fahren? Kapiert er denn gar nichts? Ich will eine klare Antwort, damit ich verstehe, was für ein Spiel er treibt. »Nein, ich fahre nach Hause. Sheri hat Essen auf dem Herd, und – ach so, ja – warum sollte ich jemals wieder irgendwo mit dir hinfahren wollen?«

»Weil wir diese Diskussion nicht hier führen«, sagt er. »Keine Hintergedanken, das schwöre ich. Nur ein Mittagessen, und danach beantworte ich deine Frage *ehrlich*.«

Ich sehe ihn an, versuche den ernsten Ausdruck in seinen Augen zu deuten. Er wendet seinen Blick nicht ab, sondern erwidert meinen. So sehr ich es hasse, das zuzugeben, scheint er nichts vorzugaukeln. Wie der entspannte Blake, der die Quesadilla im *Honky Tonk Central* so eklig verschlungen hat.

»*Na schön*«, sage ich genervt und bemühe mich, die kleine Stimme in meinem Kopf zu ignorieren, die mir sagt, dass es eine blöde Idee ist. War Mittwochabend nicht schon Blakes zweite Chance? Gebe ich ihm jetzt rein technisch eine dritte?

»Gehen wir«, sagt Blake grinsend, wobei er diese furchtbaren Grübchen bekommt.

Ich zögere ein wenig – doch wenn ich nur so Aussicht auf eine ehrliche Antwort von ihm habe, muss es sein. Ich bete nur, dass mir das nicht um die Ohren fliegt … wieder.

»Bist du sicher, dass deine Mom nichts dagegen hat?«, frage ich. Vor allem überlege ich, ob es für Sheri okay ist. Ich habe mein Handy nicht mit, kann sie also nicht anrufen. Andererseits hat sie gesagt, dass es in Ordnung ist, wenn ich später nach Hause komme. Selbst wenn es heißt, dass ich das Mittagessen auf der Ranch verpasse.

»Finden wir es heraus«, antwortet Blake.

Wir mischen uns wieder unter die Kirchgänger und suchen nach LeAnne Avery. Sie unterhält sich mit den Kirchenältesten, nickt zustimmend und hält ihr vornehmes Lächeln. Etwas daran erregt bei mir den Verdacht, dass es unecht ist.

Zum ersten Mal entdecke ich Savannah, die mit leerem Gesichtsausdruck dasteht, während ihre Eltern mit anderen Leuten reden. Sie bemerkt mich und winkt mir zu; doch ihre Hand erstarrt mitten in der Bewegung, als sie erkennt, dass ich mit ihrem Cousin zusammen bin. Ihr freundliches Grinsen verwandelt sich in ein spöttisches, und sie zwinkert mir zu. Ich muss wegsehen, bevor ich rot werde. Denken sie und Tori, zwischen Blake und mir wäre etwas? O nein, nein, *nein*. Niemals!

Aber warum genau folge ich ihm dann zu seiner Mutter, um

zu fragen, ob es okay ist, wenn ich mich zum Sonntagsessen aufdränge?

Meine Handflächen sind verschwitzt, als wir LeAnne erreichen, und Blake ist nicht so dumm, sie mitten im Gespräch zu unterbrechen, also warten wir geduldig neben ihr. Ich blicke zum Asphalt, und Blake starrt mich an. Ich gebe vor, es nicht zu merken.

LeAnne verabschiedet sich mit jeder Menge höflicher Floskeln von den Kirchenältesten und dreht sich zu ihrem Sohn um, scheinbar überrascht, ihn schon wieder an ihrer Seite zu finden. »Das ging ja schnell«, sagt sie. »Ich bin hier fertig. Fahren wir.«

»Darf Mila mit zu uns kommen?«, fragt Blake so hastig und leicht stammelnd, dass er wie ein Fünfjähriger klingt. Er wirkt nervös, dabei hätte ich nicht gedacht, dass Blake gegenüber seiner Mutter nervös würde, selbst wenn sie die Bürgermeisterin ist.

LeAnne trifft die Frage eindeutig unvorbereitet, und sie mustert mich, als müsse sie erst entscheiden, ob ich würdig bin, ihr Haus zu betreten. »Natürlich«, sagt sie, auch wenn ihr Tonfall etwas skeptisch ist. »Es ist reichlich Essen da, denn Blake futtert gerne mal den Kühlschrank leer, als hätte er jahrelang gehungert.« Sie drückt seine Schulter und lächelt auch ihn auf diese Art an, die es nie bis zu ihren Augen schafft.

Blake erwidert es nicht, sondern schüttelt nur ihre Hand ab. »Ich parke da drüben, Mila«, sagt er.

Als wir zu Blakes Truck gehen, muss ich immer wieder verstohlen zu LeAnne sehen. Ihr Gang ist selbstbewusst und zielstrebig, so wie Blakes.

Wir steigen in den Truck – ich selbstverständlich hinten –, und Blake schaltet die Klimaanlage ein, während gleichzeitig seine Spotify-Bibliothek angeht. Wir fahren los, weg von der Kirche und auf den Fairview Boulevard.

Im Truck streift LeAnne ihre hohen Schuhe ab und sagt: »Wow, Mr. Jameson ist wirklich der enervierendste Mensch, den ich kenne! Blake, erinnere mich nächste Woche daran, ihm weiträumig aus dem Weg zu gehen.«

Ich ringe die Hände auf meinem Schoß und versuche, nicht auf das Gefühl zu achten, dass ich durch meine bloße Anwesenheit unerhört aufdringlich bin. Für die Averys bin ich eine Fremde, trotzdem hat LeAnne offenbar kein Problem damit, vor mir ihre Maske fallen zu lassen. Ich blicke aus dem Fenster, tue so, als würde ich nicht hinhören. Vielleicht hat sie vergessen, dass ich hinten sitze.

Nein, hat sie nicht.

Sie schaut sich fragend zu mir um. »Du bist also Everetts Tochter«, sagt sie. Es ist keine Frage. Jeder weiß es.

Blake holt tief Luft. »Vorsicht, Mom«, warnt er sie. Er blickt im Rückspiegel zu mir, so wie er es an dem Abend gemacht hatte, als ich ihn kennenlernte. »Mila redet nicht gern über ihren Dad.«

»O«, sagt LeAnne, wobei ihre perfekt geschminkten Lippen ein buchstäbliches »O« formen. »Tut mir leid, Mila. Ich habe nicht gewusst, dass es Probleme gibt.«

»Nein, nein«, sage ich rasch und setze mich gerader hin. Das Letzte, was ich will, ist, dass die Bürgermeisterin denkt, in meiner Familie würde es kriseln. Deshalb korrigiere ich sie hastig. »Blake meint nur, dass ich meinen Dad gegenüber anderen ungern anspreche. Ich möchte nicht ... nicht immer darauf aufmerksam machen, wer er ist.«

Etwas wie Verständnis blitzt in LeAnnes Zügen auf. Sie lehnt sich wieder auf ihrem Sitz zurück und sieht nach vorn. »Das ist verständlich«, sagt sie und wirft einen Seitenblick zu ihrem Sohn.

»Blake leugnet meine Existenz auch oft. Nicht wahr, Blake?« Sie tätschelt sein Bein, doch er wischt gereizt ihre Hand weg.

»Ich leugne gar nichts.«

Sie verdreht die Augen, als würden sie bei diesem Thema oft aneinandergeraten. Und sie stellt die Musik aus und wechselt auf Radio, was Blake offensichtlich wütend macht. »Genug von den schmalzigen Texten, findest du nicht auch, Mila? Zeit für was anderes ...«

Wieder sieht Blake im Rückspiegel zu mir. Seine Züge sind verhärtet, und in seinem Blick erkenne ich eine Entschuldigung. Wofür, weiß ich nicht. Tut es ihm leid, mich eingeladen zu haben? Oder bedauert er das nicht unbedingt perfekte Bürgermeisterinnenverhalten seiner Mom?

Den Rest der Fahrt lauschen wir stumm einer Talkshow. Irgendwann fällt mir ein, dass ich keine Ahnung habe, wo Blake wohnt – kommt er von einer Ranch wie sein Cousin und seine Cousine? –, und ich verbringe die restlichen fünfzehn Minuten damit, die Umgebung zu betrachten und mich zu fragen, in was für einem Haus die Bürgermeisterin von Nashville leben mag. Eine Villa? Ein niedlicher kleiner Bungalow? Eine Ranch außerhalb der Stadt mit Sicherheitstor wie bei den Hardings?

»Ich hätte gedacht, dass Sie in der Stadt wohnen«, versuche ich, Konversation zu machen.

»Tue ich«, antwortet LeAnne. Mehr nicht.

»Mom hat eine Wohnung in Nashville«, erklärt Blake. »Aber unsere Familie lebt hier.«

Ich erkenne die Gegend von Fairview nicht, in der wir sind, aber es ist definitiv nicht die Nordseite der Stadt, wo sich die Harding-Ranch befindet, und es ist auch nicht im Ort. Wir sind irgendwie am Stadtrand, vielleicht auf der Südseite, in einer breiten

Straße mit großen Häusern, die in weitem Abstand zueinander stehen. Blake bremst ab und biegt in eine Einfahrt, wo er seinen Truck hinter einem blitzenden neuen Tesla anhält.

Die Bürgermeisterin von Nashville wohnt also ... in einem relativ normalen Haus. Was auch Savannah und Tori über Everett Hardings ehemaliges Zuhause gedacht haben dürften, als sie durch unser Tor kamen und die alte Ranch sahen.

Ich schaue aus dem Fenster. Das Haus mag keine exklusive Villa sein, aber es ist groß und sehr gepflegt. Das Gras ist frisch gemäht, und bunte Blumen blühen in den Beeten. Vorn auf dem Rasen ist ein Fahnenmast in einer Ecke, an dem oben die amerikanische Flagge in der sanften Brise weht.

»Ich mache dann mal das Mittagessen«, sagt LeAnne, zieht ihre Schuhe wieder an und steigt aus dem Truck. Bevor sie die Beifahrertür schließt, beugt sie sich rein und fragt: »Du bist nicht auf einer dieser Hollywood-Diäten, oder, Mila? Ist Fleisch für dich in Ordnung?«

»Ja, bestens«, antworte ich. »Danke«, füge ich eilig hinzu und schiebe ihre Bemerkung im Geiste beiseite, obwohl ich es satthabe, dass die Leute hier annehmen, alles an mir wäre *Hollywood*. Ja, ich wohne in einem Haus mit sieben Schlafzimmern in einer geschlossenen Wohnanlage in Thousand Oaks, und ja, mein Dad ist ein Filmstar. Aber das heißt nicht, dass ich bei Honky Tonks die Nase rümpfe, automatisch auf irgendeiner strikten Stardiät bin (ich weigere mich komplett, bei Moms und Dads lächerlicher Nummer mitzumachen, ausschließlich Proteine zu sich zu nehmen) oder mehr bin als schlicht Mila Harding.

Blake hat die Hände oben an seinem Lenkrad und blickt seiner Mom hinterher, als sie auf das Haus zugeht, wobei sie fröhlich den Nachbarn gegenüber zuwinkt, bevor sie die Tür aufschließt.

Ich bin nicht sicher, warum wir nicht mit ihr gehen. Jedenfalls bleiben Blake und ich im Wagen. Schweigend.

»Ähm … steigen wir aus?«, frage ich, löse meinen Gurt und greife nach dem Türhebel.

»So eine Scheiße«, murmelt Blake. »Sie kotzt mich echt an!« Er sieht immer noch zur Haustür, durch die seine Mom eben verschwunden ist, und mir fällt auf, dass er das Lenkrad sehr fest umklammert. Seine Fingerknöchel sind weiß.

Ah, er will also über seine Mom reden. Ich rutsche in die Mitte der Rückbank, damit ich mich nach vorn lehnen und ihn besser sehen kann. »Ja, habe ich gemerkt. Tut mir leid, dass sie deinen Musikgeschmack beleidigt hat.«

Blake lacht, was kein bisschen amüsiert klingt. »Auf mehr als eine Weise.«

»Ich verstehe, dass sie die Bürgermeisterin ist und es heißt, ein öffentliches und ein privates Gesicht zu haben, aber ich hätte nie gedacht, dass sie vor mir so – entspannt? – sein würde«, gestehe ich. Immerhin kennt sie mich nicht mal, also wie kann sie mir vertrauen?

»Ja, sorry, hatte ich auch nicht gedacht«, sagt Blake seufzend. Er lässt das Lenkrad los und schnallt sich ab. Dann dreht er sich um, sodass er mich direkt anschauen kann. »Aber ich schätze, sie sieht dasselbe in dir wie ich.«

»Was? Jemanden, den ihr verspotten könnt?«, frage ich halb scherzhaft.

Blake kneift die Lippen zusammen, weil er versucht, nicht zu grinsen. »Nein, jemanden, der versteht, wie es sich anfühlt, unter einem Mikroskop zu leben.« Er öffnet seine Tür. »*Jetzt* können wir aussteigen.«

Wir steigen aus seinem Truck in die schwüle Luft. Blake geht die Einfahrt hinauf, und ich folge ihm, aber er steuert nicht die Haustür an, sondern den riesigen Garten hinten. Er ist eingezäunt und von den Nachbargrundstücken abgeschirmt. Das Haus selbst ist umgeben von mehreren Holzveranden, von denen große Glasfalttüren nach drinnen führen, und Rattanmöbel zieren die meisten. Aus irgendeinem Grund kann ich mir LeAnne Avery nicht vorstellen, wie sie mit einem Margarita in der manikürten Hand hier draußen in der Sonne liegt.

Hinten im Garten steht eine Holzhütte. Sie sieht natürlich rustikal aus, verfügt über Fenster und eine große Glasschiebetür.

Blake ist ein gutes Stück voraus und bereits an der Tür. »Willkommen in meiner Junggesellenbude«, sagt er grinsend, und ich glaube, es ist das erste echte Lächeln, das ich heute bei ihm sehe. Er zieht einen Schlüssel aus seiner Tasche. »Du hast doch kein Problem mit Hunden, oder?«

»Hunde?«

Zu spät.

Die Hüttentür geht auf, und ein goldenes Fellbündel stürmt heraus und über den Rasen auf mich zu. Zwei gewaltige Pfoten landen mit solcher Wucht auf meinem Bauch, dass ich das Gleichgewicht verliere. Ich lande hart auf dem Rasen, und die Bestie springt wie irre um mich herum, schnüffelt an meinen Ohren und schleckt mir das Gesicht ab.

Blake lacht entschuldigend, packt das Halsband und zieht den Hund von mir. Ich stütze mich im warmen Gras auf die Ellbogen auf und versuche, wieder Luft zu bekommen. Blake hält einen überschwänglichen Golden Retriever zurück, dessen Zunge vor lauter Aufregung aus seinem Maul hängt, während er mich mit seinen dunklen Augen sehr neugierig ansieht. Blake kniet sich neben den Hund und hält weiter das Halsband fest.

»Mila, das ist Bailey«, sagt er zu mir, krault Baileys Kinn und neigt sich zu dem wuscheligen Ohr. »Und, Bailey, das ist Mila, okay? *Miss* Mila. Sei nett zu ihr.«

»Du hast ein … einen Welpen?«

»Jap. Mein Baby.« Er greift nach einem Stock im Gras, schleudert ihn durch den Garten und lässt das Halsband los. Bailey rennt hinterher. »Sorry, ich hätte dich lieber vorwarnen sollen. Wir versuchen immer noch, das mit dem Training hinzubekommen«, entschuldigt Blake sich. Er kommt zu mir und reicht mir die Hand, um mir aufzuhelfen.

»Du hast Glück«, sage ich. »Ich *liebe* Hunde.«

Ich nehme seine Hand, und er zieht mich ein bisschen zu kraftvoll nach oben, sodass ich fast gegen ihn fliege. Wir stehen uns direkt gegenüber, kaum einen Schritt entfernt, noch Hand in Hand. Seine Haut ist warm, und seine Finger sind ein wenig rau. Wir blicken uns in die Augen, und in seinen ist etwas, das ich nicht erkenne, funkelnd und lebendig … Etwas, das Schmetterlinge in meinem Bauch auffliegen lässt.

Bailey kommt wieder angesprungen, den Stock zwischen seinen Zähnen, und ich ziehe meine Hand aus Blakes.

»Hi, Bailey!«, sage ich und knie mich hin. Ich tauche meine Hände in sein weiches, dichtes Fell, bevor ich mit ihm spiele, und so tue, als ob ich ihm den Stock wegnehmen will.

Meine Eltern erlauben mir keinen Hund, obwohl ich zu jedem Geburtstag und jedem Weihnachten um einen bettle. Sie finden, dass es unfair ist, ein Haustier in ein so hektisches Leben zu bringen, was ich auch verstehe, trotzdem ist es zum Kotzen. Es gibt einfach zu vieles, für das wir keine Zeit haben.

»Er mag es am liebsten so«, sagt Blake und schiebt mich spielerisch aus dem Weg. Dann hockt er sich hin und zieht Bailey den

Stock beidhändig aus dem Maul. Bailey knurrt und fletscht die Zähne so lachhaft niedlich, wie es nur Welpen können, bis Blake den Stock hat und ihn wieder durch den Garten wirft.

Es ist schwer, das nicht entzückt zu beobachten. Es hat etwas ziemlich Bezauberndes, einen Jungen in der Sommersonne mit seinem Hund toben zu sehen, noch dazu in seiner Tuchhose und seinem weißen Hemd, frisch vom Kirchgang.

»Genug, Bailey«, bricht Blake den Zauber. »Gehen wir rein, Mila.«

Wir richten uns auf und gehen zur Hütte, wo er mir die Tür aufhält. Er sieht ein wenig nervös aus, als ich an ihm vorbei nach drinnen in etwas gehe, was im Grunde eine Männerhöhle ist.

Einer von Decken verhüllten Couch gegenüber hängt ein Fernseher an der Wand, es gibt einen Tischkicker und Fitnessgeräte, die den meisten Raum einnehmen – einschließlich einem Gewichtgestell, auf dem die Gewichte bis hundert Pfund gehen. Die Wände sind mit Postern von Musikern dekoriert, und in der Mitte, genau vor mir, steht eine Akustikgitarre auf einem Ständer.

»Ich wohne hier nicht oder so«, sagt Blake, als er die Tür hinter uns schließt. Bailey ist mit nach drinnen gekommen und platscht auf sein Hundebett unter dem Fernseher, um dort seinen neuen Lieblingsstock zu zerbeißen. »Hier entspanne ich mich bloß.«

Ich setze mich auf die Kante der Couch und spiele mit dem Saum einer der Decken. Wieder blicke ich mich in der Hütte um. Sonnenlicht strömt durch die Fenster herein und beleuchtet alles. »Das ist cool«, sage ich und nicke beeindruckt.

»Ja, ich mag es.« Blake hockt sich auf die Kante des Kickertisches. Jetzt ist er nervös, sieht nach unten und schwingt die Beine leicht vor und zurück. »Ich denke mal, du wartest noch auf eine Antwort.«

O ja! Das ist der Grund, weshalb ich überhaupt hier bin, oder nicht? Um eine Antwort von Blake zu bekommen. Oder zumindest der *vorrangige* Grund …

Ich falte die Hände auf dem Schoß und mache die Schultern gerade, um möglichst so auszusehen, als würde ich es ernst meinen und wolle von ihm ernst genommen werden. Ich bin nicht in der Stimmung für irgendwelche Scherzantworten.

»Also, Blake Avery«, beginne ich förmlich und räuspere mich wie eine Anwältin, die ihr Schlussplädoyer vortragen will. »Du bist so, *so* verwirrend. Mal erzählst du mir, du magst mein Piercing, und machst mich mit Honky Tonks bekannt und schiebst dir vor meinen Augen Essen in den Schlund – was übrigens eklig ist –, aber immer noch ziemlich normal.«

Blake hört aufmerksam zu, und seine Augen glänzen im Sonnenlicht.

»Dann wieder, aus dem Nichts, machst du mir all den Druck, als würdest du es genießen, wenn ich mich unwohl fühle. Also, Blake, bist du ein Arsch oder einfach froh, endlich jemanden zu kennen, der all die Aufmerksamkeit von dir weglenken kann?«

»Hast du das geprobt?«, fragt Blake.

Ich sehe ihn streng an. »Antworte mir.« (Und, ja, habe ich.)

»Ich bin kein Arsch«, sagt er ernst. Der intensive Blickkontakt ist unheimlich. »Und mir tut es leid, wenn ich dich in eine fiese Lage gebracht habe, denn das wollte ich nicht.« Seufzend springt er von dem Kickertisch. »Du hast recht, normalerweise konzentriert sich alles auf mich. *Blake, weiß die Bürgermeisterin, dass du auf dem Schulgelände trinkst? Blake, mach lieber die Musik leiser, bevor die Bürgermeisterin kommt.* Er tritt einen Schritt näher und blickt mich ernst an. »Und dann tauchst du aus dem Nichts auf, und ich denke: *Super, jetzt haben alle mal jemand anderen, über den sie reden können.*«

»Praktisch«, murmle ich.

Seine Mundwinkel zucken, als er ein Grinsen unterdrückt.

»Genau. Praktisch ist exakt, was du warst.«

»Aha. Also willst du, dass alle lieber über mich reden als über dich.« Ich lasse die Schultern sinken. Das ist es, was ich nicht wollte – einen Aufruhr. Rubens Worte hallen mir durch den Kopf, all der Mist von wegen, ich solle nicht auffallen … Aber wie soll das an einem solch kleinen Ort wie Fairview gehen? Hier passiert nie irgendetwas Spannendes – und dann kreuzt Everett Hardings Tochter auf?

»Na ja, ja«, antwortet Blake. Er stellt sich vor die Couch und lehnt einen Arm auf ein Schallplattenregal. »Die meisten von der Fairview High fragen sich, ob Everett selbst auch noch kommt.«

Mir wird flau. Ich hätte nie zu der Parkplatzparty gehen dürfen. Und im Grunde hätte ich mich auch nie wieder mit Savannah anfreunden sollen. Wäre ich doch lieber auf der Ranch geblieben, hätte Fensterrahmen frisch lackiert, mir Popeyes Geschichten vom Vietnamkrieg angehört und von Sheri gelernt, wie man Pferde versorgt! Ich hätte tun sollen, was Ruben und mein Vater von mir erwarten – mich still, gefasst und brav verhalten, das perfekte Pixel im Everett-Harding-Bild, ohne jeden Spielraum, in dem ich einfach Mila Harding sein kann.

»Mila?«, fragt Blake besorgt.

Ich sehe zu ihm auf, und mein Herz hämmert in meiner Brust. »Hast du nie daran gedacht …«, versuche ich es, aber meine Kehle ist ausgetrocknet, »… dass es einen Grund gibt, warum ich nicht wollte, dass jeder weiß, wer mein Dad ist?«

Das Kippen meiner Stimme verrät meine Panik, und plötzlich setzt Blake sich neben mich auf die Couch. Er neigt sich vor, die Hände auf den Knien, und sucht in meinem Gesicht nach einem Hinweis, was dieser Grund sein mag.

»Du klingst nicht mehr angefressen. Muss ich mir Sorgen machen?«

Bailey kommt herüber, stellt die Vorderpfoten auf die Couch und schmiegt seinen Kopf in Blakes Schoß, wobei er begeistert mit dem Schwanz wedelt, doch Blake schiebt ihn weg.

»Jetzt nicht, Bails«, flüstert er. Er zeigt zu dem Hundebett, und Bailey trottet hin. »Braver Hund.« Blake sieht mich wieder direkt an. Als ich nicht antworte, rät er. »Du hast nicht gewollt, dass alle wissen, wer dein Dad ist, weil du nicht willst, dass dir jeder in Fairview die Füße küsst? Weil du echte Freunde finden willst, keine falschen? Weil es dich langweilt, über ihn zu reden?«

Ich schüttle den Kopf. »Ich wollte nicht, dass jeder nur auf ihn fokussiert ist«, entgegne ich matt, »denn es sollte gar keiner wissen, dass ich überhaupt hier bin.«

Blake zieht die Augenbrauen zusammen. »Hä?«

Ich sehe ihn verärgert an. »Komm schon, Blake. Du hast längst raus, dass ich nicht hier bin, weil ich es *will*.«

Falls er sich etwas darauf einbildet, dass er recht hatte, zeigt er es nicht. Stattdessen lehnt er sich auf der Couch zurück und blickt für einige Sekunden nachdenklich vor sich hin. »Als ich in Nashville so hartnäckig gefragt habe, war das nicht bloß zum Spaß, Mila. Ich wollte dir die Chance geben, dir etwas von der Seele zu reden. Irgendwas.« Er neigt sich wieder vor und kommt mir nun ein wenig näher, bis sein Knie gegen meines stößt. »Also. Irgendwas?«

Ich sehe zu seinem Knie an meinem und zieh instinktiv mein Bein zurück.

... weil ich wahrscheinlich der Einzige hier bin, der dich verstehen kann ...

Das hatte Blake bei unserem Streit in Nashville gesagt, und die

Worte laufen in einer Endlosschleife durch meinen Kopf. Ich hatte erwidert, dass unsere Leben vollkommen verschieden sind, doch als ich kurz durch die Hüttentür zu dem makellosen Haus sehe, denke ich an LeAnne. Die Bürgermeisterin von Nashville, deren Sohn strikte Anweisung hat, ja nie aus der Rolle zu fallen, um jedes Risiko auszuschalten, dass ihr Ruf beschädigt wird. Für Everett Hardings Tochter ist das ein vertrautes Gefühl.

Ich recke mein Kinn und blicke zu Blake.

Vielleicht *ist* er der Einzige hier, der auch nur versuchen kann, mich zu verstehen. Der sich vorstellen kann, was es heißt, das Kind von jemandem zu sein, der im Rampenlicht steht und ein Image zu wahren hat. Ich wette, es gibt eine Menge Leute da draußen, die das Ansehen der Bürgermeisterin ruinieren wollen, und Blake muss zweifellos unter Druck stehen, sich auf bestimmte Weise zu verhalten.

Also atme ich tief durch und beginne zu reden.

»Die *Flash-Point*-Filme«, sage ich. »Der neueste kommt nächsten Monat in die Kinos.«

»Ja, ich weiß. Der Trailer läuft in jeder verdammten Werbepause im Fernsehen.«

Auf meinen Blick hin hebt er die Hände und tut, als würde er seine Lippen mit einem Reißverschluss schließen.

»Die Produktionsfirma ist überzeugt, wenn es schlechte Presse über jemanden aus der Besetzung gibt, bringt ihnen der Film nicht so viele Millionen ein, wie sie hoffen. Und die ganze Keine-schlechte-Presse-Regel gilt auch für Familienmitglieder. Wie mich.«

»Du bist schlechte Presse?«, fragt Blake interessiert.

»Nur *versehentlich*.« Stöhnend stütze ich meinen Kopf in die Hände und massiere meine Schläfen. Immer noch kann ich das süße Sprudeln des Champagners von der Pressekonferenz schmecken. Der letzte Tropfen, der das Fass zum Überlaufen brachte, auf Mila Hardings sehr, sehr kurzer Liste von Fehlern. »In den vergangenen Monaten habe ich ein paar Dinge gemacht, die bei jedem anderen nichtig wären, in Dads Welt aber zu einem Untergangsszenario hochgespielt wurden.«

»Was zum Beispiel?«

»Zum Beispiel mich fotografieren lassen, als ich den Paparazzi den Stinkefinger gezeigt habe. Und TMZ hat ein Video von mir, wie ich bei einem von Dads Events kotze.« Ich nehme die Hände vom Gesicht, und meine Wangen sind kochend heiß. »Falls du es noch nicht gesehen hast, google es bitte, bitte nicht.«

»Ich verspreche, dass ich das Video nicht google«, sagt er lächelnd und legt eine Hand aufs Herz. Wieder berührt sein Knie meines, doch diesmal ziehe ich mein Bein nicht weg.

»Es hängt eine Menge an diesem neuen Film, und Dad wird auf Schritt und Tritt beobachtet, solange sie die Werbekampagne fahren, also …«

»Also ist es einfacher, wenn du nicht da bist, um ihm alles zu versauen?«

Autsch. Es ist die Wahrheit, klingt aber trotzdem fies, wenn es jemand anders ausspricht.

Blake hat die Stirn gerunzelt, was gleichzeitig Mitleid und Verständnis ausdrückt. Kann sein, dass er wirklich genau weiß, wie ich mich fühle. Und ich bekomme ein schlechtes Gewissen. Mir ist bewusst, dass ich kein Wort sagen sollte. Ruben würde mich umbringen, wüsste er, dass ich im Begriff bin, Blake alles zu erzählen. Doch ich kann nicht anders. Zu wissen, dass jemand anders begreift, wie sich dieser Druck anfühlt … nun ja, das ist … tröstlich. Es tröstet zu wissen, dass sich auch jemand anders keine sogenannten Fehler leisten darf.

»Ich bin ein zu großes Risiko«, murmle ich. »Sie vertrauen nicht darauf, dass ich mir keine Ausrutscher mehr erlaube, die vage schlechter Presse ähneln. Und der Film hat Vorrang.«

»Dann bist du hier, bis er in den Kinos ist?«, fragt Blake. Offensichtlich weiß er, wie diese Dinge laufen. Ihm ist bekannt, wie sehr sich öffentliche Menschen verrenken müssen, um ihren Ruf zu wahren. Und es betrifft nicht bloß Filmstars. Die Bürgermeisterin von Nashville kann dramatische Schlagzeilen genauso wenig gebrauchen.

»Wahrscheinlich länger. Er muss erst so und so viele Millionen Dollar einspielen. Dads Manager meint, ich sollte nicht einmal die Ranch verlassen. Ich denke, er erwartet von mir, total inkognito zu sein, unsichtbar. Doch meine Tante erlaubt mir zu *leben*. Also, ja, eigentlich sollte niemand wissen, dass ich hier bin. Und jetzt wissen es alle.«

Nachdem ich es laut ausgesprochen habe, wird mir klar, wie lächerlich es ist. Ich bin in Fairview gefangen, damit ich keine schlechte Presse für einen Film verursache, mit dem ich nichts zu tun habe. Wäre ich an dem Morgen nach der Pressekonferenz nicht so verkatert und beschämt gewesen, hätte ich härter für mich gekämpft. Ich hätte die Nerven behalten und Ruben gesagt, dass ich nirgends hingehe. Und ich hätte meinen Vater zu fragen gewagt, wem seine Loyalität wirklich gilt.

»Findest du es nicht auch zum Brüllen, dass alle glauben, man hätte ein *großartiges* Leben, weil die Eltern berühmt sind?«, fragt Blake mit einem verächtlichen Schnauben. Dann verfinstert sich seine Miene. »Die haben ja keine Ahnung. Hast du Geschwister?«

Meine Kehle fühlt sich jetzt so eng an, dass ich kaum sprechen kann. Ich drehe mich ein wenig mehr zu ihm, sodass unsere Knie noch fester aneinanderdrücken. »Nein, du?«

»Nein.« Er verdreht die Augen. »Super, nicht? Keiner, der das mit einem teilt. Alles konzentriert sich auf dich. Ich *liebe* es, Einzelkind zu sein.«

»Ja, das nervt. Man will nicht, dass sich alles auf einen konzentriert.«

»Und ich habe dich bei der Party vor allen ausgestellt«, sagt Blake einen Moment später. Er sieht reumütig aus und berührt mein Knie. »Scheiße, Mila, es tut mir leid. Ich weiß, dass du an dem Abend verärgert warst.«

Gebannt von Blakes Hand auf meinem Knie, kann ich nicht antworten. Ich blicke zu seinen Fingern, wie sich sein Griff anspannt, als wäre ihm nicht bewusst, dass er mich berührt. Er folgt meinem Blick, reißt die Hand zurück und wird rot.

»Ich war nicht verärgert«, widerspreche ich. »Ich war stinksauer. Das ist etwas anderes.«

Auf einmal wird laut an die Glastüren der Hütte geklopft. Blake und ich zucken gleichzeitig zusammen, werden aus unserer Blase gerissen, und ich drehe mich um. Bailey springt von seinem Bett auf und bellt die Tür wild an, sodass mein Herz noch schneller schlägt. LeAnne steht draußen, hat die Hände in die Hüften gestemmt und blickt durch das Glas.

»Das Essen ist fertig.«

Ihre Züge sind angespannt, und sie gibt sich wenig Mühe, ihr Missfallen zu verbergen, als sie abwechselnd Blake und mich ansieht. Schließlich macht sie auf dem Absatz kehrt und geht zurück zum Haus. Ich frage mich, ob ich mir ihr Missfallen eingebildet habe.

Dreizehn

Von innen ist das Haus der Averys genau so, wie ich mir das Zuhause der Bürgermeisterin von Nashville vorstellen würde: elegant und superordentlich, ein wenig seelenlos, aber mit einem halbvollen Karton Wahlwerbeflyern in der Küchenecke.

Es mag ein altes Haus sein, ist innen jedoch eindeutig vor Kurzem renoviert worden. Die Küche wirkt nagelneu mit Hochglanzfronten an den Einbauschränken und einem Herd, der aussieht, als würde er kaum benutzt. Sogar der Boden ist glänzend weiß gefliest. Und niemand käme auf die Idee, dass hier eben ein Essen zubereitet wurde – alle Utensilien sind weggeräumt, die Herdplatte saubergewischt, und es riecht nach Desinfektionsmittel.

»Hier entlang«, sagt LeAnne. Sie trägt noch ihren Bleistiftrock und die Bluse, nimmt eine Weinflasche aus einem Regal, holt einen Korkenzieher aus einer Schublade und geht von der Küche in das angeschlossene Esszimmer.

Blake und ich folgen ihr an einen großen, glänzenden Tisch. Die Stuhlpolster sind mit silbernem Samt bespannt, der so luxuriös aussieht, dass ich zögere, mich zu setzen, weil ich fürchte, ich könnte eine kleine Falte verursachen.

»Du kannst hier sitzen«, sagt Blake und zieht einen Stuhl vor.

Von irgendwoher ertönt leise Musik, und der Duft von Röstbraten und Beilagen erfüllt den Raum, sodass sich mein Magen zusammenzieht vor Hunger. Unsicher setze ich mich und ringe die Hände auf dem Schoß.

Blake nimmt den Platz mir genau gegenüber; LeAnne sitzt an der Spitze der Tafel. Es gibt noch drei freie Stühle, doch ich habe das Gefühl, dass sie selten besetzt sind. Als LeAnne die Weinflasche auf den Tisch stellt, suche ich verstohlen nach einem Ehering. Es ist keiner da.

Trotz des festlichen Essens und der poppigen Chartmusik ist die Atmosphäre nicht sehr entspannt. Vielleicht liegt es daran, dass Blake ungewöhnlich still ist, oder es liegt an dem Blick, mit dem LeAnne mich draußen bedacht hat. Hatte sie Blakes Hand auf meinem Knie gesehen? Vielleicht will sie ihren Sohn übertrieben beschützen.

Blake räuspert sich, rückt seinen Stuhl näher an den Tisch und beginnt, sich Kartoffeln aufzufüllen. »Das sieht sehr gut aus, Mom«, bricht er das Schweigen. »Danke.«

LeAnne lächelt ihm matt zu, entkorkt die Weinflasche und schenkt sich ein Glas ein.

»Mila«, sagt LeAnne und sieht mich an, »bitte bedien dich.«

Wenn es etwas Komischeres gibt, als mit einem Jungen und seiner Mutter zu essen, ist es, sich einfach selbst den Teller zu füllen. Wie viel Fleisch darf ich mir nehmen? Wie viele Karotten sind erlaubt? Es ist wieder wie an den ersten Abenden mit Sheri und Popeye, als ich herumgeschlichen bin und mich anstrengte, entspannt zu sein, ohne aus Versehen zu weit zu gehen.

»Danke, dass ich herkommen durfte«, sage ich höflich und

nehme mir etwas von dem Essen. »Das sieht alles fantastisch aus.«

»Sehr gern, aber dank Blake.« LeAnne sieht zu ihm. Ihr Ton ist neutral. Sie hebt ihr Glas an die Lippen.

Für einen flüchtigen Moment funkelt Blake sie verärgert an, und sie wechseln einen Blick, den ich nicht deuten kann. Doch auf einmal fühle ich mich hier überhaupt nicht willkommen. Nur warum?

»Also, Mila«, sagt LeAnne und schwenkt den Wein in ihrem Glas, »kommen deine Eltern auch nach Fairview?«

Blake hüstelt. »Ich hole uns was zu trinken.« Rasch steht er vom Tisch auf.

»O, danke.«

Ich senke den Blick zu meinem Schoß, als er in die Küche geht und mich mit seiner Mom allein lässt. Dann sehe ich wieder auf. »Nein, diesmal nicht. Sie sind zu beschäftigt.«

»Kann ich mir vorstellen«, sagt LeAnne. Sie stellt ihren Wein hin und fängt an, sich Essen zu nehmen, wählt etwas Fleisch und fährt fort: »Ihr müsst da drüben ein verrücktes Leben haben. Mit all den Fans und den Paparazzi. Wie bewältigt dein Dad das alles nur?«

Ich schlucke einen kleinen Bissen Karotte. Dies ist das letzte Gespräch, das ich jetzt führen will. Mit einer Fremden über Dad reden? Warum kann sie mich nicht fragen, ob ich gern in Fairview bin? Oder ob es schön ist, Zeit mit meinem Großvater zu verbringen? Warum muss es immer um Dad gehen und nie um mich?

»Ja, manchmal ist es ziemlich wild, aber man gewöhnt sich dran, schätze ich.« Meine Stimme klingt distanziert, desinteressiert. Hoffentlich begreift LeAnne, dass ich lieber nicht mehr darüber reden will; für alle Fälle lenke ich die Aufmerksamkeit auf sie. »Aber Sie kennen das sicher. Schließlich sind Sie die Bürgermeisterin.«

Blake kommt zurück, ist sichtlich vorsichtig und stellt mir eine Dose Limonade hin. Dann setzt er sich wieder und betrachtet erst mich, danach seine Mom. Etwas an seinem Verhalten ist richtig seltsam, aber ich kann nicht recht erkennen, warum. Unmöglich ist er so nervös, bloß weil ein Mädchen bei ihnen zum Essen ist, oder? Vor allem nicht, da zwischen uns gar nichts läuft.

»Ja, die bin ich«, sagt LeAnne leichthin und verdreht die Augen. »Aber ich ziehe eher Proteste und Hassmails an, sogar gelegentliche Konfrontationen bei Whole Foods. Dein Vater hingegen muss nichts als Horden von bewundernden Fans haben.«

Ich blinzle sie an und frage mich, ob sie immer so herablassend ist. »Es gibt auch andere«, entgegne ich wider besseres Wissen. »Einmal ist jemand über eine Absperrung gesprungen und hat ihm mit der Faust auf die Nase geboxt. Es ist nicht alles nur Glitzer.«

LeAnnes Gesicht leuchtet auf. »Ach wirklich? Was für ein Jammer. Dein armer Vater.« Sie trinkt noch einen Schluck Wein. Die Schadenfreude in ihren Augen ist unübersehbar.

Blake legt abrupt sein Besteck hin, dass es laut klappert. »Mom«, zischt er.

Sie wirft ihm einen verächtlichen Blick zu und ignoriert, was immer er ihr bedeuten wollte. »Und warum hast du beschlossen, allein nach Tennessee zu kommen?«, fragt sie mich.

»Bei meinen Eltern ist es gerade sehr hektisch, deshalb habe ich gedacht, ich besuche meinen Grandpa und meine Tante über den Sommer«, lüge ich gelassen, ohne sie anzusehen. »Es ist schön, wieder hier zu sein.«

LeAnne schürzt die Lippen vor gespieltem Mitgefühl und legt eine Hand auf ihre Brust. »Wie *geht* es deiner Tante Sheri? Sie tut mir so leid, weil sie da drüben auf der Ranch festsitzt, die Gute.«

»Ihr geht es bestens«, sage ich, und unwillkürlich wird mein Ton schärfer. Wenn LeAnne nicht aufhört, so herablassend zu reden, werde ich nie mit ihr warm. »Sie hat Popeye – Verzeihung, meinen Grandpa. Er leistet ihr Gesellschaft, neben den Pferden.«

»Natürlich. Dennoch ist es eine Schande, dass ihr Bruder nach Hollywood auf und davon ist und es ihr überlassen hat, deinen Großvater und diese große alte Ranch ganz allein zu versorgen.« Sie schüttelt den Kopf, als wäre der Gedanke furchtbar.

»*Mom*«, zischt Blake wieder. »Kannst du bitte aufhören, Mila zu verhören?«

LeAnne starrt ihn an. Sie ist eindeutig nicht froh, dass ihr eigener Sohn sie zurechtweist. Ich beobachte die beiden einige Sekunden lang, als sie unausgesprochene Warnungen wechseln, während die Musik immer noch leise im Hintergrund dudelt. Ich höre sogar eine Uhr irgendwo in der Küche ticken.

Blake gibt das gegenseitige Niederstarren als Erster auf. Er macht die Schultern gerade und spießt seine Gabel in das Fleisch auf seinem Teller. »Mila, ich habe dir noch gar nicht von meiner Musik erzählt«, sagt er, um mich vor seiner Mutter zu retten. Aber ... Musik? *Seine* Musik?

»O nein«, murmelt LeAnne. Sie schiebt ihren Stuhl zurück, dass die Stuhlbeine über den Boden kreischen, und steht auf. »Ich höre mir nicht schon wieder an, wie du über Musik redest. Lieber lasse ich euch zwei allein und esse oben zu Ende.« Mit ihrem Teller in der einen und dem Weinglas in der anderen Hand verlässt sie das Esszimmer. Wir beide horchen auf die sich entfernenden Schritte, als sie zur Treppe geht.

Mit offenem Mund sehe ich zu Blake.

Er lehnt die Ellbogen auf den Tisch, vergräbt das Gesicht in den Händen und stöhnt. Wenigstens bin ich nicht die Einzige, die findet, dass die Bürgermeisterin von Nashville ein bisschen schräg ist. Was hat sie für ein Problem?

»Ich hätte dich nicht bitten dürfen, mit herzukommen«, sagt Blake, als er die Hände vom Gesicht nimmt. »Meine Mom kann … schwierig sein.«

»Ich glaube, sie mag mich nicht besonders«, sage ich leise. Wir haben beide aufgehört zu essen und unser Besteck abgelegt. Nun blicken wir zu LeAnnes leerem Stuhl. Es ist unwahrscheinlich, dass ich mir ihr Missfallen eingebildet habe. Ihr harter Blick und der überhebliche Ton haben ihre Abneigung sehr klar ausgedrückt. »Habe ich etwas falsch gemacht?«

Ich denke an die wenigen – sehr wenigen – Begegnungen, die ich bisher mit LeAnne Avery gehabt habe. Ihr wurde meine Existenz bewusst, als ich von der Harding-Ranch ausgesperrt war, und am nächsten Morgen hat Sheri uns vor der Kirche miteinander bekannt gemacht. Da war ich auf jeden Fall höflich. Und heute ist das Einzige, was mir einfällt, dass ich vor der Kirche vielleicht ein bisschen zu abrupt gefragt habe, ob ich Blake sprechen kann – oder mich ihnen zum Essen aufgedrängt oder Blakes Hand auf meinem Knie hatte. Nichts hiervon scheint Grund genug, mich mit solch offener Verachtung zu behandeln.

»Nein, nein, nein«, sagt Blake kopfschüttelnd. »Glaub mir, du bist nicht das Problem. Das Problem ist, dass meine Mom verbittert ist.«

»Verbittert?«, frage ich. »Weswegen?«

Für einen Moment erstarrt Blake, scheint schon zu bereuen, was er gesagt hat. Er schluckt, neigt den Kopf und widmet sich wieder seinem Essen. »Ach, nichts. Vergiss es. Lass uns aufessen, und dann fahre ich dich nach Hause.«

Ich verstumme. Dies hier ist definitiv im Rennen für das ungemütlichste Sonntagsessen aller Zeiten.

Ich stochere in meinem Essen, denn ich habe keinen Hunger mehr. Und Blake sagt nichts. Hin und wieder seufzt er, was den Klang der Musik übertönt. Irgendwie passt die nicht zur Stimmung am Tisch. Was ist hier los?

»Tja«, versuche ich es, »willst du mir wenigstens von deiner Musik erzählen?«

Prompt wirken Blakes Züge weniger angespannt, sondern eher schüchtern. »Ein anderes Mal, versprochen.«

Also bedränge ich ihn nicht. Er ist offensichtlich nicht mehr freundlich gestimmt.

Wir essen schweigend. Es ist noch eine Menge Essen übrig, als wir unsere Teller abräumen.

»Bailey kann das bekommen«, sagt Blake schließlich, und es klingt unbeschwerter. Er bringt die leeren Teller in die Küche, bevor er sich die Fleischplatte schnappt. »Komm mit.«

Tun wir jetzt so, als wäre da nicht eben diese gewaltige Anspannung gewesen?

»Bails!«, ruft Blake.

Er hockt sich auf den Rand der Veranda, die Fleischplatte auf dem Schoß. Ich setze mich zu ihm, diesmal aber mit mehr Abstand zwischen uns. Und ich bemühe mich, mir meine Verwirrung nicht anmerken zu lassen. Jetzt gibt es definitiv kein Streifen der Beine mehr.

Bailey kommt durch den Garten angelaufen, wobei ihm die

Zunge schon aus dem Maul hängt, weil er den Braten riecht. Er bleibt vor Blake stehen, setzt sich gehorsam hin und wartet auf ein Kommando. Mit der heraushängenden Zunge sieht der Hund aus, als würde er grinsen – und ich möchte es auch.

»Pfote«, sagt Blake und streckt eine Hand vor, Bailey hebt eine Vorderpfote. »Andere Pfote. Platz. Braver Hund.« Blake wirft eine Scheibe Braten in die Luft, und Bailey fängt sie auf. Vor Begeisterung sabbert der Hund auf den Rasen. Blake sieht zu mir. »Willst du mal?«

Na, wie kann ich da ablehnen?

»Bailey«, sage ich mit einer hohen Stimme, die kein bisschen wie meine klingt. Ich wiederhole dieselben Kommandos wie Blake und muss richtig lächeln, als Bailey Sitz und Platz macht und mir die Hand schüttelt. Dann werfe ich ihm eine Fleischscheibe zu.

Blake nutzt die sichere Stimmung. »Drinnen wurde es ein wenig hitzig. Ich …«

Weiter kommt er nicht, denn hinter uns ist plötzlich Lärm zu hören. LeAnne klopft wütend an das Küchenfenster. »Davon wollte ich morgen Sandwiches machen! Verdient dieser verdammte Hund etwa erstklassigen Braten?«

»O bitte«, knurrt Blake leise. *»Verzieh dich.«* Aber natürlich ist es nicht ganz leise genug.

LeAnne stürmt zur Tür und reißt sie auf. Sie stemmt die Hände in die Hüften. »Wiederhol das«, befiehlt sie. »Jetzt sofort.«

Blake blickt über seine Schulter zu ihr. »Nichts«, sagt er resigniert. Ich sehe ihm an, wie gern er seine Worte wiederholen würde, doch er muss ahnen, dass er seine Mom lieber nicht so beleidigen sollte.

»Ja, dachte ich mir«, sagt LeAnne. Sie knallt die Tür hinter sich zu, aber mir ist mehr als bewusst, dass sie uns immer noch durchs Fenster beobachten könnte.

Ich rutsche noch ein Stück weiter von Blake weg.

»Ich fahre dich jetzt nach Hause. Es ist besser, wenn du nicht siehst, wie ich bei ihr die Fassung verliere«, sagt er leise. Er stellt Bailey den Teller auf den Rasen, steht auf und holt die Schlüssel zu seinem Truck aus der Tasche. »Denn heute treibt sie es echt zu weit.«

Vierzehn

Auf der Rückfahrt zur Harding-Ranch liegt eine spürbare Anspannung in der Luft, allerdings ausnahmsweise nicht zwischen Blake und mir. Sie geht einzig von Blake aus.

Während der gesamten Fahrt durch Fairview hat er die Zähne zusammengebissen und konzentriert sich ganz auf die Straße, blinzelt kaum. Natürlich spielt Musik, doch die ist leise, und Blake summt nicht mit wie sonst. Offensichtlich hat ihn das komische Verhalten seiner Mutter wütend gemacht, auch wenn ich immer noch nicht begreife, was da los war. Waren es ihre Fragen beim Essen? Verstehen sie sich schlicht nicht? So oder so hatte ich unmöglich ahnen können, wie belastet ihre Beziehung ist.

Als wir vor dem großen Tor halten, ist mir klar, dass mir noch ungefähr fünf Sekunden bleiben, etwas zu sagen. Also setze ich mich vor und frage: »Alles okay?«

Blake schaltet den Motor aus, und seine Bewegungen wirken lethargisch. »Klar.« Er spielt mit dem Schlüssel am Zündschloss. »Ich weiß nur, dass ich zurück und mit ihr reden muss.«

Da Blake mich dazu bringen konnte, ihm die Wahrheit über

meinen Dad zu sagen, glaube ich nicht, dass ich irgendwelche Grenzen übertrete, indem ich nachfrage. »Worüber reden?«

»Über das, was sie beim Essen gesagt hat.« Blake runzelt die Stirn und lehnt einen Ellbogen ans Fenster, während er sich wütend mit den Fingern durchs Haar fährt. »Man sollte meinen, eine Frau in ihrer Position wäre nicht so verflucht kindisch.«

»Kindisch?«, frage ich verwundert. Sicher, LeAnnes Fragen waren übergriffig und ihre Reaktionen hatten etwas Herablassendes, aber ich nahm an, es hätte lediglich ihre wahre Persönlichkeit durchgeschienen.

»Diese Bemerkungen über deine Familie«, murmelt Blake. Er klingt wieder verärgert, doch ich kann sein Gesicht nicht richtig sehen, weil er immer noch nach draußen zu den kahlen Feldern sieht. »Es ist erbärmlich. Alles nur ...«

»Was habe ich getan?«, unterbreche ich ihn.

»Es geht nicht um dich.« Jetzt sieht er mich an. »Es ist wegen deinem Dad.«

»Mein Dad?«, wiederhole ich blinzelnd, denn seine Worte ergeben null Sinn. »Aber sie kennt ihn nicht.«

Blakes Gesichtsausdruck nach hält er mich für naiv, weil ich nicht begreife, wovon er spricht. »Fairview ist ein kleiner Ort, Mila.«

Ich verstehe es immer noch nicht, aber es bleibt keine Zeit, Blake um eine Version für Doofe zu bitten. Das Tor schwingt summend auf, und eine Gestalt kommt herausgelaufen.

»Wo bist du gewesen?«, brüllt Sheri mir ins Gesicht, als sie die Beifahrertür aufreißt. »Dein Grandpa und ich sind krank gewesen vor Sorge, Mila! Du bist nach der Kirche nicht nach Hause gekommen! Ich habe Patsy angerufen, ob du noch bei ihnen bist, und da höre ich von ihr, dass du sie nie gebeten hast, dich mitzunehmen!«

Ehe ich reagieren kann, räuspert Blake sich und lehnt sich über die Mittelkonsole. »Miss Harding, ich muss mich entschuldigen. Ich hatte Mila zum Mittagessen bei uns eingeladen. Es ist meine Schuld. Es war spontan, und wir haben die Zeit aus dem Blick verloren.« Er lächelt ihr schuldbewusst zu.

Sheri erwidert sein Lächeln nicht. Vielmehr wirkt sie in diesem Moment so wütend, wie ich sie noch nie gesehen habe. Tiefe Furchen haben sich in ihre Stirn gegraben. »Hättest du nicht an dein Telefon gehen oder eine kurze Textnachricht schicken können?«, fragt sie mich.

»Tut mir leid, Sheri. Ich hatte es nicht mit zur Kirche genommen … Du hast gesagt, Handys sind da nicht erlaubt.« Ich habe definitiv eine Grenze überschritten, für zwei Stunden zu verschwinden. Die Sorge in Sheris Augen macht mir ein schlechtes Gewissen, denn schließlich tut sie mir einen Gefallen, indem sie mich aufnimmt. Und offensichtlich bin ich ihr nicht gleich. Das Mindeste, was ich tun kann, ist, ihr wie vereinbart zu sagen, wo ich bin. »Es tut mir ehrlich leid«, entschuldige ich mich wieder.

Sheri seufzt verdrossen, tritt einen Schritt von der Wagentür weg und bedeutet mir auszusteigen. Sie wartet schweigend, als ich aus dem Truck klettere, doch es ist offensichtlich, dass sie noch mehr zu sagen hat – nur nicht hier.

Ich sehe mich zu Blake um. »Danke fürs Fahren«, sage ich. Auch ich würde gern mehr sagen, aber das muss warten.

Er salutiert mir mit einem kleinen Lächeln und fährt weg.

Sheri legt eine Hand fest auf meine Schulter und schiebt mich zum Tor. Ich kann fühlen, wie die Sorge von ihren Fingerspitzen auf mich abstrahlt. Wir gehen zusammen auf das Anwesen, während das Geräusch von Blakes Motor in der Ferne verklingt. Er fährt nach Hause, um LeAnne Avery zur Rede zu stellen; mir blüht das Gleiche von Sheri Harding. Und mir geht durch den Kopf, dass ich keine Ahnung habe, was es heißt, von Sheri zusammengefaltet zu werden.

Ihre Hand bleibt auf meiner Schulter, als wir in der sengenden Sonne den Weg zum Haus hinaufgehen. Ich halte meinen Kopf gesenkt und warte, dass sie etwas sagt, doch sie bleibt stumm. Erst bei der Veranda stellt sie sich vor mich, verschränkt die Arme vor der Brust und sieht mich eher panisch als streng an.

»Ich wollte dir ehrlich keine Angst machen«, sage ich rasch. »Nach der Kirche bin ich mit Blake ins Gespräch gekommen, und ...«

Sheri schüttelt den Kopf, damit ich still bin. »Mila, solange du hier bist, bin ich für dich verantwortlich, und wir hatten uns geeinigt, dass du mir immer sagst, wo du bist. Als du nicht von der Kirche zurückgekommen bist und die Bennetts keine Ahnung hatten, wo du sein könntest, habe ich gedacht, dass ich Everett oder seinen furchtbaren Manager anrufen muss und ihnen sagen, ich wüsste nicht, wo du bist. Ich dachte, ich müsste ihnen erzählen, dass ich dich allein habe losziehen lassen.«

Ich trete auf sie zu, schlinge die Arme um meine Tante und halte sie fest. Sheris Brust hebt und senkt sich, und ich fühle, wie sie sich zu entspannen beginnt.

»Es tut mir leid, Sheri«, sage ich. Meine Stimme ist belegt vor Schuldgefühlen. Sheri ist einige Zentimeter größer als ich, trotzdem streiche ich ihr beruhigend über den Rücken, als wären unsere Rollen vertauscht.

Sheri richtet sich auf und streicht sich mit der Hand übers Gesicht. »Mila, Süße, reden wir drinnen.«

Gemeinsam gehen wir die Verandastufen hinauf, und ich sehe Popeye durchs Fenster, der mit einer Hand seine Augen vor der

Sonne abschirmt, als er nach draußen blickt. Sobald wir uns der Tür nähern, kommt er zu uns geeilt.

»Ist alles in Ordnung?«, fragt er mit sorgenvoller Miene. Er streckt eine Hand aus.

»Ja, Dad, alles bestens«, murmelt Sheri und drückt Popeyes Hand. »Mila hatte ihr Telefon vergessen. Sie ist bei den Averys zum Mittagessen gewesen.«

»O, das wird ihm nicht gefallen.« Popeye verspannt sich. »Mittagessen mit ...«

»Wem wird es nicht gefallen?«, frage ich.

Sheri wirft ihrem Vater einen warnenden Blick zu.

»Wem?«, wiederhole ich bestimmter. »Wem wird es nicht gefallen?«

Sheri beißt sich innen auf die Wange, was ein sicheres Zeichen ist, dass sie überlegt, ob sie mir etwas erzählen darf oder nicht. »Everett, dein Dad ...«

»... mag LeAnne Avery nicht«, beendet Popeye den Satz für sie.

»Warum nicht? Wegen ihrer Politik oder so?«, frage ich verwirrt. »Warum interessiert ihn die Bürgermeisterin, wenn wir nicht mal hier leben?«

»Ach, Mila«, murmelt Popeye und zwinkert mir mit seinem echten Auge zu. »So herrlich ahnungslos.«

»*Was?*«, beharre ich.

Sheri geht in die Küche und zieht einen Stuhl am Tisch vor. Erst jetzt bemerkte ich den Essensduft und bekomme ein noch schlechteres Gewissen, als ich einige mit Folie bedeckte Schüsseln auf der Arbeitsplatte sehe – vermutlich Reste, die für mich bereitgestellt wurden.

Sheri tippt mit den Fingerspitzen auf den Eichentisch und

scheint immer noch zu überlegen. »Es kommt mir wirklich nicht zu, das anzusprechen«, sagt sie nach einer Weile. »Du solltest mit deinen Eltern reden.«

»Ich soll mit meinen Eltern über Mrs. Avery reden?«, frage ich verdutzt. Ich meine, warum sollten meine Eltern überhaupt wissen, wer die Bürgermeisterin von Nashville ist?

»Ja, weil dein Grandpa recht hat. Everett und Marnie werden nicht begeistert sein, dass du bei LeAnne zu Hause gewesen bist«, sagt Sheri, und ihre Mundwinkel zucken. Dann, als würde es ihr jetzt erst wieder einfallen, ergänzt sie leise: »Oder dass du ziemlich vertraut mit ihrem Sohn bist.«

»Blake? Nein, da ist garantiert nichts zwischen uns.«

Sheri lächelt mir wissend zu. Mit dem Fuß zieht sie den Stuhl neben sich vor und zeigt drauf, damit ich mich hinsetze. »Dad, würdest du uns eine Minute geben? Mila und ich müssen unsere Unterhaltung zu Ende führen.«

Popeye grummelt. »Ebenso könnte ich dieser Tage ein Möbelstück sein«, murrt er, dreht sich um und geht durch das Wohnzimmer in Richtung Veranda. Doch ehe er nach draußen geht, sagt er: »Seid nett zueinander.«

Sheri wartet, bis das Knarzen der Dielenbretter verklungen ist. Dann sieht sie mich eindringlich an. »Tut mir leid, dass ich dich vorhin angeschrien habe. Es war nur … ich dachte, na ja, wenn du nicht auftauchst, dachte ich, Ruben würde persönlich mit einem Jet herkommen und mich eigenhändig erwürgen.«

Trotz aller Anspannung muss ich bei der Vorstellung kichern. Ich glaube nicht, dass sich Sheri und Ruben jemals begegnet sind, aber es sagt eine Menge über Rubens Schreckensmanagement aus, wenn sich sogar Menschen vor ihm fürchten, die bisher nur mit ihm telefoniert haben.

»Das ist nicht witzig, Mila«, ermahnt Sheri mich streng. Für eine Sekunde habe ich Angst, dass sie wieder wütend wird. »Sie wollen, dass ich dich keine Sekunde aus den Augen lasse.«

»*Sie?*«, wiederhole ich und halte den Atem an.

Mitleid mischt sich in Sheris Blick. »Diese Regeln, *sie geht nirgends hin und trifft niemanden*, die Ruben mir vorgeschrieben hat, sind die Idee deines Vaters gewesen«, antwortet sie.

Ich atme pustend aus. Es fühlt sich wie ein Schlag in die Magengrube an. Es ist *Dad*, der will, dass ich den Sommer auf dieser Ranch hinter Schloss und Riegel bleibe, ohne Freiheiten, ohne ein eigenes Leben?

Alles – für – einen – beknackten – Film?

Von Ruben erwarte ich solche Sachen; es ist sein Job, Dads Karriere zu managen, und das heißt, dass er das Sagen hat und entscheidet, was er für das Beste hält. Was bisher den Schluss nahelegte, dass alles Rubens Idee war. Ich könnte damit leben, weil es eben typisch Ruben ist, der dauernd bizarre Nummern abzieht und überreagiert. Aber zu erfahren, dass es in diesem Fall Ruben ist, der Dads Befehle befolgt … Wow, das tut weh.

Dad wollte dies hier. Er wollte mich hierhaben, Tausende Meilen weit weg von Mom und ihm, eingesperrt und zum Schweigen gebracht auf der alten Familienranch. Es war sein Plan, dass ich den Sommer so verbringen sollte.

Immer habe ich mir eingeredet, ich würde mir bloß einbilden, an zweiter Stelle nach Dads Arbeit zu kommen. Ich habe die endlosen Wellen von Wut und Eifersucht abgetan und mir gesagt, dass es manchmal, wenn beispielsweise Dads neuestes Projekt vor dem Kinostart steht, normal ist, dass es für ihn ganz vorn rangiert. Es ist okay, dass er morgens vor der Schule keine Zeit für ein gemeinsames Frühstück hat, dass seine Termine ihn davon abhalten, mit

Mom und mir essen zu gehen, weil er *beschäftigt* ist. Hätte sich die Aufregung eines Filmstarts erst gelegt, würde er sich wieder auf uns konzentrieren ... Nur dass er das eigentlich nie recht tut.

Und jetzt ... Jetzt ist mir sonnenklar, dass es wahr ist.

Dads Karriere kommt vor allem anderen. Andernfalls hätte er mich niemals aus seinem superperfekten Leben verbannt, weil ich es gewagt habe, unabsichtlich das Bild ein wenig zu trüben. Wäre ich ihm wichtiger, hätte er den Produktionsleuten gesagt, sie könnten ihn mal. Er hätte Ruben gesagt, dass er mich in Ruhe lassen soll. Er hätte mich zu Hause behalten, wo ich hingehöre, egal wie oft ich mir irgendwelche Patzer leiste. Jetzt lässt sich nicht mehr leugnen, dass ich für ihn keine Priorität habe.

Tränen brennen in meinen Augen, und ich blinzle hektisch, um sie zurückzuhalten.

Doch dann drückt eine freundliche Hand mein Bein.

»Ich wollte es dir nicht erzählen«, sagt Sheri bedauernd und rückt ihren Stuhl näher an meinen. »Aber du musst wissen, wie ernst dieses Arrangement ist. Dein Dad wird nicht froh sein, wenn er herausfindet, dass ich dir Freiheiten erlaubt habe, und du bist alt genug, um bemerkt zu haben, dass unser Verhältnis so schon nicht das tollste ist.«

Ich sehe sie mit meinen feuchten Augen an. »Es tut mir leid«, entschuldige ich mich noch einmal. »Ich bin dir wirklich dankbar für das, was du für mich tust, und das Letzte, was ich will, ist, dir das Leben schwer zu machen. Ich verspreche, dass es nicht wieder vorkommt.«

»Danke, Mila«, sagt sie hörbar erleichtert. Dann kräuseln sich ihre Augenwinkel, als sie mich anlächelt. »Wenn du das nächste Mal mit einem gewissen *Jungen* namens Blake Avery unterwegs bist, sag mir bitte Bescheid, ja?«

Fünfzehn

Am Freitagnachmittag gehe ich mit einem Karton, der mir sehr vorsichtig in die Arme übergeben wurde und in dem sich ein Apfelstapelkuchen befindet, die rund eine Meile zur Willowbank-Ranch. Stundenlang hatte Sheri sich gestern Morgen in der Küche an dieser angeblichen Leibspeise aller Menschen aus Tennessee abgearbeitet – *Mila, wie kannst du nicht wissen, was ein Tennessee Mountain Cake ist?* –, während sich der Duft nach gewürzten Äpfeln im ganzen Haus ausbreitete. Und jetzt, nachdem es eine Nacht geruht hatte, ist dieses Dessert bereit, zu den Bennetts gebracht zu werden, für die es eigens bereitet wurde. Wie Sheri sagte, ist dieses Meisterwerk eine Entschuldigung dafür, dass sie Patsy letztes Wochenende mit ihrer Frage, ob sie mich nicht von der Kirche mitgenommen hatten, in Angst und Schrecken versetzte. Und mir kommt das Vergnügen zu, die Entschuldigung zu überbringen, weil es mir einen passenden Vorwand liefert, die Ranch zu verlassen.

In den letzten Tagen haben Sheri und ich uns ohne irgendwelche Ausrutscher an unsere Vereinbarung gehalten. Sie lässt mich durchs Tor, wann immer ich möchte, solange sie weiß, wohin ich will, und ich zur angesagten Zeit wieder zurück bin. Letztere ist nie besonders streng. Aber ich bin vernünftig gewesen und habe es nicht ausgenutzt. Mir ist jetzt vollkommen klar, welches Risiko sie eingeht. Savannah und Myles haben mich an einem Abend abgeholt, und wir sind auf ein Eis zu McDonalds gefahren. Und ich bin die drei Meilen zum nächsten Laden gegangen und mit zwei großen Tüten Cheetos zurückgekommen. Zugleich habe ich schnell festgestellt, dass auf einer Ranch mitten in der Pampa zu wohnen und noch keinen Führerschein zu haben, wenige Optionen lässt. Deshalb werden Fredo und ich richtig gute Freunde – ich sattle ihn jeden Morgen und reite ihn in einem gemütlichen Trab über die Weiden. Mehr nicht, weil ich immer noch zu große Angst habe, bei einem schnelleren Tempo könnte ich mir das Genick brechen.

Heute jedoch habe ich die Aufgabe, einen Kuchen auszuliefern, und ich gehe beschwingten Schrittes los. Eine Dodgers-Baseballkappe beschattet mein Gesicht vor der wieder mal glühenden Sonne. Mein Gesicht ist inzwischen so oft in der Sonne gewesen, dass meine Freunde mich bei meiner Heimkehr nicht erkennen werden, sollte ich noch mehr Sommersprossen auf Nase und Wangen bekommen.

Das dreigeschossige Haus der Bennetts ragt vor mir auf, als ich mich der Ranch nähere, und ein unschönes Gefühl regt sich in meinem Bauch. Wenn Savannah aus ihrem Fenster schaut, kann sie meilenweit über das Land sehen, bis zu den Bäumen und weiter. Wenn Sheri und Popeye aus ihren Fenstern blicken, wird ihnen die Sicht von den Mauern um die Ranch herum beschnitten. Es ist eine weitere Erinnerung daran, welche Auswirkungen Dads Bedürfnisse auf die Menschen haben, die ihm nahe sind.

Dad, den ich versuche, aus meinem Kopf zu verdrängen. Vor allem seine Gleichgültigkeit, was mein Glück betrifft, schmerzt immer noch, und ich bin bisher nicht bereit, die zu verarbeiten. Ich habe das Thema noch nicht einmal mit Mom angesprochen, weil offensichtlich ist, dass auch sie glaubt, dies hier wäre allein Rubens Entscheidung gewesen. Deshalb betone ich lieber, wie *laaangweilig* es auf der Ranch ist, in der Hoffnung, dass sie es an Dad weitergibt. Wenn ich weiterhin einige Freiheiten genießen will, müssen Dad und Ruben glauben, dass ich keine habe.

»Mila!«

Savannahs Stimme reißt mich zurück in die Realität. Sie ist eine willkommene Ablenkung von den wirren, negativen Gedanken, die in meinem Kopf umherwirbeln.

»Hi! Ist deine Mom da?«

Savannah kommt mir entgegengelaufen und sieht angenehm überrascht aus, weil ich unerwartet zu Besuch komme. Sie hat Jeansshorts und ein Bikini-Oberteil an, dazu einen riesigen Cowboy-Hut auf dem Kopf. Heute baumeln zwei neonfarbene Eiswaffeln aus Plastik an ihren Ohren. Niedlich. »Ja, sie ist irgendwo draußen auf der Weide mit Dad und überprüft die Wasserleitungen. Was hast du da?«

»Tante Sheris berühmten Tennessee Mountain Cake«, verkünde ich feierlich, halte den Karton hoch und lüpfe den Deckel ein wenig. »Frisch gestern Morgen zubereitet und mit freundlichen Grüßen von meiner Tante.«

»O, ich *liebe* Stapelkuchen!« Gierig blickt Savannah in den Karton. »Bringen wir ihn in die Küche.«

Ich schließe den Deckel und folge Savannah zum Haus. Mir weht der strenge Geruch von Sonnencreme entgegen, als ich hinter ihr die Verandastufen hinaufgehe. »Hast du dich gesonnt?«

»Ja, klar«, antwortet sie. »Ich mag kein Wasser – seit ich mit acht auf einem Familienausflug nach Kentucky fast in einem See ertrunken wäre. Das war *entsetzlich*! Mein Leben ist tatsächlich wie ein Film vor mir abgelaufen, und seitdem gehe ich nicht mal mehr in die Nähe von Wasser. Ehrlich, in meinen Augen ist unser Pool eine Todesfalle, deshalb bleibe ich lieber auf der Liege.«

Vorsichtig balanciere ich den Kuchenkarton auf einem Arm, während ich nach Savannahs Handgelenk greife, damit sie aufhört zu plappern. »Savannah, ich habe gerade fünf Pfund allein an Schweiß verloren, weil es hier so verflucht schwül ist, und du bist nie auf die Idee gekommen zu erwähnen, dass ihr einen Pool habt?«, frage ich entgeistert.

»O! Tut mir leid«, sagt sie und wird rot. Sie schlägt sich mit der flachen Hand an die Stirn. »Ja, wir haben einen Pool! Der ist hinter dem Haus. Aber ich finde es ziemlich blöd, dass das ganze Becken nur eine Wassertiefe hat. Keiner fand meine Idee, ein flaches Ende zu haben, auch nur eine Überlegung wert. Also selbst wenn ich mich wieder in Wasser trauen wollte, könnte ich in dem Ding nirgends stehen.«

»Ich tausche die Harding-Pferde mit dir gegen den Willowbank-Pool«, platze ich heraus. Hier spricht die blanke Verzweiflung aus mir. »Du darfst jederzeit rüberkommen und Sheris Pferde reiten, wenn ich bitte, bitte, *bitte* manchmal in deinen Pool darf. Du hast keine Ahnung, wie sehr ich an Tagen wie diesem davon träume, in einen einzutauchen!«

Savannah hebt die Krempe ihres Huts an, sodass der Schatten über ihren Augen weg ist und ihr die Sonne ins Gesicht scheint. »Ähm ... total *abgemacht*!«

Mein Grinsen dürfte ihrem gleichkommen, doch bevor wir ins

Haus gelangen, zerreißt ein Bellen die friedliche Stille auf der Ranch.

Ich drehe mich unten vor den Verandastufen um, suche nach der Quelle des Lärms. Hat Savannah Bennett etwa das unverschämte Glück, einen Pool *und* einen Hund zu besitzen? Doch zu meiner Überraschung kommt ein mir bekannter junger Golden Retriever über den Rasen auf uns zugeprescht. Er ist verteufelt schnell. Seine Zunge baumelt ihm aus der Schnauze, und er wedelt mit dem Schwanz. Ich strahle, doch als er näher kommt, wird mir klar, dass Bailey keinerlei Anzeichen zeigt zu verlangsamen, und meine Freude verwandelt sich schnell in Furcht.

Fest umklammere ich den Karton mit Sheris Kuchen vor meiner Brust, aber nicht schnell genug. Mit einem erneuten Kläffen hechtet Bailey auf mich zu. Mir entfährt ein kleiner Aufschrei, als ich unter der Wucht des Hundegewichts gegen das hölzerne Verandageländer kippe und mir der Karton aus den Händen fliegt. Bailey hat seine Vorderpfoten auf meiner Brust und schleckt mir das Gesicht ab.

»O, Bailey, *nein*!«, stöhnt Savannah, packt sein Halsband und zieht fest daran. »Runter! Runter!«

Mit einem mächtigen Schubs stoße ich Bailey von mir, doch als er zur Seite fällt, landen seine Pfoten auf dem Kuchenkarton. Bei dem Geräusch von einknickender Pappe und quatschendem Kuchen schreie ich entsetzt auf.

»O-oh«, sagt Savannah. »Ups.«

Bailey steckt die Nase in den kaputten Karton und fängt sofort an, den Kuchen hinunterzuschlingen. Ich sehe panisch zu Savannah, die verlegen auf ihre Unterlippe beißt und versucht, den Hund von dem Karton wegzuzerren.

»Nein, Bailey, AUS!«, brüllt eine Stimme. »Was frisst er da?«

Savannah und ich schauen beide auf. Blake kommt aus derselben Richtung zu uns gerannt, aus der dreißig Sekunden zuvor Bailey gekommen war. Wäre ich nicht so geschockt, würde ich mich erinnern, dass es das erste Mal ist, dass ich ihn seit dem komischen letzten Sonntag sehe.

»Blake! Kannst du mal auf deinen Hund aufpassen!«, schreie ich und gehe ein paar Schritte vorwärts, wobei ich auf Bailey zeige, dessen Schnauze von Biskuitteig und gewürztem Apfelkompott bedeckt ist. »Er hat gerade … ER HAT GERADE SHERIS KUCHEN RUINIERT!«

Blake erreicht den Schauplatz der Verwüstung, sinkt auf die Knie und schlingt die Arme um Bailey, um ihn von dem zerstörten Karton wegzuziehen. Glücklich schleckt Bailey sich die Kuchenreste von der Schnauze, und Blake hält ihn fest zwischen seinen Beinen. Er schiebt die Sonnenbrille in sein zerzaustes Haar und neigt den Kopf in den Nacken, um zu mir aufzusehen.

»Sie hat Stunden gebraucht, um diesen Kuchen zu machen! Ich sollte ihn abgeben!«, schäume ich.

»Mila, es t-tut mir leid«, versucht Blake es, bekommt die Worte aber nicht gerade heraus. Er versucht gar nicht erst, sein Lachen zu unterdrücken.

»Was ist los?«, fragt Myles, der zu uns kommt. Er ist tropfnass, barfuß und nur in triefenden Badeshorts. Verwundert schaut er zu dem knienden Blake, als würde er sich fragen, was der zermalmte Karton und der Kuchenmatsch vor zwei Minuten noch gewesen sein mögen.

»Bailey hat den Kuchen meiner Tante zerstört«, antworte ich finster.

Wieder prustet Blake los. Myles stimmt ein, und dann johlen die beiden zusammen vor Lachen, das immer lauter wird. Savannah lässt sich anstecken, obwohl sie zumindest versucht, ihr Kichern zu unterdrücken. Am Ende kann ich nicht anders, als ebenfalls zu lachen.

»Was soll ich Sheri erzählen?«, frage ich, während wir alle noch lachen. Wieder sehe ich zu dem zerstörten Kuchen und muss erst recht lachen.

»Sag ihr, er hat uns wunderbar geschmeckt«, antwortet Savannah und geht von der Veranda. »Er war so köstlich, dass wir ihn binnen Sekunden vernichtet haben.« Sie kann nicht aufhören, über ihren eigenen Witz zu kichern, sagt dann aber prustend: »Ich mache das mal lieber weg, ehe Mom es sieht.«

Blake zieht den glücklich aussehenden Bailey zurück hinters Haus, begleitet von Myles, der immer noch lacht. Ich bleibe bei Savannah. Wir fegen die Reste von Kuchen und Pappe zusammen und werfen sie direkt in die Mülltonne draußen, damit Savannahs Eltern nicht bemerken, welche Köstlichkeit ihnen entgangen ist. Und wir schwören uns, dass Sheri nie erfahren wird, wie enthusiastisch ihre kulinarische Gabe aufgenommen wurde.

»Willst du ein bisschen bleiben?«, fragt Savannah. »Wir sind am Pool, nur ich und die zwei Idioten. Und ich möchte dich daran erinnern, dass die beiden Idioten mein Bruder und *Blake* sind.« Sie grinst, als sie seinen Namen betont.

»Da ist nichts mit Blake!«

»Ja, klar!« Seufzend verdreht sie die Augen, bevor sie sich bei mir einhakt und mich mit sich zieht.

Wir gehen um das Haus herum und weiter auf die Wiese dahinter. Dort schwillt meine Brust an vor Glück beim Anblick von *Wasser*. Der Pool der Bennetts ist größer, als ich zu hoffen gewagt hatte, rund und voller Plastikfußbälle, die auf der Oberfläche wippen. Um den Pool herum stehen einige Sonnenliegen.

»Kommst du zu uns?«, ruft Myles vom anderen Ende des Pools. Als ich nicke, heult er übertrieben auf und springt kopfüber ins Wasser. Dabei spritzt Wasser auf die Liegen, sehr zum Ärger von Savannah.

»Setz dich bitte neben mich«, sagt Savannah und klopft auf die Liege neben ihrer. »Ich hoffe, er ist nicht so unverschämt, einen Gast durchnässen zu wollen.«

Ich hocke mich auf die Liege. Der Stoff strahlt Hitze ab, und ich blicke sehnsüchtig zu dem strahlend blauen, sich kräuselnden Wasser. Mehr denn je sehne ich mich danach, direkt hineinzuspringen. Savannah, die bereits gesagt hat, dass sie sich vor Wasser fürchtet, legt sich zurück und nimmt ihr zerlesenes Buch über einen gewissen berühmten Zauberer mit Nickelbrille wieder auf.

»Ich liebe die Verfilmungen!«, schwärme ich. »Wir waren in New York zur Premiere des letzten Films, vor zehn Jahren, glaube ich. Es war das erste Mal, dass wir bei einer Filmpremiere waren.« Ich lächle wehmütig. Zu der Zeit war ich zu klein, um viel mitzubekommen, aber irgendwie hat sich mir ins Gedächtnis eingegraben, wie Dad und Daniel Radcliffe sich begrüßten.

Langsam nimmt Savannah das Buch herunter und starrt mich an. »*Im Ernst?*«

Die Faszination und der schiere Unglaube in ihren Augen bringen mich zurück auf die Erde, und ich bedaure, etwas gesagt zu haben. Rasch werde ich ernst und ziehe reumütig die Schultern ein.

»Sorry, das ... das hat sich angeberisch angehört, oder?«, murmle ich. Vor anderen, vor allem Leuten, deren Welt so anders ist als meine, wie ein verwöhntes Hollywood-Gör rüberzukommen, ist das Letzte, was ich will.

»Nein! Nein! Erzähl mal!«, drängt Savannah, setzt sich auf und wirft das Buch zur Seite. »Ich finde nicht, dass es angeberisch ist. Du redest bloß über dein Leben, und zufällig ist das supercool. Hast du die Schauspieler kennengelernt?«

»Eigentlich nicht – na ja, ich war sieben. Alles ist ein bisschen verschwommen«, sage ich rasch. Egal, was Savannah meint, ich würde lieber das Thema wechseln und über etwas anderes reden als darüber, wie ungewöhnlich ich bin.

Mein Blick schweift über ihre Schulter ab. Ich suche nach einem Ausweg und finde Blake. Er steht an einem Wasserschlauch und sprüht Bailey immer mal wieder Wasser ins Maul. Erst jetzt sehe ich, dass sein Truck auf einem kleinen Grashang steht. Ich frage mich, was ich getan hätte, hätte ich ihn bei meiner Ankunft vor dem Haus gesehen. Wäre ich schnellstens wieder verschwunden, wenn ich geahnt hätte, dass er hier ist?

»Ist es schlimm, wenn ich mich an den Pool setze?«, frage ich Savannah hoffnungsvoll. Mir entgeht nicht, wie kindisch ich klinge, als würde ich meine Mom anflehen, mit mir Süßes kaufen zu gehen.

Savannah hebt ihr Buch wieder auf und lehnt sich zurück. »Na guuut«, antwortet sie übertrieben beleidigt und entlässt mich mit einem Handschwenk.

Ich gehe zum Pool, streife meine Nikes ab, stopfe meine Socken hinein und hocke mich an den Beckenrand, um meine Beine ins Wasser baumeln zu lassen. Es ist zwar warm, aber so herrlich erfrischend, dass ich den Kopf in den Nacken lege, die Augen schließe und dem Drang widerstehe, mich vollständig im Pool zu versenken. Ich schicke Sheri eine Textnachricht, dass ich eine Weile auf der Willowbank-Ranch bleibe, und dann lausche ich für einige Minuten den Vögeln über uns und Myles, der auf der anderen Seite des Pools herumplanscht.

»Kommst du nicht rein?«

Erschrocken blinzle ich unter dem Schirm meiner Kappe vor.

Blake steht halb über mir und strahlt mich aufmunternd an. Er trägt knallrote Badeshorts und ein schwarzes T-Shirt, das an seiner Brust klebt. Nachdem meine Wut wegen Sheris ruiniertem Kuchen verpufft ist, gehen mir lauter unangebrachte Gedanken durch den Kopf.

»Ich bin nicht gerade poolmäßig angezogen«, antworte ich und zeige auf meine Jeansshorts und das Trägertop.

»Zieh dich einfach aus«, entgegnet er lässig, und als er meinen Blick sieht, ergänzt er rasch: »War ein *Witz*, Mila.«

Er kickt seine Flipflops zur Seite. Ich schlucke, als ich beobachte, wie er sich das T-Shirt über den Kopf zieht. Mir war schon klar, dass Blake beeindruckend muskulös ist, doch der Anblick ohne Kleidung bannt mich. Sein Bauch ist genauso definiert wie seine Brust und die Arme, wenn auch weniger stark. Die vagen Konturen der Muskeln sind zu erkennen, werden jedoch umso klarer, als er sie anspannt, was er nun tut, denn er hockt sich neben mich und gleitet ins Wasser.

Ich benetze meine Lippen, weil mein Mund sehr trocken ist. *Sogar seine Oberschenkel sind wie gemeißelt …*

Blake taucht geschmeidig zur anderen Seite des Pools, wo er direkt neben seinem Cousin auftaucht und Myles, zu dessen Überraschung, einen Schwall Wasser ins Gesicht klatscht. Myles packt Blakes Kopf und drückt ihn unter Wasser, wo er ihn für mein Empfinden beängstigend lange hält, bis Blake auftaucht, um Luft zu holen, und beide lachen.

Savannah schaut über den Buchrand hinweg hin und schüttelt missbilligend den Kopf.

Ich schwenke meine Beine in dem warmen Wasser, atme den

Chlorgeruch ein, während ich beobachte, wie sich Blake und Myles weiter im Wasser amüsieren, und genieße, wie schön es sich anfühlt, an einem Sommertag mit klarem Kopf am Pool zu sitzen ... Bis Blake durch das Wasser auf mich zugleitet. Mein Magen schlägt mehrere Purzelbäume, und diese unangebrachten Gedanken melden sich zurück.

Blake kommt bei mir an, lehnt die Arme auf den Beckenrand und atmet flach. Er schüttelt sein nasses Haar nach hinten, sodass ich mit Tropfen bespritzt werde. Zum Glück reicht das Wasser bis zu seiner Brust, sonst käme ich ganz sicher ins Stottern. Bei heißen Typen rot zu werden ist eine Sache ... Aber heiße nasse Typen mit bloßem Oberkörper sind etwas völlig anderes.

Ich versuche, irgendwo anders hinzusehen. Bailey liegt im Schatten einer alten Eiche. »Ist alles okay mit ihm?«

Blake folgt meinem Blick. »Ja, wahrscheinlich nur Blähungen, aber die hat er verdient, der fiese Kuchendieb.«

Als Blake seine vom Chlor gereizten Augen reibt, fällt mir ein, dass er mich zum ersten Mal ohne einen Hauch von Mascara sieht, und schnell ziehe ich die Kappe tiefer in meine Stirn.

Blake wird ernst. »Was denn – du siehst mich nicht mehr an? Bist du immer noch sauer wegen Sonntag?«

»Nein! Es ist nur ...« Ich spreche leise vor Verlegenheit. »Ich bin nicht geschminkt.«

Es hört sich lächerlich an, wenn ich es laut ausspreche, aber mein ungeschminktes Gesicht ist mir ziemlich unangenehm. Es ist einer der Hollywood-Effekte, dieser ewige Druck, immerzu kamerabereit auszusehen. Wenn Dad einen Event hat, bei dem Mom und ich dabei sein sollen, knallt sie mich vorher in ihren Maskensessel und verbringt Ewigkeiten damit, meine Wangen und meine Nase zu konturieren, meine Augenbrauen dunkler zu machen und mir künstliche Wimpern anzukleben, bevor sie dasselbe bei sich selbst wiederholt. Und jedes Mal atmet sie erleichtert auf, wenn Ruben zustimmend nickt, weil wir seinem Anspruch genügen.

Mittlerweile gehe ich nicht mal mehr in die Schule, ohne vorher meine Poren zu verschließen und volles Make-up aufzutragen. Der einzige Grund, weshalb ich es hier in Fairview meistens lasse, ist der, dass hier niemand ist, dem meine zu wenig definierten Wangenknochen auffallen würden. Obendrein macht die hohe Luftfeuchtigkeit zusätzliche Schichten im Gesicht ganz schön unangenehm. Trotzdem habe ich vor Blake bisher immer Make-up getragen.

Mit einem ungläubigen Schnauben – Jungen verstehen solche Probleme *nie* – reißt Blake mir die Dodgers-Kappe vom Kopf, sodass mein Gesicht in der Sonne ist. »Miss Mila, warum hast du diese Sommersprossen bisher immer abgedeckt?«

Automatisch senke ich das Kinn auf meine Brust, weil ich längst daran gewöhnt bin, mich vor neugierigen Blicken zu schützen. Blake setzt die Baseballkappe auf seine nassen Locken.

»Ich bin es nur. Und mich kümmert das nicht«, sagt er ernst, als er bemerkt, dass ich rot werde. »Ich habe diesen riesigen Pickel hier, siehst du?«

Ich hebe den Kopf und muss grinsen, als Blake zu dem Makel an seiner Stirn zeigt. Dann stemme ich die Hände hinter mir auf und lehne mich zurück, damit ich ihm nicht ganz so nahe bin. Der schreckliche Gedanke, ungeschminkt vor ihm zu sitzen, scheint nicht mehr wichtig. Hat er gemeint, dass meine Sommersprossen niedlich sind?

Ich schürze die Lippen. »Habe ich dir erlaubt, meine Mütze zu klauen?«

»Was willst du dagegen tun?«, fragt er mit einem provozierenden Funkeln in den dunklen Augen.

Da sind die Purzelbäume wieder … Mir fällt nicht schnell genug eine witzige Erwiderung ein, also lasse ich die Kappe auf seinem Kopf und frage vorsichtig: »Wie läuft es mit deiner Mom?«

Nachdem Sheri mich am Sonntag aus seinem Truck pflückte, hatte er mir abends eine Textnachricht geschickt und gefragt, wie es mir ging. Ich versicherte ihm, dass bei mir alles okay sei. Seine Antwort, bei den Averys wäre auch alles gut, war wenig überzeugend.

Blake hört auf zu grinsen, zuckt mit den Schultern und verschränkt die Arme auf dem Beckenrand. »Was glaubst du, warum ich hier bin? Um von ihr wegzukommen.«

Stirnrunzelnd sehe ich zu Myles, der unter Wasser Handstände macht. Drüben auf der Liege hat Savannah aufgehört zu lesen und döst, ihren Hut auf dem Gesicht, um es vor der Sonne zu schützen. Sie ahnt nicht, dass sie sich so der Chance beraubt, Blake und mich zu beobachten. Sähe sie uns beide am Pool reden, Blake bereits mit einem Kleidungsstück von mir und sonst wenig anderem, würde sie mir ohne Ende zuzwinkern und vielsagend grinsen.

»Meine Tante hat gesagt, meine Eltern würden nicht wollen, dass ich mit dir herumhänge. Ich weiß nicht, warum, und ich habe sie nicht gefragt«, sage ich und sehe wieder zu Blake. »Aber du weißt es.«

Er sieht mich durch seine dichten, feuchten Wimpern an. »Das ist eine uralte Geschichte. Ich habe dir doch gesagt, dass meine Mom nachtragend ist und sich an die Vergangenheit klammert. Die Woche über habe ich versucht, sie zur Vernunft zu bringen, aber das lief nicht so klasse. Letzte Nacht habe ich hier geschlafen«, sagt er finster. »Sie will auch nicht, dass ich mit dir abhänge.«

Mir wird mulmig. Was *genau* war zwischen meinen Eltern und LeAnne Avery passiert?

»Und doch …« Ich beende den Satz nicht.

»Und doch sind wir hier«, tut er es. »Meine Mom kann kontrollierend sein, aber ich mache am Ende immer, was ich will. Und wann werde ich je wieder einem Mädchen begegnen, das weiß, wie sich das anfühlt?«

»Ich habe nie behauptet, dass mein Dad kontrollierend ist.«

»Musst du auch nicht. Es gehört zum Deal, oder?«

Wieder denke ich daran, dass Dad es war, der wollte, dass Tante Sheri mich den Sommer über auf der Harding-Ranch gefangen hält, und meine Brust fühlt sich fies eng an.

Blake treibt ein wenig näher zu mir, bis seine nasse Schulter mein Knie berührt. Dann überrascht er mich komplett, denn er lehnt seine Schläfe seitlich an meinen Oberschenkel. Von dort blickt er unschuldig zu mir auf; offensichtlich ahnt er nicht, wie sehr mein Herz hämmert. Seine dunkelbraunen Augen, umrahmt von den wasserbenetzten Wimpern, sind berauschend. Sie ziehen mich an, sodass unsere Blicke wie gebannt sind, bis sämtliche Luft aus meiner Lunge weicht.

»Ich hole mir noch einen Sonnenbrand«, platze ich heraus, rupfe meine Kappe von seinem nassen Haar und setze sie mir wieder auf. Mich stört es nicht mal, dass sie durchnässt ist. Ich bin einfach nur froh, mich auf etwas anderes konzentrieren zu können als Blakes intensiven Blick und das Gefühl seines Kopfes an meinem Oberschenkel. Trotzdem schüttle ich ihn nicht ab.

Ich schaue über die Ranch, deren große Weiden und Felder denen der Harding-Ranch sehr ähnlich sind, und mein Blick landet auf Savannah. Sie hat ihren Hut einige Zentimeter angehoben und späht sehr interessiert unter der Krempe vor. Als ihr bewusst wird, dass ich sie ansehe, senkt sie den Hut wieder auf ihr Gesicht und stellt sich schlafend.

Blakes eindringliche Augen sind weiterhin beängstigend unnachgiebig auf mich gerichtet.

Ich ignoriere mein Herzklopfen, schlucke und schaue betont ungerührt zu ihm, als wäre es keine Seltenheit, dass süße Jungen ihren Kopf quasi auf meinem Schoß haben. Meine Finger zucken von dem überwältigenden Verlangen, sein nasses Haar zu berühren.

Blakes Lächeln vertieft sich zu einem Grinsen.

»Was?«

Er hebt den Kopf von meinem Schenkel und sagt: »Du bist nervös.«

»Nervös? Warum sollte ich … warum sollte ich nervös sein?«, erwidere ich mit einem angestrengten Lachen, doch das Kippen in meiner Stimme macht jede Hoffnung auf Glaubwürdigkeit zunichte. Ich greife wieder zu meiner Kappe und ziehe sie tiefer ins Gesicht. Sofort bereue ich es, denn damit habe ich mich eindeutig verraten.

Er lehnt seine Wange erneut an meinen Oberschenkel und sieht zu mir auf. Mir stockt der Atem, als er in dem kühleren Wasser mit den Fingern über meine Haut streicht. Verführerisch und so langsam, dass es eine Qual ist, lässt er seine Hand an meinem nackten Bein nach oben wandern.

»Mache ich dich nervös, Mila?«, flüstert er.

Elektrische Spannung zischt durch meine Adern wie brutzelnde Hitze, die durch meinen ganzen Körper ausstrahlt und sich von der Stelle, an der Blake mich berührt, ausbreitet. Er umfängt mein Bein unterhalb des Knies, und für einen Moment erstarre ich. Mein Herzschlag ist stolpernd, aus dem Takt geraten. Ich öffne den Mund, um etwas zu sagen, doch die Worte wollen nicht kommen.

»Bringe ich dich dazu, die Luft anzuhalten?«, murmelt Blake mit einem Funkeln in den Augen. Abermals hebt er den Kopf, doch seine Hand bleibt an meinem Bein. Er rückt näher und presst seine harte Brust an mich. »Das gefällt mir.«

Ich kann meinen Blick nicht von ihm lösen – er ist jetzt so nahe …

»Hallo Mila!«

Blake und ich zucken beim Klang der Stimme zusammen, die uns schlagartig erinnert, dass wir nicht allein sind. Hastig schwimmt Blake von mir weg, verschwindet seine Berührung von meinem Körper, und er schüttelt sich unschuldig das Haar aus. Endlich kann ich meine Aufmerksamkeit von Blake weglenken, drehe mich um und sehe Patsy auf uns zukommen.

»Ich wusste gar nicht, dass du hier bist!«, sagt sie munter und bleibt am Beckenrand stehen.

»Ich hatte … ähm … einen Kuchen gebracht«, platze ich heraus. »Aber Bailey hat ihn gefressen.« Ich schneide eine Grimasse in Richtung des gierigen Welpen, der immer noch im Schatten unter dem Baum liegt, überfressen und dösend. Dann sehe ich entschuldigend zu Patsy auf. »Sheri hat ihn für euch gemacht, also kannst du ihr vielleicht … Kannst du ihr vielleicht sagen, dass er sehr lecker war? Es war ein Apfelstapelkuchen.«

Patsy stemmt die Hände in die Hüften und verdreht die Augen. »Tja, wie wäre es, wenn du Sheri erst mal sagst, sie soll ihren Hintern von der Ranch da drüben schwingen und einen Kaffee mit mir trinken? Das letzte Mal ist schon viel zu lange her.«

»Mom!«, knurrt Savannah halb von ihrer Liege aus. Auf wundersame Weise ist sie jetzt wieder wach, sitzt kerzengerade da und schwenkt ihren Hut durch die Luft. »Bringst du uns bitte Eis?«

»Ich werde hier behandelt wie ein Butler!«, klagt Patsy, geht aber trotzdem zum Haus, um Savannahs Wunsch zu erfüllen.

Ich sehe misstrauisch zu Savannah. Sie zwinkert mir zu, legt sich wieder hin und den Hut auf ihr Gesicht, um weiter zu »schlafen«, obwohl sie garantiert jedes Wort von Blake und mir belauscht hat.

»Wo ist dein Handy?«, lenkt Blake meine Aufmerksamkeit zurück auf sich.

»Hier.« Ich berühre das Telefon auf dem Boden neben mir.

»Warum?«

»Myles! Komm mal kurz her!«, brüllt er und winkt wild mit dem Arm.

Myles, von dem ich ehrlich gesagt vergessen hatte, dass er im Pool ist, taucht prustend aus dem Wasser auf und fährt sich mit der Hand durch sein wasserglitzerndes rotblondes Haar. Neugierig zieht er die Augenbrauen zusammen und kommt zu uns geschwommen.

»Ja?«

»Findest du es nicht ein bisschen einsam im Pool?«, fragt Blake.

Myles scheint sofort zu schalten, und beide sehen mich an. Es bleibt keine Zeit, ihr verschlagenes Grinsen zu deuten.

Blake taucht unter Wasser und schlingt die Arme im selben Moment um meine Beine, in dem Myles mich an der Taille packt.

»NEIN!«, japse ich, doch es ist zu spät.

Die beiden ziehen mit aller Kraft, und meine lächerlichen Bemühungen, mich zu wehren, nehmen sich dagegen erbärmlich aus. Ich trete wild, um Blakes Griff abzuschütteln, und stemme mich gegen Myles' Schultern. Alles vergebens. Meine Schreie vermengen sich mit ihrem Lachen und schließlich meinem eigenen. Mit einem gewaltigen Platschen werfen sie mich ins Wasser.

Plötzlich wiegt meine Jeansshorts gefühlte hundert Pfund. Ich tauche rasch an die Oberfläche und schnappe nach Luft. Zum Glück bin ich etwas größer als Savannah, sodass ich auf Zehenspitzen in dem Pool stehen kann. Ich streiche mir das nasse Haar aus dem Gesicht. Meine Baseballkappe treibt auf dem Wasser.

Eine Sekunde später erscheinen Blake und Myles neben mir und prusten vor Lachen. Es ist sogar noch lauter als vorhin, als Bailey Sheris Kuchen zerstörte.

»Du – hast – mir – ins – Gesicht getreten!«, stammelt Blake atemlos. Er presst eine Hand seitlich an sein Kinn.

Ich lege beide Hände auf seine Brust und stoße ihn weg. »Das hast du verdient!«

Als würde er fürchten, dass ich ihn ebenfalls bestrafen könnte, taucht Myles unter und zur anderen Seite des Pools, sodass Blake und ich allein zurückbleiben. Wir wischen uns das Wasser aus den Augen und müssen jedes Mal lachen, wenn wir uns ansehen.

»*Jungs!*«, ruft Savannah empört und kommt zum Beckenrand gestürmt. Sie sieht ihren Bruder und Blake streng an. »Seid ihr irre? Diese Klamotten haben wahrscheinlich Hunderte von Dollars gekostet! Sicher sind die von Gucci oder so!«

»Ist doch witzig!«, ruft Myles unbekümmert.

»Schon gut, Savannah«, sage ich und befühle meine Sachen, während ich Wasser trete. Das dürfte ein nasser, quatschender Gang zurück zur Ranch werden. »Die Shorts sind aus dem Ausverkauf bei Forever 21.«

»O«, macht Savannah und senkt beschämt den Kopf. »Trotzdem, Blake! Was ziehst du sie einfach so ins Wasser?«

Blake sieht aus dem Augenwinkel zu mir, und sein Blick jagt

einen frischen Energieschwall durch mich hindurch. Als er antwortet, blickt er nicht zu Savannah, sondern weiterhin nur zu mir.

»Ich fand«, antwortet er langsam, »dass Mila heiß aussah.«

Die Doppeldeutigkeit entgeht Savannah natürlich nicht. Sie schaut mich einen längeren Moment an, und ich neige verlegen den Kopf, weil ich genau weiß, was sie denken muss: Blake hat ihr soeben bestätigt, dass da etwas zwischen uns ist.

»In dem Fall«, sagt sie, »genieß die Abkühlung, Mila!«

Sechzehn

Da ist eine eingestaubte, gerahmte Fotografie auf einem Regal in der Waschküche, die mir jedes Mal auffällt, wenn ich Sachen in die Maschine stecke.

Auch jetzt sehe ich zu ihr, während ich einen nassen Haufen Kleidung von mir in den Trockner umlade. Das entspannte Lächeln meines Vaters strahlt mir entgegen. Damals war es noch keine Million Dollar wert, denn sein Name war in der Filmwelt kein Begriff gewesen.

Es ist ein Familienporträt der Hardings von vor Jahren – irgendwann in den Neunzigern, den Frisuren nach zu urteilen. Dad und Sheri sind noch Teenager, und Popeye und meine Großmutter – *Mamaw* war mein Name für sie – stehen hinter ihnen, die Hände auf den Schultern ihrer Kinder und stolz lächelnd. Alle sind geschniegelt wie für den Kirchgang.

Es ist schön, Mamaw überall im Haus auf Fotos zu sehen, denn meine wenigen Erinnerungen an sie verblassen, je älter ich werde. Jetzt prägen sich mir zumindest ihr warmherziges Lächeln und ihr dichtes braunes Haar wieder ein.

Gedankenversunken betrachte ich das Foto, als das Handy in

meiner Tasche zu vibrieren beginnt. Ich hole es hervor, rechne mit einem Anruf von Mom, hoffe jedoch, dass es stattdessen Blake ist. Seit dem heißen Tag am Pool letzte Woche habe ich ihn nicht mehr gesehen.

Als ich auf das Display sehe, verkrampft sich mein Bauch.

Es ist ein Video-Anruf – von Dad.

Also hat Mom eine Lücke in Everett Hardings Terminen gefunden, in die sie mich für das seltene Privileg vorgemerkt hat, mit ihm zu sprechen. Ich starre das bimmelnde Telefon in meiner Hand an und überlege, nicht ranzugehen. Das einzige Mal, das Dad mit mir gesprochen hat, seit ich hier bin, war in der Nacht der Parkplatzparty, und da hat er mich nur angebrüllt. Würde er sich sorgen, wie ich mit dem Exil hier in Fairview klarkomme, hätte er sich längst schon mal gemeldet.

Ich bewege meine Daumen, um den Anruf wegzudrücken, stoppe mich dann aber. Es gibt etwas, das ich ihn fragen muss, und deswegen, allein aus dem Grund, nehme ich den Anruf an.

Dad erscheint auf meinem Display. Zum ersten Mal seit einer Ewigkeit trägt er seine Sonnenbrille nicht, sodass ich seine dunkelbraunen Augen sehe, was mich ein wenig schockt.

»Endlich nimmt sie ab!«, sagt er lächelnd, stützt die Ellbogen auf den Schreibtisch und neigt sich näher zum Bildschirm.

Er ruft vom Computer in seinem Arbeitszimmer aus an. An der Wand hinter ihm sind Regale mit den Preisen, die er in den letzten zehn Jahren gewonnen hat. Der Oscar für »Bester Schauspieler« aus dem letzten Jahr steht ganz vorn und blitzt im Licht winziger Strahler.

»Ja, sorry«, sage ich und lehne mich an den Trockner. »Ich hatte vergessen, dass du wahrscheinlich maximal vier Minuten für mich hast. Bleiben mir jetzt nur noch drei?«

»Sei nicht albern«, erwidert er jetzt genervt und zieht einen Arm vor seine Brust. »Ich wollte anrufen und hören, wie es dir geht. Wie ist es auf der Ranch?«

»Langweilig«, antworte ich. Ich halte mich an meine Abmachung mit Sheri. Dad darf nicht wissen, dass ich nach der Parkplatzparty noch einmal jenseits des Tors gewesen bin. »Sheri lässt mich nirgends hin, seit ich mich an dem ersten Abend rausgeschlichen hatte«, lüge ich. Und daran, wie gut ich schauspielern kann, wenn ich muss, erkenne ich, dass ich meines Vaters Tochter bin. Sicherheitshalber trete ich noch seufzend gegen den Trockner hinter mir. »Ich sonne mich und helfe mit den Pferden.«

»Ich denke, es ist das Beste so«, sagt Dad. »In Fairview gibt es sowieso nicht viel zu sehen. Du verpasst nichts.«

Dass Dad mich ebenfalls eiskalt belügt und nicht vorhat zuzugeben, dass er Ruben beauftragt hatte, Sheri die Anweisungen zu geben, macht mich wahnsinnig wütend. Doch ich bleibe cool – abermals dank meines ererbten Schauspieltalents. Könnte ich das doch nur bei Blake nutzen, wenn er nichts als nasse Badeshorts trägt …

»Der Film kommt nächstes Wochenende raus, oder?«, frage ich höflich, obwohl ich innerlich koche. »Am Achtzehnten?«

Dad nickt und streckt nun seinen anderen Arm aus. »Deine Mom und ich sind nächsten Donnerstag auf der Premiere. Ich wünschte, du könntest auch da sein.«

Ehe ich mich bremsen kann, murmle ich: »Warum? Ich wäre dir doch nur wieder *peinlich*.«

»Mila!« Dad hört auf, sich zu strecken, und neigt den Kopf zur Seite. »Du bist mir nicht peinlich.«

Ich blicke an die Wand anstatt auf mein Display und beiße die Zähne zusammen. »Nein, ich ruiniere bloß dein Image.«

Darauf höre ich ein Seufzen am anderen Ende, und es kommt nicht von Dad. Es ist heller, weiblich. Ich sehe wieder zum Display.

»Ist Mom da?«, frage ich Dad verärgert. »Überwacht sie das hier, ob du auch wirklich mit mir redest?«

Wie ich mir bereits gedacht habe, ist sie im Arbeitszimmer. Sie taucht hinter Dad auf, legt eine Hand auf seine Schulter und beugt sich über ihn. Ihr überraschter Gesichtsausdruck ist so künstlich, dass es fast wehtut. »Mila! Ich bin nur kurz reingekommen, um Hallo zu sagen, Schatz.«

»Dad, hast du Mom Schauspielstunden gegeben?«, frage ich.

Das ist ernsthaft lächerlich. Nicht bloß hat Mom einen Termin eingetragen, wann Dad mit mir reden soll, sondern sie passt auch noch auf, während er mit mir spricht. Noch nie habe ich mich unwichtiger gefühlt als in diesem Moment. Eine Belastung – *das* bin ich.

»Ach, Mila«, sagt Mom und runzelt die Stirn. »Tut mir leid. Ich bin nur hier, weil ich sicher sein wollte, dass Dad jetzt keine anderen Anrufe annimmt. In dieser einen Stunde bleibt die Arbeit draußen.«

»Deine Mom glaubt, dass ich zu sehr unter Rubens Fuchtel stehe«, erklärt Dad spöttisch und verdreht die Augen, als wolle er die angespannte Stimmung, die sich über die zweitausend Meilen von Fairview nach Thousand Oaks überträgt, unbedingt entkrampfen.

»Tust du«, antworte ich ernst. »Aber anscheinend er auch unter deiner.«

»Mila«, sagt Mom streng. »Dein Dad möchte mit dir reden. Könnt ihr zwei jetzt vielleicht nicht über die Arbeit diskutieren?«

»Ja, Mila, wie geht es Popeye?«, fragt Dad, aber mir ist echt nicht nach angestrengtem Plaudern.

»Popeye fragt sich, warum sein Sohn ihn nicht anruft«, antworte ich spitz, stemme mich vom Trockner ab und wandere in der kleinen Waschküche umher. Auf einmal wird mir übel von dem erdrückenden Lavendelgeruch. Bevor ich diesen Video-Anruf beende, muss ich allerdings noch die Frage stellen, die mir schon durch den Kopf geht, seit Sheri letzte Woche so ausweichend reagiert hat. »Aber das weißt du ja schon.« Ich bleibe stehen und wappne mich. »Kennt ihr die Bürgermeisterin von Nashville?«, feuere ich die Frage auf sie ab und halte das Handy näher vor mich, damit ich ihre Gesichter genau sehe. »Sie heißt LeAnne Avery. Klingelt da was?«

Sofort versteifen sich beide. Es entsteht eine längere Pause, als würden sie den Atem anhalten, dann sehen sie einander an, und ich kann ihren stummen Austausch nicht deuten. Doch nun weiß ich, dass ihnen beiden unwohl wird, wenn sie LeAnne Averys Namen hören.

»Mila, warum ... warum fragst du das?« Mom klingt sehr matt.

»Hat Sheri mal wieder zu viel geplappert?«, fragt Dad. Ich beobachte, wie er seinen Laptop packt und den Monitor näher zu sich zieht, wodurch der besorgte Ausdruck in seinen und Moms Augen noch klarer wird. »Was hat sie dir erzählt, Mila?«

»Nichts«, antworte ich. »Sie wollte meine Fragen nicht beantworten und hat gesagt, ich soll euch fragen.«

»Und wieso stellst du überhaupt Fragen nach LeAnne Avery?«, will Mom wissen. Sie ist blass geworden, und mir fällt auf, wie sie nervös Dads Schulter drückt. Ja, ich habe einen Nerv getroffen, was es umso dringlicher für mich macht, eine Antwort zu bekommen.

»Wir, ähm, haben sie vor der Kirche getroffen«, sage ich, weil ich nicht erwähnen kann, dass ich ihren Sohn kennengelernt habe.

Außerdem *war* ich der Bürgermeisterin zum ersten Mal vor der Kirche begegnet. »Verratet ihr mir jetzt, woher ihr sie kennt?«

»Du bist in der Kirche gewesen?« Dad reißt die Augen weit auf. »Du sollst doch nicht ...«

»Die Ranch verlassen?«, beende ich den Satz für ihn und ziehe eine Augenbraue hoch. »Ja, ich weiß. Danke, dass du mir meinen Sommer versaust, Dad. Also, was ist das mit der Bürgermeisterin von Nashville?«, frage ich, wütend vor Frust und entschlossen, mir Gehör zu verschaffen. Jetzt gerade interessieren mich Dads Entschuldigungen und Ausreden für seine armeemäßigen Befehle nicht. Ich will eine klare Antwort. Woher kennen sie LeAnne Avery, und warum ist das Verhältnis zu ihr so gestört?

Dads Züge verhärten sich, und er sieht mich direkt an. Bei diesem Blick bin ich richtig froh, zweitausend Meilen weit weg zu sein. Sichtlich aufgebracht, rückt er auf seinem Stuhl nach hinten, richtet sich auf und knallt ohne ein weiteres Wort den Laptop zu.

Siebzehn

Inzwischen habe ich mir angewöhnt, immer vor dem Tor zu warten, wenn mich jemand abholen kommt.

Es ist kurz nach neun und der Himmel dunkel genug, dass man die Sterne funkeln sieht, und die Luft ist warm, aber ausnahmsweise erträglich. Ich hocke im Licht der Strahler an der Mauer auf einem großen Stein und male mit den Fingerspitzen Linien in den Sand. Gänsehaut bildet sich auf meinen Armen, wie stets, wenn ich abends hier draußen warte. Die Stille und die leeren weiten Felder hier sind unheimlich.

In der Ferne ist ein Wagen zu hören, und ich schaue die lange, dunkle Straße hinunter. Scheinwerfer leuchten um die Biegung, und wenige Sekunden später kommt Blakes Truck auf mich zu.

Ich springe auf und wische mir die Hände an meinen Oberschenkeln ab. Die LED-Lichter blenden mich, deshalb halte ich mir die Hand über die Augen, als der Truck näher kommt. Ich eile hin und packe schon den Türgriff, ehe Blake richtig steht.

»Hi!«, sage ich, schwinge die Tür auf und steige hinten ein.

Der Klang von Countrymusik und der Geruch von moschusartigem Eau de Cologne wehen über mich hinweg. Savannah sitzt schon hinten, Myles auf dem Beifahrersitz, und Blake fährt natürlich. Ich denke an den Abend vor wenigen Wochen, als er mich zur Parkplatzparty abgeholt hatte, und wie er mich zum ersten Mal im Rückspiegel ansah. Damals war sein Blick hart gewesen, doch als sich unsere Augen nun im Spiegel begegnen, sind seine unwiderstehlich einladend.

»Hi, Mila«, sagt er. Beim Lächeln kräuseln sich seine Augenwinkel. »Kommt jetzt der Teil, in dem du uns sagst, dass du nicht weißt, was ein Lagerfeuer ist?«

Ich verdrehe die Augen und boxe sanft gegen seine Kopfstütze. »Ich bin schon bei einem Lagerfeuer gewesen«, verteidige ich mich. »Am Strand von Malibu, letzten Sommer. Mein Haar hat hinterher zwei Tage lang nach Qualm gestunken.«

»Tja, dann stell dich drauf ein, wieder zu stinken«, sagt Myles.

Wir fahren in die Dunkelheit, die nun vertraute Strecke über Land in Richtung Zivilisation. Ich habe keine Ahnung, wo das Lagerfeuer stattfindet, aber während Savannah mich vollquasselt, blicke ich hin und wieder aus dem Fenster. Schließlich bemerke ich, dass wir in Fairview sind, denn wir fahren an der Kirche vorbei, in der ich neuerdings jeden Sonntag bin. Wenig später biegt Blake von der Hauptstraße ab, und wir passieren einen Wegweiser zum Bowie Nature Park.

»Ist es wirklich eine gute Idee, ein Lagerfeuer in einem Park zu machen? Mit all den Bäumen?«, frage ich mich laut, als der Truck auf den Park zurollt, wo hohe, dichte Bäume in die Finsternis aufragen. »Und direkt neben der Feuerwehr?«

»Wir sind am See, nicht mal in der Nähe der Bäume«, erklärt

Myles, der über die Schulter zu mir sieht. »Keine Angst, wir würden nichts Bescheuertes machen.«

»Letzten Herbst haben wir es in meinem Garten versucht«, erzählt Blake mit einem kurzen Lachen. »Die Nachbarn haben uns hingehängt, weil wir die Straße eingeräuchert haben.«

»Aber nicht bei der Polizei!«, ergänzt Savannah dramatisch und erschaudert. »Bei Tante LeAnne. Sie ist mit gezückter Waffe aus der Stadt angerast gekommen. Bildlich gesprochen, versteht sich.«

»Genau …«, sagt Blake leise. Er lacht nicht mehr. »Das war ein schlimmer Abend.«

Jetzt bekomme ich ein ungutes Gefühl, was dieses Lagerfeuer betrifft, und nage unsicher an meiner Unterlippe. »Und deshalb wollt ihr heute ein Feuer im Park machen? Braucht ihr da keine Genehmigung oder so?«

»Stell mein Handeln bitte nicht infrage, Mila«, winkt Blake ab. Er sieht übertrieben streng im Rückspiegel zu mir. »Du müsstest inzwischen mitbekommen haben, dass es nicht immer besonders klug ist.«

Wir fahren durch eine Art Holztor und dahinter einen schmalen Waldweg entlang, bis wir auf einen Parkplatz gelangen. Es ist spät, und ich nehme an, dass nur wenige Leute gern im Dunkeln durch den Wald laufen; entsprechend stehen hier wenige andere Wagen. Deren Scheinwerfer sind noch eingeschaltet, und drinnen sitzen Leute, die anscheinend auf Blake warten.

»Nehmt alles mit von hinten, was ihr tragen könnt«, sagt Blake und schaltet den Motor aus, nachdem er in eine Parklücke eingebogen ist. Er löst seinen Gurt und zeigt durch die Windschutzscheibe zu einer Stelle weiter vorn. Ich sehe Mondlicht auf Wasser glitzern und begreife, dass er auf einen See weist. »Bringt es da runter.«

Wir steigen aus seinem Truck und gehen nach hinten, wo Blake die Heckklappe herunterlässt. Die Ladefläche ist voller scheinbar willkürlich zusammengeworfener Sachen, von Klappstühlen über eine Kiste Dr Peppers und dicken Holzscheiten bis hin zu alten Zeitungen. Ich bin erleichtert, auch einige Feuerlöscher zu sehen. Vernünftig.

Savannah und Myles beginnen, sich Sachen zu greifen, während mehr Wagen auf den Parkplatz rollen.

»Tragt einfach alles runter ans Wasser!«, ruft Blake über den Parkplatz und winkt mit einer Hand zum See. »Ich habe neulich eine Stelle für uns markiert. Ein riesiger Felsen. Ihr könnt ihn gar nicht übersehen!«

Ein aufgeregtes Raunen hebt an, als alle den Hang hinunter zum Wasser trotten. Myles läuft mit einer Armladung Scheite und Zeitungen los, und Savannah schleift ein paar Stühle über den Asphalt, sodass Blake und ich allein am Truck zurückbleiben.

»Bist du der Organisator für sämtliche Veranstaltungen der Teenager in Fairview?«, frage ich scherzhaft und sehe ihn von der Seite an.

Blake schaut mit einem neutralen Ausdruck zu mir, zuckt mit den Schultern und greift nach den übrigen Sachen auf der Ladefläche. »Entweder führen oder geführt werden«, sagt er und hebt mir den Getränkekasten entgegen. »Und wenn man im ersten Highschooljahr ist und die eigene Mutter zur Bürgermeisterin gewählt wird, möchte man einen Schritt voraus sein.« Nun grinst er schief, was jedoch nicht froh aussieht.

Blake stapelt noch mehr Sachen auf die Kiste, die ich halte, bis der Haufen so hoch ist, dass mein Kinn auf einer Tüte Doritos aufliegt. Meine Schultern sacken unter dem Gewicht ein, und ich schwanke bedenklich neben Blake, als er sich noch einen Klappstuhl unter den Arm klemmt, ehe er den letzten Gegenstand von der Ladefläche greift.

»Ist das eine Gitarre?«

Blake hängt sich den Riemen des Gitarrenkoffers über die Schulter und sieht mich komisch an. »Was soll es denn sonst sein?«

»Ist es *deine* Gitarre?«

Jetzt lacht Blake. Er dreht sich zu mir, die Hand an dem Riemen. »Ehrlich, Mila, Country ist die einzige Musik, die ich höre. Ich mag Honky Tonks. Ist das nicht offensichtlich?«

Ähm, na ja, ziemlich offensichtlich. Und es war ja sogar eine Gitarre auf einem Ständer in seiner Gartenhütte. »*Selbstverständlich* spielst du Gitarre.«

Blake grinst bescheiden, wobei sich seine Grübchen zeigen und er sehr niedlich ein bisschen rot wird. »Ich spiele Gitarre, und ich« – schüchtern stockt er – »singe.«

»Du kannst singen? Wie *wirklich* singen?«

Er sieht mich verwirrt an. »Was gibt es denn noch für eine Art von Singen außer wirklich?«

»Aber ich habe dich noch nie singen gehört!«, rufe ich aus, wobei ich um ein Haar den Stapel in meinen Armen zum Einsturz bringe.

»Tja«, sagt Blake, »je schneller ich dieses Feuer in Gang bringe, desto eher kannst du mich singen hören.«

Mit dem Gitarrenkoffer über einer Schulter und einem Stuhl unter dem Arm greift er nach vorn, um die Heckklappe zu schließen, da ruft jemand seinen Namen. Blake blickt sich im selben Moment um, in dem ich über die Doritos-Tüte hinwegschaue und mein Herz kurz aussetzt vor Panik, als sich eine bekannte Gestalt nähert.

»Hallo, Barney!«, sagt Blake.

Barney strahlt ihn an und lehnt einen Arm hinten auf den Truck. »Lacey ist gestern aus den Ferien zurückgekommen und auch hier. Ich habe eventuell gehört, dass sie gesagt hat, wenn du heute ausnahmsweise mal nett zu ihr bist, könntest du heute Abend noch Glück haben.« Er gibt ein Heulen von sich, stößt Blake seinen Ellbogen in die Rippen und sieht dann vorwurfsvoll zu mir. »O, Everett Hardings Töchterchen! Du bist immer noch hier.«

»Ihr Name«, sagt Blake sehr hart und knallt die Heckklappe zu, »ist Mila.«

Blake geht weg, und sein Truck piept, als er die Zentralverriegelung drückt. Barney und ich bleiben zurück und starren einander überrascht an. Mir ist sehr bewusst, dass mein Handy aus der Gesäßtasche meiner Jeansshorts lugt und meine Hände voll sind mit dem ganzen Kram, den ich trage. Deshalb eile ich hinter Blake her, bevor Barney auch bloß auf die Idee kommt, sich wieder an meinem Eigentum zu vergreifen.

Ich hole Blake ein und gehe neben ihm her, wobei ich Power-Walking machen muss, um mit ihm Schritt zu halten. Wir gehen an den geparkten Wagen vorbei nach unten zu dem felsigen Seeufer, wo sich die Menge bereits auf einer freien Lichtung versammelt hat und Klappstühle und Kühlboxen aufstellt, wie auch schon bei der Parkplatzparty letzten Monat. Nur ist die Gruppe heute ein bisschen größer, wie mir auffällt.

Am Ufer stelle ich fest, dass das Wasser schlammig und im Dunkeln wenig einladend aussieht.

»Ich dachte, mein Name ist *Miss* Mila«, sage ich spöttisch zu Blake, solange wir noch allein sind.

»Ist er auch«, antwortet Blake, senkt die Stimme und streift absichtlich meinen Arm mit seinem. »Aber nur für mich.«

Obwohl ich unter dem Gewicht des ganzen Proviants beinahe in die Knie gehe, trete ich rasch einige Schritte vor, damit er nicht sieht, wie sagenhaft verlegen ich jedes Mal werde, wenn er solche Bemerkungen flüstert. Ich weiß nicht, warum er so eine krasse Wirkung auf mich hat, denn es ist ja nicht, als hätte ich noch nie einen festen Freund gehabt. Ich bin keine komplette Anfängerin, was Jungen angeht.

Da war Jack Cruz letzten Herbst, der in der gesamten Zwölften mein Laborpartner war. Wir sind ein paarmal zusammen ausgegangen, haben unseren ersten Kuss am Strand erlebt und sogar ein bisschen mehr in seinem Auto eines Abends. Aber Dad hatte mir nicht erlaubt, ihn mit nach Hause zu bringen. Nicht, weil er etwas gegen Jack hat – seine Mom ist eine sehr reiche Modedesignerin –, sondern weil er, wie ich inzwischen aus Erfahrung weiß, enorm paranoid ist und sich schwer damit tut, irgendwem zu vertrauen. Ganz besonders hasst er es, Fremde in unser Haus zu lassen. Ich vermute, dass Dad fürchtet, sie würden Everett Harding sehen, wie er außerhalb der Rolle als gutaussehender Oscar-Gewinner ist. Jack Cruz dachte, dass meine Eltern verrückt sind – »Für wen haltet ihr euch denn?« –, und dank Dads komischer Schrullen beließen Jack und ich es wieder dabei, nur Laborpartner zu sein.

Doch die zwei Monate, in denen wir ausgingen, fühlen sich im Nachhinein schrecklich nichtssagend an. Bei ihm war ich auch rot geworden und sprachlos, sobald er irgendetwas Süßes flüsterte, aber ich empfand nicht ... nie diese Elektrizität. Da war keine kribbelnde Energie in meinen Adern, kein Flickflack in meinem Bauch oder heftiges Herzstottern, das beinahe wehtut.

Überhaupt habe ich nichts von dem, was ich in letzter Zeit bei Blake fühle, schon mal vorher gefühlt.

Wir kommen zu den anderen am See, wo der Boden von Sand und Felsen uneben ist. Die große Lichtung, die Blake für das Lagerfeuer ausgesucht hat, ist zum Glück in sicherer Entfernung zu den nächsten Bäumen. Über uns ist der Himmel übersät von funkelnden, bezaubernden Sternen.

Ich stelle die Getränkekiste und alles obendrauf auf dem Kies nahe der Stelle ab, an der Savannah und Tori Campingstühle aufklappen. Myles ist schon weg, um mit Cindy zu knutschen. Alle anderen bilden einen großen Kreis mit den Stühlen, öffnen Getränke und sichern ihre Snacks zu ihren Füßen, als könnte ein Bär zwischen den Bäumen hervorgestürmt kommen und sie plündern.

»Ich bringe mal das Feuer in Gang«, sagt Blake, der den letzten seiner Stühle abstellt. Vorsichtig nimmt er seinen Gitarrenkoffer von der Schulter und hält ihn mir hin. »Mila, passt du bitte auf meine Gitarre auf?«

Savannah tritt beleidigt vor und fuchtelt wild mit den Armen. »Du vertraust Mila, aber nicht deiner Cousine? Die praktisch vom selben *Fleisch und Blut* ist?«

»Savannah, ich habe aufgehört, dir zu vertrauen, als du vor zehn Jahren mein heiß geliebtes Hot-Wheels-Auto verloren hast«, kontert Blake und drückt mir den Gitarrenkoffer in die Hand. Grinsend geht er weg und stößt dabei spielerisch mit seiner Schulter gegen Savannahs, um sich sofort wegzuducken, als sie versucht, es zu erwidern.

»Wenn du diese Gitarre kaputtmachst«, sagt Savannah immer noch ein wenig empört, »brichst du ihm das Herz.«

Es dauert eine Weile, bis das Feuer brennt. Blake, Barney und einige andere Jungen verbringen lange Zeit damit, die Scheite, Zeitungen und das Anzündholz systematisch in einem von Steinen markierten Kreis aufzuschichten. Und es dauert noch länger, bis es angezündet ist. Frustriert reichen sie das Feuerzeug in der Gruppe herum, bis endlich ein Funke erscheint und ein orangenes Glühen zu sehen ist, das sanft im Innern des Haufens anschwillt. Zufrieden schlendern Barney und die anderen zu ihren Stühlen zurück, doch Blake bleibt vor dem Feuer hocken. Er stochert mit einem Stock in dem brennenden Holz und wirft hin und wieder frisches Anzündholz in den Haufen, sodass das Feuer immer heller zu brennen beginnt.

»Sie starrt ihn an, oder?«, fragt Savannah.

»Mhm«, antwortet Tori.

Zuerst driften ihre Stimmen über mich hinweg, aber dann wiederholen sie sich in meinem Kopf, und mir wird bewusst, dass sie über mich reden. Ich blinzle, weil meine Kontaktlinsen zu trocken sind, und löse den Blick von dem lodernden Feuer, um die beiden verwundert anzusehen.

»Was?«

Savannah und Tori schneiden mir gleichzeitig eine ungläubige Grimasse.

»Ich starre Blake nicht an«, sage ich, was echt so gar nicht überzeugend klingt.

»Nee, natürlich nicht!« Savannah überkreuzt die Beine und lehnt sich auf ihrem Stuhl zurück. Zum ersten Mal heute Abend sehe ich mir ihre Ohrringe an – zwei züngelnde Flammen. »Du hättest die beiden in meinem Pool sehen müssen, Tori! Blake konnte die Finger gar nicht von ihr lassen.«

Ich verenge die Augen. »Du hast angeblich geschlafen!«

»Ihr mögt euch!«, erwidert sie triumphierend, setzt sich kerzengerade auf und zeigt strahlend mit dem Finger auf mich. »Gib's zu!«

»Blake konnte die Finger nicht von dir lassen?«, wiederholt Tori und tippt sich mit dem Zeigefinger an die Lippen, während sie zu Blake am Feuer sieht. »Verdammt. Hast du ein Glück! Ich hatte ihn in der Achten mal bei Wahrheit oder Pflicht aufgefordert, mich zu küssen, und er hat lieber die Strafe genommen.« Mit dem Drama einer Hollywood-Schauspielerin – und ich weiß, wovon ich rede – mimt Tori, ihr würde das Herz brechen, indem sie eine Hand auf ihre Brust schlägt und den Kopf mit einem wimmernden Seufzen in den Nacken wirft.

Savannah sieht sie mürrisch an. »Tori, komm jetzt bitte mal über deine Verknalltheit aus der Kindheit hinweg! Hier geht es um Mila.«

»Nein, hier geht es nicht um Mila«, widerspreche ich. Mein Gesicht wird schon wieder sehr heiß, aber ich rede mir ein, dass es von der Wärme des Feuers kommt, die sich langsam über die Lichtung ausbreitet. »Barney hat was gesagt über, ähm, Lacey? Wer ist das?«

»Lacey?«, sagt Tori neugierig und trinkt einen Schluck von ihrer Limo. »Das ist die da drüben, die mit den roten Strähnen im Haar. Und ich möchte darauf hinweisen, dass ich es gewesen bin, die den Trend mit den Haarfarben hier eingeführt hat!«

Während Tori ihr pinkes Haar über ihre Schultern schüttelt, schaue ich in die Richtung, in die sie gezeigt hat. Auf der anderen Seite des Feuers stehen drei Mädchen mit Bierflaschen in den Händen, die miteinander kichern und sich laut unterhalten. An eines der Mädchen erinnere ich mich, weil sie bei der Parkplatzparty so begeistert war, dass ich die Tochter von Everett Harding bin, doch ich konzentriere mich auf die Brünette mit den roten Strähnen, die im Feuerschein leuchten.

Durch die wachsenden Flammen fängt sie meinen Blick ein.

Sie scheint zu begreifen und wendet sich zu einer ihrer Freundinnen, der sie etwas ins Ohr flüstert.

»Was hat Barney über sie gesagt?«, fragt Savannah.

Ich verrücke meinen Stuhl auf dem unebenen Felsuntergrund näher zu Savannah, sodass ich nicht mehr direkt zum Feuer oder Lacey und ihren Freundinnen blicke. Dann winkle ich meine Beine auf dem Stuhl an und spiele mit meinem Armband. »Dass Blake heute Nacht glücklich werden könnte, wenn er nett zu ihr ist.«

»Mila, du bist doch nicht … *eifersüchtig*?«, fragt Savannah und schlägt sich eine Hand vor den Mund. »Hast du gewusst, dass eifersüchtig zu werden heißt, dass man jemanden *mag*?«

Ich werfe ihr einen strengen Blick zu. Wie soll ich eifersüchtig sein, wenn zwischen Blake und mir nichts Ernstes ist? Aber warum fühle ich mich dann so … komisch? Warum kann ich ein Mädchen nicht ausstehen, dessen Namen ich gerade erst erfahren habe?

»Achte gar nicht auf Savannah, die mal wieder nervt«, sagt Tori und warnt Savannah stumm. Dann setzt sie sich vor, räuspert sich und sieht mich direkt an. »Lacey Dixon ist am Ende des vorletzten Schuljahrs und fast ihr ganzes Leben mit Blake in einem Jahrgang gewesen. Und sie hat Augen im Kopf, was für alle von uns gilt – mit Ausnahme von Savannah, weil das inzestuös wäre –, folglich findet sie Blake gar nicht übel. Und ihre Eltern sind auch noch gut mit Blakes Mom befreundet.«

Savannah lacht und nimmt sich eine Cola, während sie zuhört.

»Jedenfalls«, fährt Tori fort, »glaubt Lacey im Gegensatz zu uns anderen, Blake hätte die Fähigkeit, sich für was anderes als seine Musik zu interessieren. Das ganze letzte Jahr sind sie umeinander rumgeschlichen, weil Blake eindeutig nicht so interessiert an ihr ist. Aber die liebe Lacey glaubt immer noch, dass er ihr eines Tages ein Liebeslied schreibt. Die Gute! Gott liebt die Beharrlichen!«

Plötzlich verstummt Tory und lehnt sich wieder zurück. Als ich mich umsehe, begreife ich, warum die Geschichte vorbei ist: Blake ist auf dem Weg zu uns.

»Wie sieht das Feuer aus?«, fragt er und nickt hin, um mit seinem Werk anzugeben. »Mom hatte mich als Kind zu den Pfadfindern gezwungen, und endlich zahlt es sich aus. Meine Feuer werden mit jedem Mal besser.«

»*Okay*, Ego-Typ«, spöttelt Tori.

Blake schnippt ihr mit einem Finger an die Schulter. »*Okay*, DJ. Hast du nicht Musikdienst? Ich höre hier nichts. Ihr vielleicht?«, fragt er an Savannah und mich gewandt. Und sein Blick verharrt auf mir.

Murrend steht Tori auf, doch ehe sie geht, zückt sie ihr Handy. »Moment. Süßes Foto mit Blakes putzigem Pfadfinderfeuer im Hintergrund!«

»O, echt nicht, Tori!«, stöhnt er, lacht aber, als sie meinen Ellbogen packt und mich nach oben zieht.

»Warte«, sage ich panisch, weil Savannah auch aufsteht und sich alle drei um mich drängen, unsere Köpfe eng zusammenlehnen und Tori das Handy vor uns hält, sodass das Feuer hinter uns ist. »Du postest das doch nicht irgendwo, oder?«

»Es ist bloß ein Andenken! Das landet in meinem Album«, verspricht Tori mir und ruft fröhlich: »CHEESE!«

Ich bin mir nicht ganz sicher, ob ich es schaffe, rechtzeitig zu lächeln, aber Tori sieht nicht mal nach. Sie steckt ihr Telefon gleich wieder ein und geht durch den Stuhlkreis, bis sie auf der anderen Seite des Feuers verschwindet, um für Musik zu sorgen.

Blake sinkt auf den freien Stuhl, greift sich eine Cola und bewundert sein Feuer. »Nette Höhe, was?«

Savannah hüstelt gewürgt. »Ich, ähm, bin da drüben, falls ihr mich braucht.« Sie schwenkt eine Hand wahllos nach vorn und eilt in dieselbe Richtung wie Tori.

»Ich wette einen Zehner, dass sie zu Nathan Hurt will«, sagt Blake.

Oder sie will uns ein bisschen Privatsphäre gönnen ...

»Kann sein«, antworte ich, doch ich werde nervös, was sich langsam von meinem Bauch in meinen gesamten Körper ausbreitet, als ich mich wieder auf den Stuhl neben Blake setze.

Seit dem Nachmittag am Pool sind wir nicht mehr unter uns gewesen, und allein mit Blake zu sein ist berauschend, wie ich festgestellt habe. Dieses Kribbeln, was als Nächstes passieren wird ...

»Also, diese Gitarre ...«, sage ich und nicke zu dem Gitarrenkoffer zwischen unseren Stühlen. »Bist du Musiker?«

Blake sieht vom Feuer zu mir, und die Scheite spiegeln sich orangefarben in seinen Augen. »Nein, aber ich versuche es.«

Er steckt die halbvolle Cola zwischen zwei Steine und hebt den Gitarrenkoffer auf seinen Schoß. Ich beobachte stumm, wie er die Riegel öffnet und den Deckel anhebt, unter dem eine Akustikgitarre zum Vorschein kommt.

Behutsam streicht Blake über das Mahagoniholz des Halses. An dem Korpus sind wenige winzige Kratzer, doch das honigfarbene Holz schimmert im Feuerschein. Blake gleitet mit der Hand über das Griffbrett bis nach oben zum Wirbelbrett mit dem Schriftzug *GIBSON*.

»Die original Gibson Hummingbird«, sagt er mit einem schüchternen Unterton, den ich noch nie bei ihm gehört habe und der seinen Akzent ausgeprägter klingen lässt. Leicht streicht er mit dem Daumen über die gespannten Saiten. »Sie hat meinem Dad gehört. Er hat Musik auch geliebt, aber seinen Ehrgeiz verloren. Da hat er das Handtuch geworfen und mir seine Gitarre gegeben.«

Meine Lippen formen ein »O«, weil es das erste Mal ist, dass Blake seinen Vater erwähnt. Natürlich war mir schon aufgefallen, dass er nicht in der Nähe zu sein scheint, aber das ist nichts, wonach man fragt, erst recht nicht, wenn …

»Nein, er ist nicht tot oder so«, sagt Blake lachend, als er meinen Gesichtsausdruck sieht. »Nur ein Alkoholiker, der nach Memphis zu seiner Geliebten gezogen ist.«

»O.« Damit habe ich nicht gerechnet. »Aber du hast seine Gitarre behalten?«

»Ja, klar. Es ist eine *Gibson Hummingbird*, Mila.« Er neigt den Kopf zur Seite und betrachtet mich, erstaunt über meine Ahnungslosigkeit. »Ich werde diese Gitarre spielen, bis sie den Geist aufgibt.«

»Und das ist es, was du mit deinem Leben anfangen willst?«, frage ich und rücke ein wenig näher zu ihm. Wieder sehe ich die Gitarre neugierig an und lächle Blake zu. »Musik machen?«

»Na, es steckt mir im Blut«, antwortet er mit einem verlegenen Schulterzucken und dem passenden Grinsen. »Ich hoffe, dass ich ab nächstem Herbst an der Vanderbilt studieren kann, und ich bettle Marty an, mich mal spielen zu lassen.«

»Marty?«

»Ihm gehört das *Honky Tonk Central*. Er sagt, ich bin zu jung, um in seiner Bar aufzutreten, und will mir nicht mal einen Nachmittagsgig geben, wenn der Laden noch familienfreundlich ist!«, erklärt Blake stirnrunzelnd. »Er denkt, Mom wird einen Grund finden, ihn dicht zu machen, wenn er mich da auftreten lässt.«

Die Erwähnung seiner Mom erinnert mich daran, wie sie letzten Sonntag abrupt den Esstisch verlassen hatte, als Blake wagte, das Wort »Musik« auszusprechen.

»Dann ist sie wenig begeistert, dass du Gitarre spielst?«, frage ich vorsichtig.

Blake lächelt traurig. »Sie findet, dass Musik zu machen kein anständiger Berufswunsch ist. Ihrer Meinung nach soll ich Betriebswirtschaft oder etwas ähnlich Ödes studieren. Das oder *Politik*.« Frustriert seufzt er und blickt wieder sehnsüchtig zu seiner Gitarre, als würde er von einer Zukunft träumen, in der sie vorkommt. »Jedes Mal, wenn ich mit ihr darüber zu reden versuche, würgt sie mich ab. Sie mag es nicht mal, wenn sie mich spielen hört. Es erinnert sie zu sehr an meinen Dad.«

Ich verziehe mitfühlend das Gesicht. »Das tut mir leid, Blake.«

Als ich sehe, wie sehr es Blake verletzt, dass seine Mutter kein Verständnis für seine Leidenschaft hat, wird mir klar, dass ich eigentlich nie recht überlegt habe, wie mein Leben aussehen soll, jenseits meiner Existenz als Everett Hardings Tochter. Natürlich fantasiere ich davon, achtzehn zu werden, aufs College zu gehen und Dads enger Welt zu entkommen, aber ich habe im Grunde nie darüber nachgedacht, was das heißt. Die Details habe ich bisher nicht ausgearbeitet, keinen Plan, welchen Weg ich einschlagen will, oder mir Zeit genommen zu entdecken, wer ich bin und wer ich sein will.

Blake mag keine Unterstützung von seiner Mutter bekommen, aber wenigstens hat er Ehrgeiz. Er hat einen Traum und ist entschlossen, seinen eigenen Weg im Leben zu finden.

Er sieht noch immer seine Gitarre an, eine Hand am Griffbrett, die andere auf dem Korpus. Das Lagerfeuer brennt und strahlt mehr Wärme ab, während es unsere Gesichter in ein oranges Licht taucht. Ich hole tief Luft und lege meine Hand auf Blakes.

»Und?«, flüstere ich. »Darf ich dich spielen hören?«

Blake sieht zu meiner Hand auf seiner. Seine Haut ist warm, doch ich bin enttäuscht, als er die Hand unter meiner wegzieht. Eine Sekunde später legt er seine auf meine, verwebt unsere Finger und drückt meine. Unsere Blicke begegnen sich, und wir lächeln ein wenig. Dann nickt er.

Er lässt meine Hand los und steht auf. Es hat etwas unglaublich Bezauberndes, wie er sich den Gitarrenriemen über die Schulter hängt und sich durchs Haar wuschelt, um sich bereit für sein Publikum zu machen. Den Gitarrenkoffer lässt er neben mir und tritt ans Feuer. Er stellt sich so nahe dran, wie er kann, ohne sich zu verbrennen, und verbringt eine Minute damit, seine Gitarre zu stimmen, wobei er seine Unterlippe zwischen den Zähnen einklemmt. In der Zwischenzeit bemerken die anderen, dass er spielen wird, und das Reden verklingt. Die Musik aus den Boxen im Hintergrund wird leiser.

Blake schaut zu den anderen auf und räuspert sich. »Hey, Leute. Ich hoffe, ihr mögt die neue Location, aber denkt an die Feuerwache, an der wir vorbeigefahren sind - keinen Blödsinn machen, klar? Haltet euch von den Bäumen fern, und nehmt später all euren Müll wieder mit. Wer hier trinkt, fährt danach nicht mehr. Und ersauft bitte nicht im See.«

»Okay, Bürgermeister Avery!«, brüllt jemand, und obwohl es scherzhaft und kein bisschen böse klingt, weiß ich, dass es Blake wahnsinnig machen muss.

Er sieht sich nach dem Schuldigen um und ringt sich ein Lachen ab. »Okay, gut, nach üblicher Lagerfeuermanier ist die Bühne offen für jeden, der uns unterhalten will. Und da keiner die Eier hat, es als Erster zu wagen, mache ich mal wieder den Anfang.«

»Ein Original?«, fragt jemand.

»Noch nicht«, antwortet Blake. »Dies ist ein Cover von einem meiner momentanen Lieblingskünstler. Es ist ›Chance Worth Taking‹ von Mitchell Tenpenny.«

Wieder räuspert er sich, diesmal nervös. Er neigt den Kopf zur Gitarre, positioniert die Finger auf dem Griffbrett und beginnt, in einem kräftigen, melodischen Ton zu einem Eröffnungsriff zu singen, dass ich am ganzen Körper eine Gänsehaut bekomme.

Mit jedem Wort, das er singt, hallt Blakes weicher Südstaatensingsang über die stille Lichtung. Seine Stimme wird tiefer und satter vor Leidenschaft für den Text. Er singt mit erhobenem Kopf und geschlossenen Augen. Seine Finger gleiten mühelos über den Gitarrenhals, und jeder Griff sitzt perfekt. Der Song, den er ausgewählt hat, ist langsam, und der Text ist absolut fesselnd.

Niemand spricht ein Wort. Wir alle schauen ehrfürchtig zu, wie Blake sich ganz in der Musik verliert, in die Dunkelheit hineinsingt, das Feuer in seinem Rücken. Es ist so bezaubernd, dass ich, als das letzte Wort verklingt, nicht einmal begreife, dass es vorbei ist, bis alle anderen applaudieren und jubeln.

Jetzt gerade ist Blake weit entfernt davon, der Sohn der Bürgermeisterin zu sein. Er ist Blake Avery, der Typ, der Musik liebt und ein Talent besitzt, das alle seine Freunde vor Bewunderung verstummen lässt.

Ich wünschte, ich wüsste, wer Mila Harding wirklich sein könnte – dass sie jemand mit Träumen und einer eigenen Leidenschaft wäre.

Barney läuft zu Blake und klopft ihm fest auf die Schulter. Auch ein paar andere eilen zu ihm, um ihm die Hand zu schütteln und die Faust an seine zu rammen. Eine von ihnen hat rot gesträhntes Haar, wie ich mit einem Anfall von Eifersucht feststelle.

Lacey stößt Barney aus dem Weg und schlingt die Arme um Blake, wobei sie wild auf den Fußballen wippt. Ich beiße die Zähne zusammen.

Allerdings dauert dieses Übelkeit erregende Gefühl nur zwei Sekunden an, denn ich sehe, wie sich Blake hastig von Lacey befreit, sich bei der Gruppe entschuldigt und … direkt zu mir kommt.

Mein Herz schlägt schneller, als er sich nähert. Er hat die Gitarre auf seinen Rücken geschwungen und die Hand vorn an dem Riemen. Hinter ihm tritt ein jüngeres Mädchen mit einer Gitarre sichtlich nervös ans Feuer, um Blake abzulösen.

»Also«, sagt er atemlos und wischt sich ein wenig Schweiß von der Schläfe, »wie lautet das Urteil, Miss Mila?«

Ich öffne den Mund, suche nach den richtigen Worten, die seinem Auftritt gerecht werden, bin aber noch zu sprachlos von seiner *fantastischen* Musik. »Es war …«, versuche ich es, schüttle jedoch gleich wieder den Kopf und sehe ihn an, während ich Mühe habe zu beschreiben, was seine Stimme in mir ausgelöst hat. Schließlich schlucke ich und sage: »Du bist zum Musiker geboren.«

Blake lächelt. Die Sorge in seinen Augen verwandelt sich in Erleichterung, und das vorsichtige Lächeln wird zu einem so breiten

Grinsen, dass seine Grübchen besonders tief – und besonders süß – werden.

»Im Ernst«, sage ich und springe auf, weil ich jetzt wieder sprechen kann. »Das war – fantastisch. Wie du spielst, dein Gesang. Alles. Du bist fantastisch.«

Blake wird rot von meinen Komplimenten, greift seinen Gitarrenkasten und legt seine Gitarre sorgsam zurück in das Samtpolster. Als er die Riegel zuschnappen lässt, fängt hinter ihm eine neue Stimme an zu singen.

»Das ist Kelsey«, sagt Blake, sinkt wieder auf einen Stuhl und stellt den Gitarrenkoffer zu seinen Füßen ab. »Sie liebt Keith Urban und tritt immer bei Open-Mike-Abenden hier auf.«

Ich setze mich wieder neben ihn, und obwohl sein Blick auf Kelsey gerichtet ist, deren rauchige Stimme die Luft um das Feuer erfüllt, ist meiner allein auf ihn fixiert. »Für dich kommen Open-Mike-Abende nicht infrage, nehme ich an?«

»O bitte«, entgegnet Blake. »Der Sohn der Bürgermeisterin, der Straßenmusik in einem Café in Fairview macht? Viel zu gewöhnlich.« Er verdreht die Augen. »Mom wäre lieber, ich würde als Schulsprecher kandidieren und für mehr Demokratie an der Fairview High kämpfen, aber das ist Lacey Dixons Job.«

Das Mädchen mit den roten Strähnen …

»Tja, Kleinstadtlagerfeuer sind wahrscheinlich ein bisschen zu normal für eine Harding«, scherze ich, lehne mich auf dem Stuhl zurück und betrachte die Leute um das anwachsende Feuer. Der flackernde Schein spiegelt sich in ihren Gesichtern, als sie zu Kelseys Musik nicken, dicht zusammenrücken und gemeinsam lachen. »Aber ich finde es richtig gut.«

»Du magst also Honky Tonks und Lagerfeuer«, sagt Blake, der wieder zu mir sieht, »aber keine Parkplatzpartys.«

Ich lache, verstumme jedoch sofort, als Blake meine Hand nimmt. Er verwebt seine Finger mit meinen, sodass unsere Handflächen aneinandergepresst sind, und senkt unsere Hände auf die Armlehne meines Stuhls. Überrascht schaue ich hin. Die Wärme seiner Haut schreckt *mal wieder* einen Schmetterlingsschwarm in meinem Bauch auf.

»Darf ich deine Hand nicht halten?«, fragt Blake, weil ich nichts sage.

»Nein, ich meine, doch. Darfst du. Ich bin nur ...«

»Nervös?«, schlägt er mit einem Augenzwinkern vor.

Wir sitzen zusammen, Hand in Hand, und hören noch einigen anderen Leuten zu, die auftreten. Savannah und Tori kommen nicht wieder, und auch sonst stört uns niemand. Trotzdem frage ich mich, ob irgendwer hersieht und bemerkt, dass Blake und ich ein bisschen zu innig sind. Nach einer Weile schwingt Blake sich seinen Gitarrenkoffer über die Schulter und steht auf. Er sieht mich an.

»Komm mit mir zum Truck zurück«, sagt er leise, geht los und zieht mich mit sich.

In meinem Kopf wirbeln Gedanken von Blake und mir allein durcheinander, und die Schmetterlinge schlagen Saltos, als wir vom Feuer und der Party weg und zurück zu seinem Truck gehen ...

Er führt mich über den felsigen, unebenen Grund zum Parkplatz. Dort stehen inzwischen mehr Wagen, doch die Leute, die mit ihnen gekommen sind, genießen das Feuer und die Musik. Ich blicke mich über die Schulter um und kann noch das Leuchten und die Leute auf den Stühlen drumherum sehen. Obwohl es weiter weg ist, höre ich das Knistern der Scheite, die Stimmen und den Sound des Taylor-Swift-Covers. Aber hier auf dem Parkplatz sind wir ganz allein.

Bei Blakes Truck lässt er meine Hand los. Er öffnet die Heckklappe und schiebt seinen Gitarrenkoffer auf die Ladefläche.

»Setz dich zu mir«, sagt er.

Blake schwingt sich mühelos nach oben, während ich mich mit einem Hüpfer nach oben stemmen muss. Meine Beine baumeln über die Kante, und wir sitzen für eine Minute schweigend nebeneinander und blicken zu den Flammen unten am See. Jetzt singen zwei Mädchen ein Duett, und ihre Stimmen tanzen durch die Bäume.

Die Stille zwischen uns ist angenehm, obwohl uns beiden die wachsende Spannung bewusst sein dürfte. Blake und ich ... allein ... dicht nebeneinander hinten auf seinem Truck ...

»Ich beneide dich«, breche ich das Schweigen. Immer noch schaue ich zum dunklen Wasser des Sees und umklammere die Wagenkante mit den Händen. »Du weißt, was du machen willst. Und du bist so viel mehr als der Sohn der Bürgermeisterin. Du hast Ziele. Ich hingegen ... Tja, ich denke, dass ich irgendwie fürchte, nie mehr zu sein als Everett Hardings Tochter.« Mir wird die Brust eng, als ich die Worte laut ausspreche, und ich senke den Blick zu dem Asphalt unter unseren Füßen.

»Du bist nicht *nur* Everett Hardings Tochter«, sagt Blake und sieht zu mir. Ich blicke weiterhin nach unten. »Du bist Mila Harding. Hast einen eigenen Namen. Bist eine eigene Person.«

»Aber ich habe kein ... *Ding*«, murmle ich frustriert. »Dein Ding ist Musik. Savannahs sind Pferde. Es gibt nichts, was ich leidenschaftlich mag. Ich habe eigentlich nicht mal Hobbys, außer mit Freunden am Strand zu sein und hin und wieder Tanzstunden zu nehmen. Ich habe nichts, was definiert, wer ich bin, außer meinem Vater.«

Blake fängt mein Kinn mit Daumen und Zeigefinger ein und hebt es an, sodass ich ihn ansehen muss. »Du hast noch Zeit herauszufinden, was dein Ding ist«, sagt er. »Und du brauchst kein Hobby, um zu definieren, wer du bist. Die Dinge, die du tust und sagst, sind es, die wirklich zählen. Und weißt du, was ich denke?«

Ich sehe zu den Karamellsprenkeln in seinen Augen. »Was?«

»Ich denke, du bist das Mädchen, dem es so wichtig ist, seinen Vater nicht zu enttäuschen, dass es hinten in meinem Truck geweint hat«, sagt er mit einem tröstenden Lächeln. »Du bist das Mädchen aus der Kirche, das seinem Großvater hilft. Du bist das Mädchen, das gelacht hat, als es sich mit ihrer Quesadilla bekleckert hat.«

»Aber ich werde immer im Schatten meines Dads leben.«

»Mila«, murmelt Blake und neigt sein Gesicht näher zu meinem, »du solltest auf keinen Fall in irgendeinem Schatten verborgen sein.«

Sanft streicht er mit dem Daumen über meine Haut und hebt mein Kinn behutsam etwas höher. Er sieht zu meinem Mund. Mir stockt der Atem, und ich erstarre von Kopf bis Fuß. Wieder finden sich unsere Blicke, und seiner ist von derselben Intensität wie an dem Tag am Pool. Beim Lächeln bilden sich winzige Fältchen in seinen Augenwinkeln, direkt bevor seine Lippen auf meinen sind.

Es ist ein zarter, liebevoller Kuss, nur Blakes Mund an meinem, während seine Hand unter meinem Kinn bleibt. Ich will nicht, dass er aufhört, will mehr hiervon, ihn richtig, richtig küssen. Ich habe die Augen geschlossen und kann das Pochen unserer Herzen fühlen.

Ich öffne den Mund und dränge mich dichter an Blake, lasse

ihn wissen, dass dies hier okay ist. Mein Körper erwacht aus der Lähmung, und ich lege eine Hand an seine Wange, während ich die Finger der anderen Hand in sein Haar tauche. Er versteht den Wink, küsst mich weiter, und bald ist seine freie Hand unten an meinem Rücken und zieht mich noch dichter heran.

Auf der Heckklappe seines Trucks, mit meinen Händen auf ihm und seinen auf mir, denke ich: *Heilige Scheiße, ich küsse Blake Avery!*

Es ist ohne Frage perfekt.

Zumindest bis Blake den Kuss löst.

Erschrocken reiße ich die Augen auf und frage mich, ob ich etwas falsch gemacht habe, aber Blake sieht sich jetzt um. Seine Hand bleibt an meiner Wange.

»Entschuldige, ich dachte … ich dachte, ich hätte ein Auto gehört«, flüstert er.

Irgendwo in der Nähe schlägt tatsächlich eine Autotür zu.

Sofort lässt Blake mich los und springt vom Heck. Er geht um den Truck herum, um nachzusehen, sodass ich allein und atemlos zurückbleibe. Eine Sekunde später höre ich ihn stöhnen und fluchen: *»Scheiße!«*

Er erscheint wieder vor mir und sieht total verängstigt aus. Ehe ich begreife, was los ist, hebt er mich an der Taille vom Wagen und stellt mich hin, was ihn keinerlei Muskelkraft zu kosten scheint.

»Ist das die Polizei?«, frage ich leise. Panik regt sich in mir bei der Vorstellung, dass die Polizei hier aufkreuzt, denn ich bezweifle ernsthaft, dass es erlaubt ist, im Sommer ein Lagerfeuer in einem öffentlichen Park zu machen. Und was, wenn … Was ist, wenn Dad oder Ruben Wind davon bekommen, dass ich Ärger mit der Polizei hatte?

O, ich bin tot. Ich bin so was von tot!

Blake knallt die Heckklappe zu und fährt sich mit den Händen durchs Haar. »Nein, schlimmer«, antwortet er.

Und gleich darauf faucht eine Stimme: »*Blake!*«

Ich erkenne sie auf der Stelle – es ist die Stimme der echten LeAnne Avery, die sie hinter verschlossenen Türen benutzt, wenn sie nicht den Schein wahren muss.

Das Klackern von Absätzen kommt näher, und LeAnne taucht hinter dem Truck auf. Sie sieht unglaublich wütend aus und hat die Arme vor der Brust verschränkt. Ausnahmsweise sieht sie nicht aus, als hätte sie eben eine Pressekonferenz hinter sich. Sie trägt Jeans und eine zugeknöpfte Strickjacke, und ihr Haar ist zu einem strengen Pferdeschwanz gebunden, der bei jedem ihrer Schritte seitlich ausschwingt. Im Moment mag sie nicht wie die Bürgermeisterin aussehen, strahlt aber immer noch dieselbe Autorität aus.

»Ich dachte, du wolltest über Nacht in der Stadt bleiben«, sagt Blake und stellt sich beschützend halb vor mich, als müsste er mich vor dem Zorn seiner Mom abschirmen.

»Ich habe es mir anders überlegt«, antwortet LeAnne kühl, doch ihre Wut ist offensichtlich. Sie drückt die Autoschlüssel in ihrer Hand, als hielte sie einen Stressball. »Du warst nicht zu Hause, als ich angekommen bin, da habe ich mir Sorgen gemacht.«

»Woher hast du gewusst …«

LeAnne holt das Handy aus ihrer Tasche und hält es in die Höhe. »Wenn du nicht willst, dass deine Mutter erfährt, wo du dich herumtreibst, solltest du mich vielleicht in Zukunft blockieren.« Ihre Stimme trieft vor Sarkasmus. Sie steckt das Telefon wieder ein und dreht sich um, sodass sie zum See blickt. Dort spielt noch Musik und alle vergnügen sich, ohne zu ahnen, dass Bürgermeisterin Avery hier ist. »Ein Lagerfeuer?«, fragt sie angespannt und wendet sich wieder Blake zu. »In einem *Park*? Das war deine Idee, oder? Du *Idiot*, Blake!«

»Wir schaden niemandem!«, entgegnet Blake und wird lauter. »Da sind keine Bäume in der Nähe des Feuers. Wir sind nicht zu laut. Wir haben einfach …«

»Lustiges Reihum-Vorsingen am Feuer?«, fällt LeAnne ihm ins Wort und nickt zu dem Gitarrenkoffer auf der Ladefläche. Dann zieht sie die Augenbrauen hoch, als warte sie nur darauf, dass er es leugnet. »All dieser Aufwand, nur um mal vor irgendeinem Publikum zu spielen?«

Blake schweigt, doch ich spüre deutlich, wie wütend er ist. Dann sagt er in einem vernichtenden Ton: »Du bist nicht die beknackte Bürgermeisterin von Fairview. Hier kontrollierst du uns nicht.«

LeAnne tritt beängstigend ruhig näher auf ihren Sohn zu und legt ihre Hand flach auf seine Brust, sodass er gezwungen ist, sie anzusehen. »Du beendest das jetzt«, befiehlt sie. »Sofort.«

»Okay!«, ruft Blake und befreit sich von ihr. Er streicht sich das Shirt ab. Seine Nasenflügel beben, als er zu mir sieht. »Mila, steig in den Truck.«

»Nein!«, sagt LeAnne.

Blake dreht sich zu seiner Mutter um. *»Nein?«*

»Du bleibst hier, Blake«, sagt sie. »Du schickst diese Jugendlichen nach Hause. Und danach räumst du alles weg, was ihr heute Abend mit hergebracht habt. Du löschst das Feuer, und du gehst hier nicht weg, ehe du dich vergewissert hast, dass die Asche vollständig abgekühlt ist. Mir ist egal, ob du dafür die ganze Nacht bleiben musst.«

»Ich kann das alles machen«, murmelt Blake. »Aber ich habe

233

Mila mit hergenommen«, beharrt er mit festerer Stimme. »Und Myles und Savannah. Wie sollen die nach Hause kommen?«

Zunächst sagt LeAnne nichts, doch dann sieht sie mich an, und ich ahne schon, dass mir ihre Antwort nicht gefallen wird. Ich mache mich kleiner, ziehe den Kopf ein und wünsche mir, ich könnte mich verstecken.

»Ich fahre die drei nach Hause«, sagt LeAnne schließlich. Sie betrachtet mich weiter voller Verachtung, als hätte ich persönlich dieses kleine Lagerfeuer mit Musik organisiert. »Mila, steig in meinen Wagen. Blake, geh deinen Cousin und deine Cousine holen.«

»Aber …«

»Jetzt!«

Widerwillig geht Blake los, bleibt nach wenigen Schritten stehen und sieht sich gequält zu mir um. *»Tut mir leid«,* sagt er stumm. Dann geht er weiter, um die Feier für beendet zu erklären.

»Mila«, sagt LeAnne.

»Was?«, frage ich aggressiver als beabsichtigt. Wie kann sie so mit ihrem Sohn reden? Wie kann sie mich dauernd ansehen, als wäre ich Dreck unter ihrer Sohle, den sie sich irgendwo eingetreten hat?

»Hier lang«, sagt sie und schreitet voraus.

Anfangs will ich ihr nicht folgen. Vor wenigen Momenten noch waren Blakes Lippen auf meinen und ich glücklich in den Duft nach Feuerholz und Eau de Cologne versunken, hatte das Gefühl seiner Finger auf meiner Haut genossen. Es war alles so schnell vorbei, dass ich mich unwillkürlich frage, ob es wirklich geschehen ist. Da ist noch ein schwacher Geschmack von ihm auf meinen Lippen, aber der verfliegt wie der Lagerfeuerrauch in der Nachtluft.

Wie kann es sein, dass ich eben noch Blake hinten auf seinem Truck geküsst habe und nun von seiner Mom herumkommandiert werde?

Doch wie es aussieht, ist LeAnne Avery niemand, dessen Befehle man ignoriert.

Also folge ich ihr.

Achtzehn

»Tante LeAnne, das ist *unfair*«, beschwert Myles sich. »Du glaubst doch an Fairness, oder nicht? Bei deiner Politik dreht sich dauernd alles darum.«

»Myles, du bettelst geradezu um Schläge«, sagt LeAnne. »Sei still.«

»Du bist soeben zu meiner unbeliebtesten Verwandten abgestiegen«, erwidert er furchtlos. »Jetzt kommst du hinter Onkel Ricky, und *keiner* mag Onkel Ricky.«

LeAnne ignoriert ihn betont. Ihre Augen sind starr auf die Dunkelheit vor uns gerichtet, als sie den luxuriösen Tesla über die schmalen Landstraßen lenkt. Das Radio ist aus, sodass die ohrenbetäubende Stille noch die angespannte Atmosphäre im Wagen verstärkt. Die letzten zehn Minuten hat Myles damit verbracht, sich lauthals und empört zu beklagen, weil nicht nur das Lagerfeuer so kurz nach Beginn jäh abgebrochen wurde, sondern er auch noch peinlicherweise von seiner Tante zurück zur Willowbank-Ranch gebracht wurde. Daher frage ich mich, ob Patsy eigentlich weiß, was ihre Kinder heute Abend vorhatten.

Savannah hingegen hat noch kein einziges Wort gesagt – genau wie ich.

Leider bin ich auf dem Beifahrersitz, wo ich stocksteif die Knie zusammenpresse, die Schultern beuge und meine Hände unter meinen Oberschenkeln habe, um sie ruhig zu halten. Ich kann mich nicht mal dazu bringen, LeAnne anzusehen, deshalb fixiere ich die vorbeifliegenden Bäume seitlich von meinem Fenster. Es ist zu seltsam, und das nicht bloß, weil ich vor Kurzem ihren Sohn geküsst habe; es ist auch schmerzlich klar, dass LeAnne mich wirklich nicht mag.

Allmählich wird die Straße im Dunkeln erkennbar. Zur Harding-Ranch kann es nicht mehr weit sein, doch … wir kommen aus der falschen Richtung, werden also zuerst Willowbank erreichen. *Nein, nein, nein.*

Eine vertraute Furcht überkommt mich und droht mich zu ersticken. Es ist dasselbe Gefühl wie an dem Abend der Parkplatzparty, als ich schon ein ungutes Gefühl bei Blake hatte und dann auch noch am Ende allein mit ihm im Truck war. Doch dies hier … Das ist viel, viel schlimmer. LeAnne ist um ein Millionenfaches Furcht einflößender, als Blake jemals sein wird. Und sie dürfte erheblich mehr Macht haben als ihr Sohn, mir das Leben schwer zu machen.

»Da wären wir«, sagt LeAnne, als der Tesla leise zum Stehen kommt. Sie dreht sich um und sieht streng zu ihrer Nichte und ihrem Neffen hinten. »Jetzt geht – ins Haus!«

Myles wirft die Autotür auf und springt in Lichtgeschwindigkeit raus. »Danke, dass du solch eine Spaßbremse bist, LeAnne Avery! Sollte ich mal in die Stadt ziehen, kannst du sicher sein, meine Stimme nicht zu bekommen!« Mit diesen Worten knallt er die Tür zu und eilt über das Feld zum Haus der Bennetts.

Savannah ist sehr viel zivilisierter. »Danke fürs Fahren«, murmelt sie ihrer Tante zu. Das mitleidige Stirnrunzeln, das sie mir zuwirft, bevor sie aus dem Wagen steigt, vergrößert meine Angst nur, aber Savannah kann mir jetzt nicht helfen. Sie verschwindet in der Dunkelheit.

Der Wagen fährt wieder los. LeAnne hat beide Hände oben am Lenkrad, sitzt sehr aufrecht und leicht vorgeneigt. Jede normale Person, ganz egal, was sie von der Jugendlichen in ihrem Auto hält, würde sich sicher zwingen, sich zivil zu verhalten und Konversation zu machen, um eine solch drückende Atmosphäre wie diese zu vermeiden. Mir macht Angst, dass LeAnne vollkommen still ist, als *wolle* sie, dass ich mich unwohl fühle.

Die zwei Minuten bis zur Harding-Ranch kommen mir wie die längsten meines Lebens vor. Und noch nie war ich erleichterter, das inzwischen vertraute Tor zu sehen. Ich hebe meine Tasche aus dem Fußraum und wühle darin nach der Fernbedienung.

»Ich kannte diese Ranch, bevor irgendwelche von diesen Sicherheitsmaßnahmen nötig waren.«

Meine Hände erstarren, und ich sehe sie an. »Wie bitte?«

LeAnne atmet langsam aus, sackt auf ihrem Sitz nach hinten und blickt in die Dunkelheit. »Gehe ich recht in der Annahme, dass Blake es dir nicht erzählt hat?«

»Mir was nicht erzählt hat?«

»Ach, er ist ein netter Junge – Blake. Natürlich weiß er, dass ihm nicht zusteht, es dir zu erzählen«, sagt sie leise. Jetzt liegen ihre Hände unten am Steuer. »Aber mir durchaus.«

»Was …« Ich stocke, und meine Kehle ist wie Sandpapier. »Was meinen Sie?«

LeAnne richtet ihre Augen, so groß und dunkel wie Blakes, auf mich. Dabei dreht sie den Kopf nicht, sondern bedenkt mich mit einem Seitenblick, bei dem mir ein kalter Schauer über den Rücken läuft. »Ich habe deinen Vater gekannt, als ich jung war.

Genau genommen kannte ich ihn sehr gut. Ich kannte Everett Harding, bevor es die ganze Welt tat.«

»Ja, natürlich. Sie müssen auch auf der Fairview High gewesen sein«, sage ich leise, während ich versuche, den Sinn dieser Unterhaltung zu erkennen. Worauf will sie hinaus? Was will sie mir erzählen? Die Kälte in ihrem Blick sagt mir, dass ich es nicht wissen will.

LeAnne schnalzt mit der Zunge, merklich entsetzt über meine Naivität. »Mila … Süße, dein Vater und ich …«, sagt sie, und jetzt sieht sie mich an und verengt die Augen. Dann holt sie tief Luft und wendet den Blick wieder ab. »Wir waren verlobt.«

Ich sehe sie völlig verständnislos an, als wären ihre Worte geradewegs an mir vorbeigeflogen. Sie treffen mich nicht so, wie sie sollten, dringen gar nicht richtig zu mir durch. Mein Dad? Verlobt? Mit Blakes Mom?

»Das überrascht dich, nicht wahr?«, fährt LeAnne fort, weil ich stumm bleibe. Sie presst die Lippen zusammen, als hätte sie Mitleid mit mir. »Wundert mich nicht, dass deine Eltern dir nichts von ihrer Untreue erzählen.«

Hat mein Gesicht eben noch geglüht, wird es jetzt eiskalt, und auf einmal ist mir speiübel. Sämtlicher Sauerstoff scheint aus dem Auto gesogen zu sein, sodass das Atmen anstrengend wird. »Was … Was meinen Sie?«, frage ich und schüttle ungläubig den Kopf. Warum erzählt sie mir solche fiesen Lügen? Was habe ich ihr getan, dass sie mich so behandelt?

»Ach, es ist wahrhaft bedauerlich, dass ich diejenige sein muss, die es dir erzählt.« Sie seufzt, dabei legt ihr schadenfroher Unterton nahe, dass sie es kein bisschen bedauert. Sie hüstelt, setzt sich auf und faltet die Hände vor sich, wie sie es vermutlich auch macht, wenn sie eine Rede hält. »Everett und ich hatten uns in der

Highschool verliebt. Im letzten Jahr wurden wir ein Paar, und in dem Sommer nach unserem Abschluss haben wir uns verlobt. Wir waren so jung; ich hätte ahnen müssen, dass es eine sehr dumme Idee war. Und dann gingen wir aufs College, dein Vater nach Belmont, um Schauspiel und Theaterwissenschaft zu studieren, ich nach Yale, wo ich Politikwissenschaft studiert habe. Die kreativen Künste bieten so vage Chancen ... Solche Berufe sind schlicht unzuverlässig. Ich war zu realistisch für deinen Vater, und das trieb uns auseinander, als er an der Belmont eine Frau traf, die sich auf eine Weise für seine *Schauspielerei* begeisterte, wie ich es nicht tat.«

»Meine Mom«, flüstere ich.

Ich wusste immer, wie meine Eltern sich kennengelernt hatten: an der Belmont University in Nashville. Mom war aus South Carolina hingezogen, um in einer Stadt zu studieren, von der sie glaubte, dass sie voller Leben war. Und dort begegnete sie meinem Dad. Sie liebte es, dass er Schauspieler werden wollte, und er liebte es, dass sie seinen Traum unterstützte, so unerreichbar er auch scheinen mochte. Sie heirateten nach dem Studienabschluss und zogen in das Haus in Fairview, in dem ich die ersten sechs Jahre meines Lebens verbracht habe. Das ist ihre Geschichte. So hatten sie sich kennengelernt.

Nur schildert LeAnne sie jetzt in einem ganz anderen Licht.

»Ja, deine Mom«, sagt sie verbittert. »Man sollte meinen, dass Everett, nachdem er jemanden kennengelernt hatte, so anständig gewesen wäre, die Verlobung zu lösen. Stattdessen haben sie mich zwei Monate lang hintergangen. Meine Uni war mehrere Stunden Fahrt weit weg, und dein Dad behauptet, er hätte warten wollen, bis er mich das nächste Mal sah – *von Angesicht zu Angesicht* –, um es mir zu sagen. Ich hätte die Wahrheit lieber gleich am Telefon erfahren – ja, sogar ein Brief wäre gut gewesen. Aber nein, Everett zog es vor, mich zu betrügen.«

»Sie lügen«, hauche ich mit zusammengebissenen Zähnen. »Nichts davon stimmt!«

Ich meine, ich kann nicht … Die Bürgermeisterin von Nashville erzählt mir, dass mein Dad sie betrogen hatte – mit meiner Mom? Mein Dad hatte LeAnne heiraten wollen? Das ist nichts als eine bizarre Fantasie. Unmöglich kann es die Wahrheit sein. Meine Eltern haben mir erzählt, wie sie sich kennengelernt hatten, und in ihrer Version kam eine Verlobung mit jemand anderem nicht vor. Bei dem Gedanken bekomme ich einen ekligen Geschmack im Mund.

»Mila, welchen Grund könnte ich haben, dir so etwas vorzulügen?«, fragt LeAnne nur scheinbar voller Mitgefühl, wobei sie den Kopf zur Seite neigt und mich beobachtet. Sie sieht mir an, dass ich ihr kein Wort glaube. »Wir haben die Verlobung gelöst, und ich nahm mir einige Jahre, mich selbst zu finden, während deine Eltern heirateten. Ich traf jemand anderen, wurde Mutter und stürzte mich ganz in meine Arbeit beim Stadtrat. Doch dann hatte dein Vater sein Hollywood-Debüt.«

Als ich sie ansehe, ist das Einzige, was mir durch den Kopf geht, die Reaktion meiner Eltern, als ich bei dem Video-Telefonat Anfang der Woche ihren Namen erwähnte. Mom hatte die Augen weit aufgerissen und geschwiegen, und Dad war so wütend geworden, dass er den Laptop zuknallte … Es *muss* also offensichtlich etwas zwischen meinen Eltern und LeAnne Avery geben, aber es kann nicht …

Es kann nicht *das* sein.

»Was hat das Hollywood-Debüt mit irgendwas zu tun?«, frage ich, wobei meine Stimme zittert.

»Es hieß, dass er nun im Scheinwerferlicht stand«, antwortet LeAnne. »Er hatte Angst, dass ich mit der Presse reden und die Story verkaufen könnte, wie der Frauenschwarm Everett Harding einst seine treue, hart arbeitende Verlobte betrogen hat. Keiner mag Betrüger, nicht wahr? Es wäre nicht gut. Man stelle sich vor ...« Sie lehnt sich wieder zurück, und zum ersten Mal heute Abend wandelt sich ihre aggressive Ausstrahlung in eine resignierte, gemischt mit einem Hauch Trauer. »Deine Eltern haben versucht, mich auszuzahlen, Mila. Ein Mann namens Ruben Fisher wollte mir einen fetten Scheck im Austausch gegen eine Verschwiegenheitserklärung schicken. Natürlich besitze ich mehr Würde, als sie mir unterstellten, und um meiner eigenen Karriere willen habe ich nicht die Absicht, meine Geschichte mit Everett Harding publik zu machen.«

»Das ist nicht ...« Ich schüttle wieder den Kopf und reibe mir die Augen in der Hoffnung, dass ich, wenn ich sie wieder öffne, irgendwo bin, aber nicht hier. »Ich verstehe das alles nicht.«

»O, ich denke doch. Und ich erzähle es dir nicht, um dich zu erschüttern. Du sollst die Vorgeschichte lediglich wissen, damit du begreifst, dass unsere Familien nichts miteinander zu tun haben sollten. Und ich bin mir sicher, da würden deine Eltern mir zustimmen«, sagt LeAnne leise. Sie drückt einen Knopf, und die Beifahrertür geht auf, was mein Signal ist auszusteigen. Dann greift sie nach dem Lenkrad, blickt nach vorn auf die Straße und fügt hinzu: »Ich hoffe für alle, dass du bald nach Hause zurückkehrst, Mila.«

Niedergeschlagen steige ich aus.

Neunzehn

An diesem Sonntagmorgen gehen wir nicht in die Kirche.

Popeye ist müde, deshalb entscheidet Sheri, dass es das Beste ist, wenn wir alle drei zu Hause bleiben. Sie hat keine Ahnung, wie erleichtert ich bin, denn ich denke nicht, dass ich die Averys so bald nach gestern Abend wiedersehen kann.

Es ist mitten am Nachmittag, ich habe das Geschirr vom Mittagessen gespült und bin in meinem Zimmer, wo ich auf dem Bett liege und blind an die Decke starre. Mein Handy ist ausgeschaltet und in der Schublade. Das Surren des Ventilators an der Wand ist eigenartig beruhigend, und alle fünf Sekunden weht kühle Luft über mich hinweg. Mir fehlt die Energie, mich zu bewegen. Allein der Gedanke fühlt sich zu anstrengend an. Mir ist, als würde ich das Gewicht von tausend Ziegelsteinen in meinem Kopf herumtragen.

Mein Leben lang glaubte ich, meine Eltern hätten auf perfekte, altmodische Art an der Uni zueinander gefunden. Aber wie könnte LeAnne wissen, dass sie sich an der Belmont kennengelernt hatten, wenn ihre Geschichte nicht stimmte? Und woher sollte sie Rubens Namen kennen?

Na ja, die Informationen finden sich leicht im Internet, sage ich mir. Trotzdem weiß derselbe Teil von mir, der meinem Vater verübelt, dass ihm seine Karriere wichtiger ist als seine Tochter, dass Le-Annes Worte keine boshaften Lügen waren.

Mich erschüttert die Vorstellung, dass Dad jemanden betrogen hat, nicht bloß eine frühere Freundin, sondern seine *Verlobte*, und mit Moms Wissen. Und dann war er so besorgt um seine Karriere und die Folgen dessen, was er getan hatte, dass er sich LeAnnes Schweigen erkaufen wollte. Dabei musste sie gar nicht überredet werden, nichts zu sagen. Wenn mich der letzte Monat eines gelehrt hat, dann, dass Dad anscheinend zu allem bereit ist, um weiter in Hollywood beliebt zu bleiben – und in der Öffentlichkeit blitzsauber dazustehen.

»Mila?«, fragt Sheri, die an die Tür klopft und sie öffnet.

»Was?« Ich sehe weiter an die Decke.

Ich will nicht schroff oder kalt zu Sheri und Popeye sein, aber heute kann ich nicht anders. Es ist sonnenklar, dass sie die Wahrheit kennen – wie sollten sie nicht? Deshalb war Sheri so merklich unwohl und deshalb hatte sie gesagt, ich solle besser mit meinen Eltern über LeAnne Avery reden. Ich will ihnen nicht erzählen, dass mir LeAnne selbst die Wahrheit gesagt hat, warum die Hardings und die Averys keine Freunde sein können. Wenn ich darüber mit Sheri spreche, ist es, als würde ich zugeben, dass ich Le-Annes Geschichte glaube. Und dass ich ehrlich nicht mehr weiß, wer Dad ist.

»Du hast Besuch«, sagt Sheri, wirft sich ein Geschirrtuch über die Schulter und verschränkt die Arme. Seufzend lehnt sie sich in den Türrahmen. »Blake hat am Tor geklingelt, und ich habe ihn reingelassen.«

»Hast du?« Ich setze mich auf und blinzle verwirrt zu ihr.

»Wieso? Hast du mir nicht gesagt, dass es keine gute Idee ist, wenn Blake und ich zusammen etwas unternehmen?«

»Ist es auch nicht«, antwortet sie, bevor sie auf ihre typisch sanfte Art lächelt, mit der sie mir bedeutet, dass sie auf meiner Seite ist. »Aber ich werde dich nicht daran hindern, einen Jungen zu sehen, den du magst.«

Ich stehe vom Bett auf, schlüpfe in meine Flipflops und gehe mit einem verlegenen Grinsen an Sheri vorbei. Als ich nach unten laufe, wird mir klar, dass ich nicht widersprochen habe, als sie sagte, ich würde Blake mögen.

Er wartet draußen in der sengenden Hitze.

Das Tor ist wieder geschlossen, aber Blakes Truck parkt neben Sheris Van, und unten vor der Veranda steht Blake mit Baileys Leine fest in einer Hand und der anderen Hand in der Tasche seiner Shorts. Bailey sitzt auf seinen Hinterbeinen, wedelt mit dem Schwanz und lässt die Zunge heraushängen. Der Anblick lindert sofort die Enge in meiner Brust, die ich seit gestern Abend empfinde. Die beiden sind so *süß*!

»Du bist nicht in der Kirche gewesen und reagierst nicht auf Textnachrichten«, sagt Blake, als ich die Verandastufen hinunter zu ihnen gehe. »Ich habe mir Sorgen gemacht. Ich dachte …«

Ich knie mich hin, um Baileys flauschiges Fell zu kraulen. »Du dachtest …?«

»Ich dachte, du hast gepackt und bist nach Hause«, sagt Blake mit gesenktem Blick. Er hat sein Kirchenhemd gegen ein Trikot der Tennessee Titans getauscht und spielt nervös mit dem Saum. »Nach dem, was meine Mom dir erzählt hat.«

O, er weiß Bescheid.

Ich meine, er *hatte* die Geschichte seiner Mom mit meinem Dad schon gekannt. Aber ich hatte nicht erwartet, dass LeAnne ihm erzählen würde, dass sie mir gestern Abend die Wahrheit gesagt hat. Es ist gut, schätze ich. Immerhin bleibt mir erspart, ihm zu erklären, was passiert war.

Dennoch habe ich keinen Schimmer, was ich sagen soll. Ich blicke in Baileys große Augen und kraule ihn weiter hinter den Ohren. Mein Gesicht glüht.

»Wie wäre es mit einem Spaziergang?«, schlägt Blake vor, nachdem ich eine Minute lang geschwiegen habe.

Zögernd nicke ich. Nach unserem Kuss gestern Abend sollte ich begeistert sein, Blake wiederzusehen. Wir müssten aufgeregt und schüchtern zugleich sein, doch LeAnnes Enthüllung hat alles verdorben. Wie soll ich ein Kribbeln bei Blake empfinden, wenn es sich anfühlt, als würde mir der Kopf von all dem Druck platzen, der sich in ihm aufbaut? So sollte der Morgen danach nicht sein.

Ich richte mich auf und folge Blake zurück zum Tor, das ich uns öffne. Wir treten hinaus auf die leere Landstraße und gehen Seite an Seite los, während Bailey an seiner Leine zieht, weil er in dem überwachsenen Gras an den Feldrändern schnüffeln will. Unsere Schritte sind langsam, und in den ersten Minuten spricht keiner von uns. Wir schauen bloß blinzelnd nach vorn und hängen unseren Gedanken nach.

Schließlich sagt Blake: »Es tut mir leid.«

»Ja«, antworte ich leise. Ich schlinge die Arme um mich und kämpfe gegen das Brennen in meinen Augenwinkeln. Da sind sie wieder, all die Gedanken an Dad ... Ein Lügner ... Ein Betrüger.

»Hast du mit deinen Eltern gesprochen?«

»Nein. Ich denke nicht ...« Ich hole tief Luft und kneife die Augen zu. »Ich denke nicht, dass ich mit ihnen sprechen kann. Noch nicht. Ich muss es erst mal verarbeiten.«

»Meine Mom hätte es dir nicht erzählen dürfen«, sagt Blake kopfschüttelnd. Er blickt hinauf in den klarblauen Himmel. »Es war so falsch, dich gestern Abend so damit zu überfahren. Das ist etwas, das du nur von deinen Eltern hättest hören sollen.«

»Ich glaube nicht, dass meine Eltern es mir jemals erzählt hätten«, murmle ich. Als ich sie nach LeAnne Avery gefragt hatte, hätten sie es als Einstieg nutzen können. Das war ihre Gelegenheit gewesen, mir die Wahrheit zu sagen, und sie hatten sich entschieden zu schweigen. Ich glaube absolut nicht, dass sie mir dieses Geheimnis je verraten hätten.

»Wahrscheinlich, weil es nichts ist, was du wissen musst«, sagt Blake. Wir bleiben stehen und warten, dass Bailey ein Dorngestrüpp zu Ende beschnüffelt hat. Blake reibt sich auf die für ihn typische Weise über den Nacken. »Meine Mom und ich reden nicht mehr miteinander. Nicht, dass es vorher so toll gelaufen wäre. Ich war letzte Nacht erst um zwei zu Hause, weil ich geblieben bin, bis das Feuer aus war, und sie hat in der Küche auf mich gewartet. Da hat sie mir erzählt, was war, als sie dich hier abgesetzt hat.«

»Weiß sie, dass du hier bist?«, frage ich, als wir weitergehen. Mit jedem Schritt werden wir langsamer und kommen kaum voran. Nach wie vor verläuft die Mauer des Harding-Anwesens neben uns.

»Nein, sie denkt, dass ich mit Bailey im Park bin«, antwortet er. Dann ergänzt er mit einem matten Lächeln: »Und ich habe sie blockiert, sodass sie mich nicht orten kann. Was ich schon längst hätte machen sollen.«

Ich runzle immer noch die Stirn. Mein Kopf ist noch schwerer, als würde er tatsächlich von Ziegelsteinen heruntergedrückt. In letzter Zeit erfahre ich zu viele Geheimnisse, und es bleibt kein

Raum, mit all den widersprüchlichen Emotionen von Kränkung, Verrat und Verwirrung umzugehen.

»Sie will nicht, dass du mich triffst«, sage ich.

»Weiß ich.«

»Warum bist du dann hergekommen?«

Blake bleibt stehen und dreht sich zu mir. Er verengt die Augen, als er mich mustert. »Warum nicht?«

»Aber ...«

»Nein, hör zu«, unterbricht er mich abrupt, tritt einen Schritt vor, legt seine Hand an meine Hüfte und neigt den Kopf, um mich ernst anzusehen. »Mir ist komplett egal, was früher passiert ist. Das ist zwischen meiner Mom und deinen Eltern. Nicht zwischen uns. Also denk bitte auf keinen Fall, dass ich das Interesse an dir verliere, weil meine Mom nachtragend ist.«

Ich bekomme nur wenige Worte mit, aber es sind die wichtigsten. »Also«, kann ich nicht umhin zu fragen, »bist du an mir interessiert?«

»Ach, komm schon, Mila«, sagt er und tritt verlegen mit der Schuhspitze in den Sand. »Du müsstest doch inzwischen kapiert haben, dass ich mich für dich interessiere, seit du an dem ersten Wochenende die Tür von meinem Truck geöffnet hast. Seit ich dich im Rückspiegel angesehen habe und du so scheu gelächelt hast, wobei du rot geworden bist. Ja, genau so!«

Automatisch halte ich die Hände an meine Wangen, um die Röte zu bedecken. Ehrlich, ich habe null Chance, irgendwas vor Blake zu verbergen. Die Gefühle, die er in mir auslöst, sind völlig unkontrollierbar, und es wird noch viel, viel schlimmer, seit ich mir dessen bewusst bin.

»Miss Mila, lass mich deine niedlichen roten Wangen sehen«, sagt Blake. Er greift mit Baileys Leine am Handgelenk zu meinen

Händen und zieht sie weg, sodass meine brennenden, sommersprossigen Wangen wieder zu sehen sind. Und er strahlt so sehr, dass sich seine Grübchen zeigen. »Da hast du es. Dir würde fehlen, dass ich dich zum Erröten bringe, sollten wir uns nicht mehr sehen, stimmt's?«

Ich nicke und beiße mir auf die Unterlippe, um nicht zu breit zu grinsen. Meine Hände sind noch in seinen. »Kann sein.«

»Dann hör auf, dir wegen dem Gedanken zu machen, was meine Mom gesagt hat, denn ich gehe nirgends hin.«

Wir sehen uns etwas eindringlicher an. Unsere Hände sind zwischen unseren Oberkörpern, und Blake beachtet Baileys Ziehen an der Leine nicht. Wir stehen auf der Straße, wo die Sonne auf uns herabscheint und keine Autos in Sicht sind, nur Blake und ich mitten in der Einöde von Tennessee. Der von Nashville träumende Musiker und das Mädchen, das eines Tages mehr sein möchte als nur Everett Hardings Tochter. Zwei Menschen, die versuchen, im Schatten ihrer Eltern zu leben und die sich nicht sagen lassen, was sie tun sollen.

Blake kommt näher.

»Warte«, flüstere ich. »Nicht jetzt sofort.«

Ich würde Blake sehr gern wieder küssen, aber in meinem Gehirn herrscht blankes Chaos. Und ich möchte, dass das nächste Mal, dass ich ihn küsse, vollkommen wird, ohne Unterbrechungen, ganz auf ihn konzentriert. Dies ist nicht der richtige Moment. Nicht, wenn mir gerade der Boden unter den Füßen weggezogen wurde und ich so viele Fragen habe, auf die ich Antworten brauche.

»Okay, Miss Mila«, murmelt Blake und küsst mich stattdessen sanft auf die Wange.

Zwanzig

Am Mittwoch erklärt sich Sheri widerwillig einverstanden, ein wenig Zeit außerhalb der Ranch zu verbringen und etwas für sich selbst zu tun. Es hat eine Menge Überzeugungsarbeit gekostet, bis sie Patsys Angebot annahm, mit ihr auf einen Kaffee wegzufahren, denn mir wird zunehmend klar, dass Sheri seit Langem nichts mehr für sich getan hat. Sie arbeitet zu viel.

Ich habe versprochen, Popeye den Nachmittag über Gesellschaft zu leisten, und sogar angeboten, das Abendessen zu kochen. Schließlich hat Sheri die Ranch perfekt frisiert und geschminkt verlassen – von niemand Geringerem als mir gestylt. Es hilft, eine Mom zu haben, die professionelle Maskenbildnerin ist. Bei ihr habe ich im Laufe der Jahre einiges aufgeschnappt.

Inzwischen ist Sheri seit wenigen Stunden weg, und Popeye und ich sind auf uns gestellt. Wir haben Scrabble gespielt, weil Popeye sagt, dass es früher sein Lieblingsbrettspiel war, und ich stehe nun in der Küche, wo ich frisches Gemüse vorbereite, da es auf die Abendessenszeit zugeht.

»Möchtest du mehr Tee?«, rufe ich aus der Küche ins Wohnzimmer, wo Popeye fernsieht. Ich werfe gehackte Möhren in den

Schongarer und halte inne, als ich feststelle, dass Popeye nicht geantwortet hat. Sein Gehör ist nicht mehr das tollste. Ich wische mir die Hände an einem Handtuch ab und gehe hinüber ins Wohnzimmer. »Popeye, möchtest du ...«

Der Rest meiner Frage erstirbt in meinem Hals, als mir klar wird, warum Popeye mich ignoriert. Er ist gebannt und sichtlich verärgert von dem, was er im Fernseher sieht. Von dem alten Schwarz-Weiß-Film, den er sich vorhin angeschaut hatte, hat er umgeschaltet auf den Showbiz-Kanal.

Der Moderator einer Klatsch-Show zeigt zu einem Foto von Dad und seinem Co-Star, Laurel Peyton, bei einer ihrer Pressekonferenzen. Dad hat seine Hand an ihrer Taille, und ihre Augen leuchten von den Blitzlichtern Tausender Kameras.

»Everett Harding und Laurel Peyton machen sich bereit für ihren größten Kinohit. Der lang erwartete dritte Teil der Flash-Point-Serie kommt dieses Wochenende landesweit in die Kinos, und wir haben die Hauptdarsteller heute hier zu Gast!«

Das Live-Publikum applaudiert stürmisch, als Dad und Laurel erscheinen. Dad trägt eine schwarze Hose und ein weißes Hemd, bei dem oben zu viele Knöpfe offen sind – zweifellos auf Anweisung seiner Stylistin. Laurel steckt in einem butterblumengelben Sommerkleid, das ihre schlanken Beine umspielt, als sie über die Bühne schreitet. Die beiden zeigen ihr blendendes Hollywood-Lächeln, winken dem begeisterten Publikum zu und setzen sich dem Moderator gegenüber auf eine Couch, um charmant und witzig Fragen zu beantworten.

»Er hält das für richtige Arbeit«, murmelt Popeye. »In eine Kamera grinsen ...«

Ich stelle mich vor den Fernseher und sehe Popeye an. »Warum guckst du das?«

Popeye blickt weiter geradeaus, als könnte er den Bildschirm durch mich hindurch erkennen. Ich nehme die Fernbedienung von seinem Schoß und schalte aus, sodass sich Stille über das Wohnzimmer senkt.

Popeye grummelt verdrossen und schaut weiter geradeaus. »Was denn? Darf ich mich nicht hin und wieder über meinen eigenen Sohn informieren? Wie soll ich sonst wissen, was in seinem Leben los ist? Es ist ja nicht so, als würde ich jemals von ihm hören.«

»O«, sage ich unsicher. Noch nie hat Popeye in einem so scharfen, ehrlichen und offenen Ton mit mir geredet und mich erschreckt, wie aufgebracht er wirkt. »Es … es tut mir leid, dass er nicht öfter anruft.«

Natürlich weiß ich, was wirklich los ist. Dads Leben dieser Tage ist viel zu schillernd und hektisch, da bleibt keine Zeit, die Ranch zu besuchen, auf der er aufgewachsen ist. Gleich bei meiner Ankunft in Fairview habe ich gespürt, dass sich Sheri und Popeye im Stich gelassen fühlen, reduziert auf Teile in Everett Hardings Lebenspuzzle. Doch ich kann erst seit Kurzem nachvollziehen, wie sich das anfühlt. Jetzt weiß ich, wie sehr es wehtut, an zweiter Stelle zu kommen; und Sheri und Popeye rangieren noch viel weiter unten auf Dads Prioritätenliste als ich.

»Ruft nicht an, kommt nicht her«, knurrt Popeye mit einer Wut, von der ich nicht ahnte, dass meine Worte sie auslösen könnten. »Wie schwer ist es, zum Telefon zu greifen? Vergisst man uns wirklich so leicht? Sind wir nicht gut genug für ihn?«

So emotional habe ich Popeye den ganzen Sommer noch nicht erlebt. Normalerweise ist er so warmherzig und freundlich. Jetzt hingegen scheint er wütend und verletzt. Ich würde gern etwas tun, doch ich habe keinen Einfluss auf Dads Entscheidungen oder sein Verhalten. Ich habe mich selbst ja kaum im Griff.

Ich setze mich neben Popeye auf die Couch und ergreife seine Hand. »Es tut mir leid, Popeye. Selbstverständlich seid ihr gut genug für ihn. Er liebt euch. Er ist nur sehr beschäftigt.«

Keiner von uns sagt mehr, denn was gibt es noch zu sagen? Popeye muss mir nicht erzählen, wie er sich fühlt – ich weiß es.

Nach einer Weile fragt er: »Kannst du ein Lied für mich spielen?«

Ich sehe ihn an, nicke und gehe zu dem hölzernen Plattenspieler, der auf einem Tisch am Fenster steht. Das Ding ist so alt – jenseits von Vintage –, dass mich immer wieder erstaunt, wenn ich höre, wie aus ihm Musik erklingt.

»Welchen Song, Popeye?«

Er schließt die Augen und holt tief Luft. »Spiel ›Close To You‹ von den Carpenters.«

Ich gehe die Kiste mit den Schallplatten durch. Es ist Popeyes heiß geliebte Sammlung aus der Zeit, als er und Mamaw Anfang der Siebziger jung verheiratet waren. Von den meisten der Songs habe ich nie auch nur gehört. Die Cover sind ein bisschen mitgenommen und ausgeblichen, aber das bedeutet bloß, dass sie über Jahrzehnte sehr geliebt wurden. Schließlich finde ich das Album, das Popeye meint, ziehe behutsam die Platte heraus und lege sie auf den Plattenteller. Ich bewege den Tonarm auf die richtige Stelle und trete zurück, als die Intro beginnt. Obwohl ich den Songtitel nicht erkannt habe, wird mir schnell klar, dass ich diesen Song schon gehört habe. Er ist so alt, so langsam, so Siebziger.

Popeye lässt die Augen geschlossen, während er im Takt mit dem elend lahmen Rhythmus nickt. Dann fragt er: »Kannst du mit mir tanzen, Mila?«

Zu Oldies zu tanzen ist definitiv keine Stärke von mir, aber Popeye braucht eine Aufmunterung. Dies ist es, was nette Enkelinnen tun – langsam zu Siebzigerhits tanzen, die sie nur vage kennen.

Ich gehe zu Popeye und helfe ihm von der Couch auf. Anfangs sind wir unsicher, stolpern ungeschickt, doch bald legt er einen Arm auf meinen Rücken, und wir balancieren uns aus. Popeye ist so viel kleiner, als ich ihn in Erinnerung habe. Ich glaube, er ist geschrumpft. Er hält meine Hand, und wir beginnen, uns zu wiegen. Wenig später finden wir gemeinsam in den Rhythmus und bewegen uns geschmeidig, während die Platte spielt. Popeye lehnt den Kopf an meine Schulter.

»Ich weiß, dass du dir nicht ausgesucht hast herzukommen«, raunt er leise. »Aber ich bin richtig froh, dass du Zeit mit uns verbringst. Es ist wunderbar zu sehen, wie du das Leben lebst, das du immer hättest haben können.«

Seine Worte treffen mich ins Mark.

Das Leben, das du immer hättest haben können ...

Wäre Dads Traum von Hollywood nicht gewesen, hätten wir Fairview vielleicht nie verlassen. Ich wäre weiter hier aufgewachsen, während der gesamten Schulzeit Savannahs Freundin geblieben und hätte Blake schon zehn Jahre früher kennengelernt. Parkplatzpartys und Singen am Lagerfeuer wären für mich regelmäßige Events, genauso wie Ausflüge nach Nashville, um in Barbecuesoße ertränktes Fleisch im *Honky Tonk Central* zu essen. Ich hätte eventuell nackt im See gebadet und, wer weiß, wahrscheinlich sogar gelernt, richtig zu reiten.

Dad hätte keine Fans, die ihn auf Schritt und Tritt verfolgen, wir hätten Ruben nicht, der unser Leben kontrolliert, und Mom könnte in Jogginghose und mit Pferdeschwanz vor die Tür treten, ohne sich zu sorgen, dass sie Dad schadet – oder von den Medien-Aasgeiern wegen der »Fehler« in ihrer Erscheinung in der

Luft zerrissen wird. Wir hätten sogar hier leben können, auf der Ranch. So war es mal geplant gewesen: dass Dad übernimmt, wenn Popeye die Ranch nicht mehr allein bewältigen kann. Vielleicht hätten wir inzwischen unser Haus am anderen Ende des Orts verkauft und würden hier wohnen. Sheri wäre draußen und würde das Beste aus ihrem Leben machen, ihre eigenen Abenteuer genießen, und Popeye würde sich seinem Sohn nicht so entfremdet fühlen.

Ich kann nicht bereuen, dass ich in L.A. lebe, trotzdem bleibt hier aufzuwachsen das Leben, das ich hätte haben können. Nicht dieses, von dem ich plötzlich erfahre, dass es vollgepackt ist mit Geheimnissen und Lügen.

Eine Stimme aus der Küche unterbricht meine Gedanken. »Was ist los?«

Ich habe nicht mal gehört, dass Sheri nach Hause gekommen ist, aber sie steht vor uns und greift nach Popeye, um ihn von mir zu lösen. Sie wirkt besorgt und irgendwie ängstlich.

»Er wollte tanzen«, antworte ich und trete verwirrt einen Schritt zurück. Habe ich etwas falsch gemacht? Warum können wir nicht langsam miteinander tanzen?

»Ach, Sheri, hör schon auf!«, widerspricht Popeye und wehrt ihre Hände ab. »Du benimmst dich, als würde der Sensenmann jeden Moment an die Tür klopfen! Hör auf, mich zu verhätscheln.«

Sheri führt ihn zurück zur Couch, und Popeye murrt unzufrieden. »Ich will nur nicht, dass du wieder umkippst, Dad«, sagt sie voller Sorge.

»Tut mir leid«, sage ich leise und ringe die Hände, weil ich nicht verstehe, was hier vor sich geht.

Popeye, der umkippt? Wieder?

»Entschuldige dich nicht, Mila«, sagt er im selben Moment, in dem sich der Tonarm am Ende der Schallplatte hebt. »Danke. Du warst schon immer eine Süße.«

Ich bin völlig aufgeschmissen und sehe stirnrunzelnd zwischen Popeye und Sheri hin und her. Vergeblich strenge ich mich an, ihre Mienen zu deuten. »Was ist?«

»Nichts, Mila«, sagt Sheri, und Popeye antwortet gleichzeitig: »Lass mich dir etwas erzählen, Mila.«

Sheri will widersprechen und schüttelt energisch den Kopf. »Dad!«

»Sie findet es sowieso heraus. Es wird ja nicht besser.«

»Was wird nicht besser?«, frage ich panisch.

Popeye verlegt seinen strengen Blick von Sheri auf mich, ringt sich aber ein Lächeln ab, bei dem sich tiefe Falten in seinen Wangen bilden. »Süße, Mila, setz dich hin.«

Sheri massiert sich die Schläfen, als ich mich zu Popeye auf die Couch setze. Ich bleibe auf der Kante hocken, die Knie zusammengepresst. Zwar ahne ich, was Popeye mir sagen möchte, will es aber noch nicht glauben. Noch mehr Geheimnisse halte ich nicht aus.

»Ich bin so froh, dass du hier bist«, sagt er und nimmt meine Hand, »denn ich werde langsamer.«

»*So* langsam bist du nicht, Popeye.« Ich sehe ihn misstrauisch an. Popeye ist Anfang siebzig, keine hundertsechs.

»Mag sein«, sagt er mit der Andeutung eines Lächelns, »aber wir denken, dass etwas mit mir nicht stimmt.«

»Wie …« Ich schlucke, weil ich einen Kloß im Hals habe, und blinzle die Tränen weg, die zu kommen drohten. Dann springe ich auf und zeige wütend auf ihn. »Was heißt das, etwas stimmt nicht? Dir geht es gut, Popeye. Du hättest den ganzen Nachmittag mit mir tanzen können!«

»Wir wissen es noch nicht genau«, weicht er aus, obwohl die Furcht, die in seinen Augen aufblitzt, nicht zu leugnen ist. »Sie machen Tests. Mir geht es schon eine Weile nicht so prima. Es sind viele kleine Dinge. Ach, Mila, sieh mich nicht so an!«

Mir bricht das Herz. Die Bruchstücke schneiden durch mich hindurch und hinterlassen eine brennende Wunde mitten in meiner Brust. Plötzlich kann ich mir nur das Schlimmste vorstellen. Heiße Tränen laufen mir über die Wangen und machen meine Sicht verschwommen, bis ich Popeye direkt vor mir nicht mehr richtig sehe. Ich spüre, dass Sheri näher kommt, um mir tröstend eine Hand auf die Schulter zu legen. Ich will nicht weinen, aber der Gedanke, dass mit Popeye etwas nicht stimmt, mit dem Großvater, mit dem ich nicht annähernd genug Zeit verbracht habe, ist unerträglich.

»Weiß Dad Bescheid?«, frage ich. Mir fällt es schwer, ruhig zu atmen. Dad hat nie erwähnt, dass Popeye krank sein könnte.

»Nein«, antwortet Sheri, drückt meine Schulter und führt mich zurück auf die Couch. Dort setzt sie sich neben mich und wischt eine Träne weg. »Ich finde wirklich, dass wir es ihm sagen sollten.«

»Nein!«, sagt Popeye energisch. »Wag es ja nicht, Sheri. Es könnte auch nichts sein.«

»Dad sollte wissen, dass es dir nicht gut geht, Popeye«, widerspreche ich. »Dann wird er dich besuchen kommen.«

Jetzt richtet sich Popeyes Frust gegen mich, und sein Kinn bebt. »Ich will nicht, dass er aus Mitleid herkommt!« Er schüttelt den Kopf, wobei er Sheri und mich abwechselnd ansieht. »Hört alle beide auf, mich so anzugucken! Schluss damit! Noch liege ich nicht in den letzten Zügen! Nicht mal annähernd!«

»Wir sorgen uns bloß um dich, Dad«, sagt Sheri.

Doch Popeye reicht es mit unserer Sorge, und er ist zu stur, um irgendwelches Mitgefühl mit ihm zuzulassen. Er brummelt unverständlich vor sich hin, steht von der Couch auf und schlurft durchs Haus. Jetzt beobachte ich ihn besonders aufmerksam und sehe, wie merkwürdig er sich bewegt, als hätte er Schmerzen.

Sheri sackt neben mir auf die Couch, presst die Hände auf ihr Gesicht und stöhnt. »Es gibt eine Menge Dinge, die du nicht weißt, Mila«, sagt sie leise. Ihre Stimme klingt entschuldigend und mitfühlend zugleich. Dann legt sie einen Arm um mich und zieht mich fest an sich. In diesem Moment wird mir bewusst, dass ich für meine Tante genauso sehr Trost bin wie sie für mich.

Einundzwanzig

An dem Abend habe ich das Gefühl, nicht länger auf der Ranch bleiben zu können. Es ist unerträglich, mit einer Million unterschiedlicher Sorgen allein in meinem Zimmer zu sein. Und jedes Mal, wenn ich nach unten gehe, um mir etwas zu trinken zu holen, kann ich Popeye nicht ansehen, ohne dass mir das Atmen schwerfällt. Auch Sheri ist schrecklich still.

Ich brauche frische Luft. Deshalb ziehe ich meine Nikes an, setze meine Baseballkappe auf und gehe zum Tor hinaus. Draußen biege ich nach rechts, in Richtung Süden und Fairview. Es ist ein komisches Gefühl, nicht ganz zu wissen, ob man allein sein will oder dringend jemanden zum Reden braucht. Die erste halbe Stunde kommt kein einziger Wagen an mir vorbei. Dann passiert mich ein einzelnes Auto, und ich stapfe in das hohe Gras am Straßenrand. Die Leute, die an mir vorbeifahren, winken mir freundlich zu, was ich nicht erwidere. Ich bin nicht in der Stimmung für Kleinstadtnettigkeiten.

Weiter unten an der Straße wird mir klar, dass ich nicht allein sein will. Irgendwie will ich meine Mom. Ich möchte, dass sie in den nächsten Flieger nach Nashville springt, sofort herkommt und mich in die Arme nimmt. Es würde mir alles bedeuten, wenn sie mich beruhigen könnte, obwohl ich nicht mal sagen kann, wie ich zu ihrem Anteil an all dem hier stehe. So, wie LeAnne es ausgedrückt hatte, schien Mom gewusst zu haben, dass Dad verlobt war, als sie eine Beziehung mit ihm begann, womit sie in den Betrug verwickelt war ... Sicher hatte Dad LeAnne letztlich die Wahrheit gesagt, aber warum hatte Mom nicht gleich darauf bestanden? Es kommt mir so enorm ... respektlos vor. Und wenn Dad nichts von Popeye weiß, hat sie auch keine Ahnung.

Ich bleibe unter einem Baum stehen, um ein wenig Schatten zu haben, weil die Sonne noch gnadenlos brennt, und hole mein Handy hervor. Seufzend rufe ich eine Nummer an – die erste Person, die mir einfällt – und warte geduldig, während ich dem Wählton und danach dem Klingelton lausche.

»Mila, hey«, meldet sich eine Stimme, bevor der Anruf auf die Mailbox geht.

»Blake, ah, ähm«, stammle ich. »Hi.«

»Alles okay?«, fragt er hörbar besorgt.

»Ja, ich bin nur ... ich musste mal raus«, sage ich, reibe mir die Augen und lehne mich an den Baumstamm. Mir ist alles ... *zu viel*. Es sind zu viele Geheimnisse. »Bist du zu Hause?«

»Ja, bin ich.«

Ich stocke kurz. »Deine Mom?«

»In der Stadt«, antwortet Blake. »Willst du rüberkommen? Soll ich dich abholen?«

»Ich bin unterwegs. Kannst du mir deine Koordinaten texten? Ich weiß nicht so richtig, wo ich bin.«

»O, verdammt, okay.« Blake lacht. »Verlauf dich nicht.«

Ich lege auf und starre aufs Display, während ich auf Blakes Nachricht warte. Sekunden später leuchtet seine aktuelle Ortung auf. Ich rufe die Wegbeschreibung auf und sehe, dass es nur zwei Meilen von hier weg ist, also gehe ich weiter.

Es ist nicht besonders spät, erst kurz nach halb sieben. Und es ist das erste Mal, dass ich mir die Zeit nehme, mir Fairview richtig anzusehen. Bisher habe ich nur einen Teil des Ortszentrums mit Savannah und Tori erkundet, und ich habe all die ruhigen Straßen beim Durchfahren gesehen, bin sie aber nie entlanggegangen. Es ist so friedlich, und die Luft fühlt sich so frisch an, so viel sauberer als zu Hause. Und zugleich ist es befremdlich, dass man eine halbe Stunde lang laufen kann, ohne eine fremde Schulter zu streifen. Hier in Fairview mit den stillen Straßen und den Unmengen freier Fläche gibt es keinen Druck.

Ich überquere den Fairview Boulevard, die einzige Straße hier, die Zeichen von Zivilisation zeigt, mit Verkehr und einigen Fußgängern, und bewege mich weiter südwärts zu einem Wohnviertel. Mein Handy führt mich zu Blakes Zuhause. Die Flagge im Vorgarten flattert im Wind, und Blakes Truck sieht im letzten Sonnenlicht blitzblank und frisch gewachst aus. Obwohl er mir schon gesagt hat, dass seine Mom nicht zu Hause ist, bin ich erleichtert, ihren Tesla nicht zu sehen. Wäre sie hier, würde ich wohl direkt umkehren.

Ich stecke mein Telefon ein und gehe um das Haus herum nach hinten. Sobald meine Hand die Gartenpforte berührt, höre ich das aufgeregte Bellen von Bailey. Er prescht über den Rasen auf mich zu und ist um meine Beine, kaum dass ich einen Fuß in den Garten setze. Offenbar ist er so beglückt, ein anderes menschliches Wesen zu sehen, dass er nicht weiß, wohin mit sich.

»Du hast es geschafft«, sagt Blake.

Ich blicke von dem goldenen Bailey auf, den ich kraule, und muss lächeln, als ich Blake auf mich zukommen sehe. Es könnte daran liegen, dass ich froh bin, ihn wiederzusehen, oder auch daran, dass er nichts außer einer grauen Jogginghose trägt ... *nur eine Jogginghose.*

Blake hat kein Shirt an. Es ist nicht das erste Mal, dass ich ihn mit nacktem Oberkörper sehe – an dem Tag am Pool der Bennetts bekam ich kaum ein Wort heraus. Doch jetzt gerade, als er im Licht des Sonnenuntergangs auf mich zukommt, sieht er erst recht wie gemeißelt aus. Seine gebräunte Haut schimmert an den Stellen, an denen sie ein leichter Schweißfilm bedeckt, und da ist eine sehr deutliche V-Linie, die unter dem Bund seiner Boxershorts verschwindet. Eine Silberkette an seinem Hals fängt das letzte Sonnenlicht ein, als er geht und sich das feuchte Haar aus den Augen streicht.

»Was hast du gerade ... gemacht?«, bringe ich mühsam heraus.

»O, bloß ein paar Klimmzüge zwischen dem Jammen«, antwortet er lachend und wechselt die Richtung zum Haus anstatt zu seiner Hütte. »Ich hole mir ein Shirt. Bin gleich wieder da.«

»Nein!«, platze ich heraus und will auf der Stelle *sterben.* Blake bleibt stehen und sieht sich fragend zu mir um. Dann blitzen seine Augen, und er grinst. »Ich wage kaum zu glauben, dass du das eben gesagt hast.«

Lachend spannt er seine Brustmuskeln kurz an und geht weiter zum Haus.

»O, Bailey«, murmle ich und schüttle entsetzlich beschämt den Kopf über mich. Bailey blickt mit seinen glänzenden Augen zu mir auf und neigt den Kopf zur Seite. »Wann werde ich bei ihm je cool sein können?«

Mit Bailey auf den Fersen gehe ich durch den Garten zu Blakes Hütte. Die Glasschiebetüren sind weit offen, und es spielt sehr leise Musik aus den Lautsprechern unter dem Fernseher. Gewichte sind auf dem Boden um das Trainingsgerät verteilt, noch nicht weggepackt. Auf der Couch liegt Blakes Gibson Hummingbird, umgeben von Schreibblöcken mit jeder Menge handgeschriebenen Notizen. So neugierig ich auch bin, widerstehe ich dem Impuls und wende den Blick von seinen Worten ab.

»Lass mich das wegräumen«, sagt Blake, der hinter mir auftaucht. Er trägt ein hellblaues T-Shirt, das erstaunlich gut zu seinem dunklen Haar und den Augen passt, und ich rieche frisches Deo.

Blake rafft die Schreibblöcke zusammen, hebt seine Gitarre von der Couch und bedeutet mir, mich hinzusetzen. Ich tue es.

»Pack die nicht weg«, sage ich, als er die Gitarre zurück in ihren Koffer legen will.

Blake stockt, die Gitarre noch in der Luft. »Nicht?«

»Vielleicht musst du für mich spielen«, gestehe ich, bevor ich auf dem Sofa nach vorn rücke und das Gesicht in den Händen vergrabe. Stöhnend erkläre ich ihm: »Ich habe einen echt harten Tag.«

Ich fühle, wie Blake die Gitarre in ihren Ständer lehnt, zur Couch kommt und sich neben mich setzt. Sein Knie stößt gegen meines, ausnahmsweise versehentlich, und er legt eine Hand auf meinen Rücken. »Was ist los, Mila?«

»Popeye ...«

»Popeye?«

»Mein Grandpa«, sage ich und nehme die Hände vom Gesicht. Ich sehe Blake aus dem Augenwinkel an und fühle mich schon besser, als ich seine Gitarre auf dem Ständer sehe. Vielleicht *wird* er für mich spielen, damit ich mich auf etwas anderes konzentrieren kann als die Familiengeheimnisse der Hardings. »Etwas stimmt mit ihm nicht.«

»O.« Blake holt tief Luft. »Das tut mir leid.«

Ich blicke starr geradeaus, ohne irgendwas anzusehen, und schwanke ein wenig. Mir wird schwindlig von dem Wissen, dass Popeye eines Tages nicht mehr da sein wird und ich so viele Erinnerungen mit ihm verpasst habe, die ich gehabt hätte, wären die Umstände andere gewesen. Natürlich wird er alt, klar, aber was ist, wenn *ernsthaft* etwas mit ihm nicht stimmt? Etwas, das ihn uns früher als gedacht nehmen wird.

Ich kann meine Gedanken genug sortieren, um zu sprechen. »Vorerst scheint er so weit okay, aber es klingt so, als versuchten sie herauszubekommen, was das Problem ist. Er will nicht, dass mein Dad es weiß. Mein Dad, der ihn nicht mal besucht. Würde er, hätte er es selbst gemerkt.«

Blake malt sanft mit der Hand Kreise auf meinem Rücken. »Du wirkst ziemlich wütend auf deinen Dad.«

»Natürlich bin ich wütend!« Ich löse meinen Blick von der Wand und sehe Blake wieder an. Ratlos werfe ich die Hände in die Luft, fordere die Welt heraus, mir den nächsten Mist vor die Füße zu werfen. »Dad schickt mich für den Sommer her und erteilt heimlich Befehl, dass ich quasi auf der Ranch gefangen gehalten werden soll. Dann finde ich heraus, dass mit meinem Grandpa etwas nicht stimmt, und mein Dad führt sein schillerndes Leben, völlig ahnungslos, weil er es nicht mal schafft, ihn anzurufen. O, und fast hätte ich es vergessen, ich erfahre, dass er mal mit deiner Mom verlobt war! Aber er hat sie betrogen! Mit meiner Mom!«

Blake verzieht das Gesicht. »Ah, ja. Nicht gerade der netteste Typ der Welt, was?«, sagt er unsicher, nimmt meine Hand und verschränkt seine Finger mit meinen. »Hast du mit ihm über irgendwas davon geredet?«

»Was gibt es da zu sagen? *Du kannst dem Rest der Welt vorspielen, dass du ein charmanter Familienmensch bist, aber in Wahrheit bist du ein egoistischer Heuchler, der sich nur für sich selbst interessiert?*«

»O verdammt, das ist brutal.« Blake lächelt mich sanft an. »Obwohl ich dir zustimmen muss.«

Ich neige den Kopf nach vorn und reibe mir die Schläfe. Sogar ich selbst fühle, wie der Stress pulsierend von mir abstrahlt. »Eigentlich ... Ich meine, er ist mein Dad. Ich liebe ihn. *Natürlich* liebe ich ihn.« Ich hebe den Kopf wieder und sehe zu unseren Händen. All die aufgestaute Wut in mir fällt in sich zusammen, und ich lasse die Schultern hängen. »Ich glaube bloß, dass ich nicht mehr weiß, wer er ist.«

»Willst du ihn anrufen?«, fragt Blake. »Vielleicht hat er einige Antworten für dich.«

»Ja, klar. Ich schiebe es bloß auf, weil ...«

Ich hole tief Luft. Noch nie in meinem Leben habe ich meinen Vater wegen *irgendetwas* zur Rede gestellt. Wir haben uns nie richtig gestritten, hatten höchstens kleine Auseinandersetzungen, bei denen ich die Tür knallte, weil er mir nicht erlaubte, länger wegzubleiben oder ähnlich Triviales. Aber das hier ist riesig. Es ist ernst. Es könnte alles verändern, und es ist die Art Drama, die Dad wirklich nicht mag. Mein Gefühl sagt mir, wenn ich es durchziehe, wenn ich Dad nach all den Geheimnissen frage, die ich entdeckt habe, dann ist danach zwischen uns vielleicht nichts mehr, wie es war. Und möglicherweise lässt sich das dann nie wieder richten.

»Ich schätze, ich will nicht streiten«, sage ich schließlich und runzle die Stirn. »Ich habe mich daran gewöhnt, den Mund zu halten, solange mir nichts anderes gesagt wird.«

»Du könntest ihn jetzt anrufen, wenn du nicht allein bist. Vielleicht hilft es, dass ich hier bin.« Zum Ende hebt er hoffnungsvoll die Stimme. »Und wenn es nicht gut läuft, singe ich den ganzen Abend für dich, bis du wieder lächelst.«

Seine Worte genügen schon, dass ich gleich lächle.

»Okay«, sage ich und nicke mehrmals. »Okay.«

»Ich bin direkt vor der Tür. Falls du mich brauchst, gibst du mir einfach ein Zeichen, in Ordnung?« Blake lässt meine Hand los und steht auf. Dann tut er etwas sehr Überraschendes: Er legt die Hände an meine Wangen, beugt den Kopf zu mir und sieht mir in die Augen. »Du schaffst das. Sei energisch, sag, was du zu sagen hast, und falls du das Gefühl hast, dass du weinen musst, lenk dich mit Kopfrechnen ab.« Er grinst. »Oder, na ja, stell dir mich nackt vor.«

»Blake!«, hauche ich, habe es jedoch kaum heraus, bevor er mir einen kleinen Kuss gibt. Dann lächelt er, und der Knoten in meinem Bauch löst sich.

»Komm, Bails«, sagt er zu dem Hund.

Bailey folgt ihm neugierig aus der Hütte. Blake nimmt einen Gummiball aus einem Pflanzentopf und drückt ihn, worauf Bailey wild auf und ab springt. Während die beiden spielen, hole ich mein Telefon hervor.

Dads Name ist ziemlich weit unten auf der Liste meiner letzten Kontakte. Die meisten meiner Anrufe gingen an Mom und meine Freunde, dazwischen gelegentliche von Ruben, der sich nach »dem Leben auf der Farm« erkundigt. Es macht mich nervös, Dads Nummer anzutippen. Ich weiß, dass er es nicht mag, wenn ich ihn ohne Vorwarnung und unaufgefordert anrufe.

Andererseits sollte er wissen, dass er keine Geheimnisse vor seiner Tochter haben darf.

Ich wähle, ehe ich es mir anders überlegen kann, und beginne, in der Hütte hin und her zu gehen, weiche Gewichten aus und stolpere beinahe über Baileys Wassernapf. Es fühlt sich an, als hätte ich meine Unterlippe vollständig zerbissen, bis am anderen Ende endlich abgenommen wird.

»Mila, Schätzchen!«, erklingt Rubens gekünstelt freundliche Stimme. Seine Freude, von mir zu hören, ist so unecht, dass ich ihn noch tausendmal mehr hasse als ohnehin schon.

»Ich muss mit meinem Dad reden«, sage ich ruhig. »Gib ihm das Telefon.«

»O, Mila, nicht jetzt. Everett ist beschäftigt. Er soll gleich ein Live-Interview geben ...«

»Hol meinen Dad ans Telefon!«, befehle ich energisch.

»Wow. Wo kommen denn solche Töne her?«, fragt Ruben und lacht leise. »Wie es sich anhört, hat die berühmte Südstaatenhöflichkeit nicht auf dich abgefärbt!«

»Ich muss mit meinem Dad reden«, wiederhole ich ruhig, ehe ich zum Tiefschlag aushole. »Und das heißt jetzt sofort, oder ich lasse deine Lieblingsklatschkolumnisten wissen, dass Everett Harding seine Tochter über den Sommer weggesperrt hat, damit sie ihn nicht *blamiert.*«

Ruben hört auf zu lachen. Für einen Moment ist er still, vielleicht geschockt, dass ich auf einmal Rückgrat beweise. »Mila, jetzt komm schon«, versucht er, mich zu beschwichtigen. »Lassen wir die Drohungen ...«

»JETZT, RUBEN!«

»Ist ja gut«, sagt er verärgert. »Ich sehe mal, was ich tun kann.«

Ich höre ihn leise fluchen, dann gedämpfte Geräusche, als Dads Handy weitergereicht wird. Kurz sind leise Stimmen zu hören, die sich schnell unterhalten, dann kommt jemand an den Apparat. Es ist nicht mehr Ruben.

»Mila«, sagt Dad. Da ist keine Wärme in seinem Tonfall. »Es ist wirklich ungünstig gerade. Was sollen die wilden Drohungen?«

»Hi, Dad«, antworte ich so aufgesetzt heiter wie Ruben. Dann komme ich direkt zum Wesentlichen. »Ich – weiß – alles.«

Wieder Stille. Ich höre eine Menge Geräusche im Hintergrund. Wahrscheinlich sind Dad und Ruben im Backstagebereich irgendeiner Talkshow, doch im nächsten Moment wird eine Tür geschlossen, und die Geräusche verstummen. Ich glaube, Dad ist jetzt allein.

»Du weißt *was*, Mila?«, fragt er frostig.

»Ich weiß, dass es deine Entscheidung war, mich auf der Ranch einzusperren«, sage ich. Ich gehe immer noch in der Hütte umher, bleibe jedoch für eine Sekunde stehen und sehe nach draußen in den Garten, wo Blake den Ball aus Baileys Schnauze zieht. Dabei blickt er zu mir, beobachtet mich. Noch härter und kälter sage ich: »Und ich weiß, dass du LeAnne Avery mit Mom betrogen hast.«

Das Gewicht auf meiner Brust wird leichter. Es tut so gut, Dad endlich zur Rede zu stellen, auch wenn mir klar ist, dass diese Unterhaltung noch nicht vorbei ist. Die alte Mila weiß, dass sie sich vor Dads Reaktion fürchten sollte, doch die Mila, zu der ich werde? Sie ist anders. Sie braucht mehr, als eine Requisite in Everett Hardings Leben zu sein, die von Ruben an die richtige Stelle gesetzt wird. Sie braucht ein eigenes Leben.

Dad ist furchtbar lange still. Alles, was ich höre, ist sein flaches Atmen, und ich stelle mir vor, dass er genauso auf und ab geht wie ich, während er überlegt, was die beste Methode zur Schadensbegrenzung ist. Schließlich atmet er aus und sagt: »Ich kann das jetzt nicht, Mila. Wirklich nicht. Ich arbeite.«

»Entschuldige, ich vergaß – es dreht sich ja alles um die *Arbeit*, nicht?«, ätze ich. »Lieber wirst du deine Tochter los, als zu riskieren, dass sie irgendwas tut, was dir peinlich sein könnte.« Ich mache eine Pause, um Kraft zu schöpfen. »Und du hattest eine *Affäre*! Macht es dich nervös, dass LeAnne Avery nie die Verschwiegenheitsvereinbarung unterschrieben hat? Hast du Angst, dass sie eines Tages der Welt erzählt, dass du ein Betrüger bist? Na, *das* wäre peinlich.«

Mein Name bleibt Dad im Hals stecken, als würde ihm die Kehle eng. »Mila«, sagt er raspelnd.

»*Dad*«, äffe ich ihn nach.

»Warum machst du das jetzt? Was genau willst du?«, fragt er kleinlaut und mit einem Hauch von Panik. »Willst du nach Hause kommen? Ist es das? Ich lasse Ruben einen Flug gleich morgen früh buchen.«

»Nein. Du kannst Ruben sagen, er soll nichts vor dem letzten Ferientag buchen, denn vielleicht *will* ich nicht nach Hause kommen«, antworte ich. »Hier sind die Leute wenigstens *real*. O, übrigens stimmt etwas mit Popeyes Gesundheit nicht, aber das wüsstest du ja schon, würdest du dich für deine Familie interessieren.«

»Was?«, flüstert er.

Mir entfährt ein gestörtes Lachen, das durch die Hütte hallt, und Blake sieht mich besorgt an. »Dad, spiel jetzt bitte nicht den Interessierten. Du solltest ihn häufiger anrufen, ihn besuchen! Und das nicht, weil etwas mit ihm sein könnte, sondern weil du ihn *liebst*. Er ist dein Vater, weißt du noch?«

»Mila, du solltest nach Hause kommen«, murmelt Dad beunruhigt. Ausnahmsweise hat er nicht die Oberhand. Ich bin es, die jetzt alle Macht hat, weil ich Bescheid weiß. Und Dad scheint – was ich ihm nicht verübeln kann – Angst vor dem zu haben, was ich mit diesen neu entdeckten Informationen tun könnte. »Du solltest nicht da draußen in Fairview sein.«

»Vielleicht hättest du lieber nachdenken sollen, welche Lügen ich hier aufdecken könnte, bevor du mich hergeschickt hast«, zische ich.

Und dann tue ich etwas, das ich noch nie gemacht habe: Ich lege auf. Weil ich das letzte Wort haben will. Es gibt keine Entschuldigungen für das, was er getan hat, und ich will nicht hören, wie er welche erfindet. Er soll lediglich wissen, dass ich nicht mehr im Dunkeln tappe. Ich bin alt genug, um diese Geheimnisse zu kennen, bei denen es um meine Familie, meine Vergangenheit und die Zukunft der Menschen geht, die ich liebe. Und ich will nicht belogen werden. So einfach ist das.

Blake bemerkt, dass ich das Gespräch beendet habe, und kommt zurück in die Hütte, während Bailey weiter draußen herumtollt. »Keine Tränen. Das ist gut. Wie war es?«

Ich atme lange aus, weil ich die Luft angehalten hatte, und sacke auf die Couch. Mein Telefon gleitet mir aus der Hand und landet auf dem Fußboden. Habe ich tatsächlich eben so selbstsicher mit Dad geredet? Adrenalin rauscht durch meine Adern, sodass mir schwindlig wird.

»Er ist verunsichert. Ich habe gedroht, mit der Presse zu reden.« Ich setze mich auf und sehe Blake fragend an, denn ich brauche seine Bestätigung, dass ich niemand bin, der seine Familie so verraten würde. »Ehrlich, ich würde nie, *niemals* mit anderen über ihn reden. Dad müsste wissen, dass ich es nicht tun würde, ganz egal, was passiert.«

»Trotzdem, du hast es geschafft, Mila«, sagt Blake und setzt sich lächelnd neben mich. »Du hast zu deinen Bedingungen mit ihm geredet. Jetzt bist du nicht mehr hinter den Kulissen, oder?«

Ohne nachzudenken lehne ich meinen Kopf an seinen Arm und seufze. Meine Gefühle sind heillos durcheinander. Mein Körper ist in Aufruhr. Eine Ablenkung wäre nicht schlecht. Ich sehe zu Blake auf. »Kannst du jetzt für mich spielen?«

Er nickt und greift nach seiner Gitarre, die noch auf dem Ständer ist. Kurz bevor seine Finger die Saiten berühren, frage ich: »Schreibst du eigene Songs?«

»Ich versuche es«, gesteht er, »aber ich habe bisher nichts fertig. Meine Gedanken in Worte zu packen liegt mir nicht. Deshalb schmiere ich immer in meinen Schulaufsätzen ab.« Wieder sieht er konzentriert zu seiner Gitarre und bringt seine Finger in Stellung. Diesmal benutzt er kein Plektron, was die Verhärtungen an seinen Fingerkuppen erklärt. Er schlägt einmal an, lässt den Ton in der Luft schweben und legt plötzlich die Hand auf die Saiten, sodass die Gitarre verstummt. »Bevor ich anfange, muss ich dich etwas fragen, sonst vergesse ich es wieder. Meine Freunde konnten Karten für den Film deines Vaters an diesem Wochenende bekommen. Sie haben auch eine für mich. Und, ähm, für dich ebenfalls.«

Ich setze mich verwundert auf. »Ich dachte, du bist kein Fan.«

»Bin ich auch nicht, aber hinterher gehen wir essen. Und das will ich nicht verpassen«, gesteht Blake lachend. »Ich habe Barney gesagt, dass du wahrscheinlich nicht hingehen willst. Ist es verrückt für dich, deinen Dad auf der Leinwand zu sehen? Ich bin mir nicht sicher, wie du dazu stehst, vor allem nach diesem Telefonat ...« Er spricht ungewöhnlich schnell, als hätte er Angst, dass er mich verletzen könnte, und wollte es so rasch wie möglich loswerden.

»Ist okay«, sage ich. »Ich komme mit.«

Das habe ich noch nie gemacht. Dads Filme sehe ich sonst bei exklusiven Voraufführungen, nie mit allen anderen in einem normalen Kino. Mir ist ehrlich nicht wohl dabei, Dad auf der Leinwand zu sehen, deshalb schien es mir immer schräg, seine Filme *freiwillig* anzugucken. Doch wenn Blakes Freunde extra eine Karte für mich besorgt haben, obwohl sie mich kaum kennen, fühlt es sich unhöflich an, das Angebot abzulehnen. Und es käme mir übertrieben dramatisch vor, nicht hinzugehen, so wie *Mila Harding hält sich für zu besonders, um die Filme ihres Dads mit gewöhnlichen Menschen zu sehen.* Wahrscheinlich würden sie das nicht denken, aber dennoch. Ich möchte bloß wie alle anderen sein. Und Blake ist auch dabei, was bedeutet, ich verbringe mehr Zeit mit ihm.

»Du kommst mit?«, fragt er überrascht.

»Klar. Ich habe ihn sowieso schon gesehen. Das Ende ist total enttäuschend, und der zweite Film bleibt der beste, aber lass die Kritiker nicht hören, dass ich das gesagt habe«, scherze ich und kann zum ersten Mal heute lachen.

Blake grinst. »Wie es aussieht, sehen wir beide uns am Sonntag Everett Hardings neuen Film an.«

»Ich kann es kaum erwarten«, sage ich und verdrehe übertrieben die Augen. Dann lehne ich meinen Kopf wieder an ihn und umschlinge ihn mit meinen Armen. Diesmal absichtlich.

Blake sieht zu seiner Gitarre, eine Hand am Griffbrett, die andere auf den Saiten, und spielt los. Ich schließe die Augen, als der Akustikrhythmus die Hütte ausfüllt und sanft über mich hinwegtreibt. Und langsam fühle ich mich ruhiger, als Blakes weiche Stimme in meinen Ohren tanzt, und ich glaube, dass mein Herz ein wenig größer wird.

Zweiundzwanzig

»Wenn dich die erste Klasse eines Linienflugs nicht überzeugt, wie wäre es, wenn ich deinen Vater bitte, dir einen Privatjet zu schicken? Sicher gibt es unter diesen Umständen kein Limit.«

»Du bist echt zum Brüllen, Ruben«, sage ich ungerührt, während ich meine Schuhe anziehe und nicht richtig hinhöre. Mein Handy ist auf Lautsprecher gestellt und liegt auf dem Nachttisch, denn ich ziehe mich gerade an und verdrehe alle zehn Sekunden die Augen über Rubens absurdes Flehen. »Nur zu, schickt mir einen Privatjet, aber der Pilot wird umsonst herkommen. Ich habe dir schon tausendmal gesagt, ich komme erst am Tag vor Schulbeginn zurück, und das auch nur, weil ich muss.«

»Seit wann bist du so schwierig?«, murrt Ruben. Seit Tagen rufen sie permanent an und wollen mich bewegen, sofort zurück nach L.A. zu kommen. Ruben und Dad haben begriffen, dass es eine furchtbare Idee war, mich nach Fairview zu schicken, und Ruben ist so weit, dass er nicht einmal mehr versucht, mit künstlicher Freundlichkeit und Gesäusel zu überspielen, wie genervt er von mir ist. »Mit dir war leichter umzugehen, bevor du beschlossen hast, dass du irgendwas in diesen Sachen zu melden hast.«

»Tja, Ruben, *diese Sachen* sind mein Leben«, kontere ich und stehe auf. Ich nehme das Handy vom Nachttisch und halte es an mein Ohr. »Und das heißt, ich sollte entscheiden, wie ich es lebe.«

»Mila …«

»Tut mir sehr leid, Ruben, aber ich muss jetzt Schluss machen. Ich gehe aus«, unterbreche ich ihn. Meine Stimme trieft vor sadistischer Freude, weil ich weiß, wie sehr es ihn ärgert. Und dann ergänze ich, mit ein wenig zusätzlichem Sarkasmus: »Drück die Daumen, dass ich nicht zu viele Probleme mache.« Damit lege ich auf.

Ehrlich, wäre ich ein bisschen mutiger, hätte ich inzwischen Rubens Nummer blockiert. Aber ich will mich nicht mit den Folgen herumschlagen, und es macht Spaß, ihn stattdessen zu quälen. Ich stelle mir ihn und Dad zusammen in unserer großen Küche vor, wie sie diskutieren, was sie mit mir machen sollen, da ich all die Informationen habe, die ein schlechtes Licht auf Dads Charakter werfen. Es ist nicht sehr nett von mir, aber, verdammt, sie verdienen es, beunruhigt zu sein.

Mein Telefon summt in meiner Hand. Nein, es ist nicht Ruben, der mich wieder belästigt.

Es ist eine Textnachricht von Blake: *Hey, Mila. Schaff dein süßes Alles nach draußen. Ich warte.*

Grinsend vor Vorfreude verlasse ich mein Zimmer und gehe nach unten, wo Popeye und Sheri beim Essen sitzen. Wir gehen alle nach dem Film essen, deshalb habe ich das Abendessen hier ausfallen lassen.

»Blake ist da«, sage ich, trete hinter Popeye und lege eine Hand auf seine Schulter.

Sheri legt ihre Gabel hin und lacht. »Als du deinen Vater wegen LeAnne Avery zur Rede gestellt hast, hattest du da erwähnt, dass du ein Date mit ihrem Sohn hast?«, fragt sie und lässt ihre Augenbrauen tanzen. Sie scheint lockerer, seit ich ihr erzählt habe, dass ich weiß, wie die Beziehung meiner Eltern angefangen hat und dass Dad untreu war. Jetzt kann sich Sheri entspannen und muss nicht aufpassen, dass sie sich verplappert.

»Das ist kein *Date*, Tante Sheri. Blakes Freunde sind dabei«, sage ich, denn ich bin mir nicht sicher, ob Blake und ich überhaupt ein Paar sind. Es ist ja nicht so, als hätten wir schon mal ein Date gehabt. Aber zumindest leugne ich nicht mehr, dass ich ihn mag. Und das ist vorerst okay für mich. Wir lernen uns ja noch kennen.

»Und du trägst immer perfekt aufgetragenen Lippenstift, wenn du etwas mit seinen Freunden unternimmst?«

Ich schürze meine roten Lippen und puste ihr einen Kuss zu. »Haha. Okay, ich bin dann weg. Wiedersehen, Popeye.«

»Du bist das Ebenbild deiner Großmutter. Wunderschön«, sagt er. »Genieß den Abend, Mila.«

Mit einem kleinen Winken eile ich nach draußen in die Abendsonne. Es ist wieder ein herrlicher Tag gewesen, doch inzwischen stelle ich fest, dass jeder Tag in Tennessee schön ist. Ausnahmsweise habe ich daran gedacht, meine Sonnenbrille mitzunehmen, und setze sie nun auf, während ich zum Tor laufe, vor dem Blake wartet.

Wir hatten uns heute schon bei der Kirche gesehen. Allerdings war er mit seiner Mom dort, sodass wir nur flüchtigen Blickkontakt über die Kirchenbänke hinweg hatten und uns stumm einigten, auf Abstand zu bleiben. Nach dem Gottesdienst haben wir einander nicht auf dem Parkplatz gesucht. Blake blieb an LeAnnes Seite, als sie begeistert zu allem nickte, was die Kirchenältesten ihr sagten, und ich habe nicht versucht, ihn zu einem Gespräch nahe der Hecke zu locken, sondern habe mich mit Savannah unterhalten. Was LeAnnes Einverständnis angeht, denke ich nicht, dass wir es bekommen werden. Was bedeutet, dass Blake und ich ein bisschen diskreter sein müssen.

Ich erreiche die Schalttafel am Tor, schlage mit der Faust auf den hellgrünen Knopf und warte, während sich die Flügel öffnen und Blake preisgeben, der lässig aus dem Seitenfenster seines Trucks lehnt. Er hat sein Haar mit Gel gestylt und strahlt, als er mich sieht.

»Mach schon, Mädchen, wir müssen zu einem Film!«, ruft er und klopft an die Wagentür. »Ich habe aus verlässlicher Quelle gehört, dass das Ende *scheiße* ist!«

Mit einem amüsierten Lachen steige ich auf den Beifahrersitz. Blake dreht sich zu mir, und wir sehen uns für einen langen Moment an, beide mit leuchtenden Augen und lächelnd. Für zwei Leute, die nicht wild auf Everett Hardings neuen Film sind, sind wir beide enorm gut gelaunt. Vielleicht liegt es daran, dass Wochenende ist, oder weil wir endlich zusammen sein können, nachdem wir uns bei der Kirche wie Fremde benehmen mussten.

»Bereit für unser zweites Nashville-Abenteuer?«, fragt Blake und zeigt seine Grübchen.

»Hoffentlich läuft dieses nicht darauf hinaus, dass ich dich an einer Straßenecke anbrülle«, antworte ich nervös kichernd und schnalle mich an. Wie immer spielt Musik, aber sie ist leise gestellt. Mittlerweile mag ich all die Country-Alben und habe mich daran gewöhnt, sie bei voller Lautstärke zu hören, wenn ich in Blakes Truck bin, deshalb drehe ich die Musik lauter. »Besser.«

Blake starrt mich verblüfft und völlig fasziniert an. »Ein Mädchen, das Kelsea Ballerini aufdreht? Verdammt!«

Er schaltet auf »Drive« und legt eine Hand auf meinen Oberschenkel. Sofort lege ich meine Hand auf seine, lehne den Kopf zurück und schließe die Augen. Ich spüre die Sonnenwärme auf meinem sommersprossigen Gesicht.

Und während wir dieselben ruhigen Straßen entlangfahren, die Sonne am Himmel tiefer sinkt und der Wind durchs offene Fenster an meinem Haar zurrt, denke ich, dass wir heute Abend vielleicht nicht mehr aufhören können zu lächeln, denn ich mag Blake, und Blake mag mich.

Dreiundzwanzig

Das Kino ist in einem Einkaufszentrum im südlichen Teil der Innenstadt von Nashville, und es ist gerappelt voll. *Flash-Point*-Filmplakate dominieren sämtliche Wände und stehlen den anderen neuen Filmen das Rampenlicht. Es gibt sogar einen großen Pappaufsteller am Eingang, bei dem es sich letztlich um ein gigantisches Foto der Besetzung handelt. Ganz vorn sind der überlebensgroße Dad und Laurel Peyton, flankiert von den anderen Darstellern. Fans posieren vor dem Aufsteller, als wir daran vorbeigehen und ich Dad den bösesten Blick zuwerfe, den ich zustande bringe. Näher als hier komme ich ihm fürs Erste nicht.

Im Kinofoyer herrscht einiger Lärm; Hunderte Stimmen reden durcheinander, als alle laut überlegen, wie der neue Film sein mag. Die *Flash-Point*-Filme sprechen alle Altersgruppen an, von älteren Paaren bis hin zu Gruppen von Jugendlichen, die jünger sind als ich. Alle möglichen Leute stehen mit uns an, um ihre Karten für einen der beiden Kinosäle abreißen zu lassen, in denen der Film in fünfzehn Minuten beginnt. Ich stelle mir vor, wie sie sich in der Chefetage der Produktionsfirma die Hände reiben, weil überall im Land an diesem Wochenende solche Doppelvorführungen stattfinden.

Es ist auch ein wenig … schräg.

Gewöhnlich weiß keiner, wer ich bin. Es bin ja nicht ich der Star, weshalb mich nur Dads größte Fans erkennen würden, sollten sie mir auf der Straße begegnen. Ich kann recht leicht unauffällig bleiben, es sei denn, jemand erwähnt meinen vollen Namen und andere zählen eins und eins zusammen. Doch zum Glück verschwinde ich heute Abend in der Menge. Ich gebe mir auch bewusst Mühe, nicht aufzufallen – halte den Kopf gesenkt und achte darauf, ständig von Blakes Freunden umgeben zu sein. Ruben ist bereits mit den Nerven am Ende, was mich betrifft, und wüsste er, dass ich bei einer Kinovorstellung in Nashville bin, wo mich jederzeit einer von Dads Superfans entdecken könnte, ich glaube, er würde umgehend in einem Privatjet herkommen, um mich nach Hause zu schleifen.

»Hey, Mila!«, ruft Barney ein bisschen zu laut. »Ist das komisch für dich?«

»Jap«, murmle ich, während Blake ihm hilfreich gegen das Schienbein tritt.

Ich versuche, eine Mädchengruppe auszublenden, die vor uns wartet und schwärmt, wie *sexy* Everett Harding ist. Mir wird übel. Diese Mädchen sind nicht mal viel älter als ich, und sie reden so über meinen *Dad*.

Eklig.

Blake streift meinen kleinen Finger mit seinem als Zeichen der Solidarität, und ich widerstehe dem Drang, seine Hand zu ergreifen. Nicht, weil wir verstecken wollen, was zwischen uns ist, sondern weil wir mit seinen Freunden in einem Kinofoyer stehen. Hier scheinen zu offensichtliche Berührungen unangebracht, auch wenn ich denke, dass seine Freunde wenig überrascht wären. Sie hatten immerhin eine Karte für mich mitbesorgt, also akzeptieren sie offenbar, dass ich bei Veranstaltungen wie dieser Blakes Begleitung bin.

Ich finde es schön, die Leute kennenzulernen, mit denen Blake abhängt, wenn er nicht gerade größere Events organisiert. Blake und seine Freunde stehen vor dem letzten Schuljahr an der Fairview High und sind folglich alle ein Jahr älter als ich. Deshalb sind Savannah und Tori nicht hier, Barney und Lacey aber. Myles ist auch hier mit Cindy, mit der er eine lockere Beziehung hat. Der Typ, in den Savannah verliebt ist, Nathan Hunt, ist ebenfalls ein enger Freund von Blake, genau wie Travis, den ich vage als einen der Jungen wiedererkenne, die Blake letztes Wochenende bei dem Feuer geholfen hatten. Bisher sind sie alle freundlich, außer Lacey, die nicht sehr überzeugend lächelte, als Blake und ich die Gruppe auf dem Parkplatz trafen. Und obwohl Barney der ist, der an meinem ersten Wochenende hier mein Handy gestohlen und Dad angerufen hatte, werde ich in seiner Gegenwart entspannter – allerdings auch nur, weil er sich keine weiteren blöden Nummern geleistet hat.

Die Mädchen vor uns reden immer noch ausgiebig über Dad. Egal, wie sehr ich mich anstrenge, ihr Gespräch zu ignorieren, ertrage ich es nicht mehr, als sie sich laut fragen, wie viele Szenen es geben wird, in denen Dad sich auszieht.

»Übrigens ist er schon über vierzig, doppelt so alt wie ihr«, platze ich heraus, ohne nachzudenken. Kaum habe ich es ausgesprochen, will ich die Worte zurückholen. Ich sollte keine Aufmerksamkeit auf mich lenken. Schon gar nicht so.

Alle drei Mädchen drehen sich überrascht zu mir um, erschrocken über so eine Negativität in einer Schlange, die doch ausschließlich aus Enthusiasten bestehen sollte.

»Sorry«, sagt Blake und tritt vor mich, um die Sicht auf mich zu versperren. »Sie ist nur eine Freundin, die wir mitgeschleppt haben. Sie *hasst* Everett Harding.«

»Ja, sie hätte echt zu Hause bleiben sollen«, kommentiert Lacey, und der Blick ihrer blauen Augen verrät mir, dass sie nicht bloß mitspielt.

Die Mädchen sehen unsere Gruppe merkwürdig an, drehen sich wieder um und reden leiser weiter. Vor Scham presse ich die Hand auf meine Augen. Ich hätte wirklich nichts sagen sollen, aber es ist schwer, sich eine Bemerkung zu verkneifen. Mein Leben ist voller Regeln, von denen andere nichts ahnen, und eine lautet, still zu sein und Fremde von meinem Dad fantasieren zu lassen.

»Zum Glück für dich, Mila«, sagt Barney, »finde ich Laurel Peyton scharf und nicht« – er senkt die Stimme zu einem Flüstern und schirmt seinen Mund mit einer Hand ab – »*deinen rattenscharfen Vater.*«

Wir lachen, und ich entkrampfe mich etwas, als sich die Schlange vorwärtsbewegt. Die Saaltüren sind aufgegangen, und Aufregung überträgt sich in einer Welle durch die Schlange. Wir arbeiten uns vor, lassen unsere Karten wieder überprüfen und treten durch die schweren Türen.

Die Plätze füllen sich schnell, was zu erwarten war – die Vorstellung ist ausverkauft. Alle stürmen durch die Gänge, als wären nicht erst mal gefühlte Stunden voller Trailer auszusitzen. Unsere Plätze sind weit hinten und, wie ich schnell begreife, so ziemlich die *schlimmsten* für mich. Ich habe freien Blick auf das Publikum, reihenweise Fans, Frauen (und wahrscheinlich auch einige Typen), die völlig hin und weg von meinem Dad sind.

»Ich fasse nicht, dass Leute diese Filme so toll finden«, murmle ich, als wir uns auf den Sitzen zurücklehnen.

»Ich auch nicht«, sagt Blake links von mir.

»Weil sie eine Mischung von allem bieten!«, erklärt Cindy, die rechts von mir sitzt, eine riesige Tüte Popcorn auf dem Schoß hat und beinahe über die Armlehne hüpft, um näher zu mir zu kommen. »Action, Abenteuer, *Romance*.«

»Na ja«, sage ich mit einem gezwungenen Lächeln und lehne mich weiter zurück, »hoffentlich gefällt dir der Film.« Dabei weiß ich schon, dass er es nicht wird.

Dads und Laurel Peytons Figuren haben sich in den ersten beiden Teilen nach und nach ineinander verliebt, aber in diesem dritten Teil kommen sie am Ende nicht zusammen. In zwei Stunden wird dieser Raum erfüllt sein von enttäuschtem Stöhnen. Wenigstens habe ich die Stelle, an der Dads Figur eine Kugel in die Brust bekommt, auf die ich mich freuen kann.

»Alles okay?«, fragt Blake leise und sieht mich an.

»Mhm«, antworte ich wenig glaubwürdig.

Ich bin froh, als die Lichter gedimmt werden und die Trailer anfangen, weil sie das Publikum ausblenden und ich nicht mehr die endlosen Voraussagen der Leute hören muss, was in diesem Film kommt. Neben mir klingt es, als würde Cindy nicht mal mehr atmen, als der Vorspann losgeht. Um uns herum ist alles vollkommen still.

Weil ich den Film schon einmal gesehen habe, ist es nicht allzu schlimm, ihn wieder anzuschauen. Dad *ist* ein fantastischer Schauspieler, und es lässt sich nicht leugnen, dass er für die Leinwand geboren wurde, trotzdem ist es jedes Mal befremdlich zu sehen, wie er sich ganz anders benimmt als im realen Leben. Da sind bestimmte Gesichtsausdrücke, die der Rolle gehören und nicht Everett Harding. Eigenheiten, von denen ich weiß, dass sie nicht Dads sind. Es ist bizarr, jemanden, den man kennt, den eigenen

Vater, als jemanden zu sehen, den man nicht erkennt. Doch in letzter Zeit erkenne ich ihn nicht nur auf der Leinwand nicht wieder.

Ich krümme mich innerlich, wann immer Dad irgendwelche schmalzigen Sätze mit verrauchter Stimme äußert, und schließe die Augen an den Stellen, an denen er und Laurel sich küssen. *Das* ist immer das Schrägste. Ich finde es schon ziemlich eklig, wenn Dad meine Mom küsst, von Knutschen in HD mit seinem Co-Star ganz zu schweigen.

»Hey«, flüstert Blake während der dritten dieser ekelhaft romantischen Szenen und tippt mein Knie an, »willst du hier raus?«

Ich öffne ein Auge und sehe ihn in der Dunkelheit an. Sein Gesicht ist von der Leinwand erhellt, und der Film spiegelt sich in seinen Augen. Offensichtlich hat Blake mitbekommen, wie unwohl mir ist.

»O ja, bitte«, flüstere ich.

Blake ertastet meine Hand und zieht mich mit sich hoch. Wir gehen vorsichtig durch die Reihe, Blake voran, aber dann stolpere ich über Laceys ausgestreckten Fuß.

»Sorry!«, zischt sie, was kein bisschen bedauernd klingt.

Blake und ich beeilen uns, aus der Reihe zu kommen, ohne die anderen zu sehr zu stören (es ist kindisch, ich gebe es zu, aber ich würde zu gern das Ende herausbrüllen und es allen versauen), dann laufen wir den Gang hinunter, nehmen jeweils zwei Stufen auf einmal, immer noch Hand in Hand. Ich höre einen leisen Pfiff, der vermutlich von Barney kommt, und bevor wir um die Ecke laufen, blicke ich mich zum Publikum um. Alle sehen gebannt zur Leinwand, und niemand wagt auch nur, mit einem Popcorn-Becher zu rascheln.

Wir öffnen die schweren Türen ins nun leere Foyer, und ich atme erleichtert auf. Hier ist niemand außer einem Mitarbeiter, der den Boden fegt, doch ich höre die Geräusche der anderen Filme, die in den übrigen Sälen laufen.

»Du hast recht gehabt«, sagt Blake und lacht, als wären wir soeben einem Schicksal schlimmer als der Tod entronnen. »Dieser Film ist echt scheiße, und das sage ich, nachdem ich nur vierzig Minuten davon ausgesessen habe.«

»Ich will nicht wieder rein.« Ängstlich schaue ich zu den Saaltüren.

»Müssen wir auch nicht«, sagt er. »Komm mit.«

Wir gehen zurück zu den Kartenschaltern und den Imbissständen, doch die legen anscheinend erst wieder los, wenn die Massen zur nächsten Vorführung des neuesten *Flash-Point*-Films aufgeregt und laut anrücken. Als wir an dem Pappaufsteller am Eingang vorbeikommen, möchte ich am liebsten ein Loch in Dads lächerliches Grinsen schlagen. Aber ich will nicht wegen Angriffs auf ein Foto aus dem Kino eskortiert werden, also lasse ich es und gehe mit Blake nach draußen.

Wir haben den Sonnenuntergang knapp verpasst. Die Sonne ist hinterm Horizont verschwunden, aber es ist noch hell und die Luft schwer von der Hitze, die von den Gehwegen aufsteigt. Es ist Sonntagabend, also ist auf dem Platz draußen recht viel los. Leute verschwinden in Restaurants und Bars, doch Blake führt mich zurück zu seinem Truck.

Er lehnt sich an die Heckklappe und blickt nach unten zu meiner Hand, berührt mein Armband und spielt mit meinen Fingern. »Wir müssen nicht warten, bis die anderen aus dem Kino kommen«, sagt er. »Gehen wir allein was essen. Da drüben ist eine Cheesecake Factory ...«

»Oder«, unterbreche ich ihn, »wir können *das* hier machen.«

Und zum ersten Mal im Leben bringe ich den Mut auf, den

ersten Schritt zu tun. Ich packe Blakes Hand, bewege sie zu meiner Hüfte und trete näher an ihn heran, bevor ich meine Lippen auf seine presse.

Wir mögen mitten auf einem Parkplatz sein, doch Blake küsst mich, als wären wir allein auf der Welt. Unser erster Kuss am Abend des Lagerfeuers war zögernd und vorsichtig, bei diesem wissen wir beide, dass der andere nicht zurückweichen wird. Deshalb verlieren wir uns vollkommen. Blakes freie Hand ist in meinem Haar, als er den Kuss vertieft und mich dicht an sich zieht. Ich vergesse den Film.

Wir lösen uns nur einen Moment voneinander, Stirn an Stirn, und ich streiche mit dem Daumen über sein Grübchen an der linken Wange. Wir sehen uns an, atmen schwerer als vorher. Und ich bin mir nicht sicher, wer strahlender lächelt.

»Wir sind in Nashville«, sage ich leise, »und ich finde, wir müssen das nutzen. Wie wäre es mit einem Umweg zum *Honky Tonk Central*?«

Und da habe ich meine Antwort: ein sehr, sehr breites Lächeln von Blake.

Vierundzwanzig

Am späten Montagnachmittag laufe ich mit Savannah und Tori auf der Jagd nach einem neuen Föhn durch die Gänge von Walmart. Savannahs Föhn ist durchgebrannt, doch wir haben uns ablenken lassen, und jetzt ist unser Wagen voll mit lauter unnötigem Kram. Wir sind nur kurz hier rein, nachdem wir im Dunkin' Donuts weiter hinten in der Straße einen Eiskaffee getrunken haben, doch jetzt ist schon fast eine Stunde vergangen.

»Der Nerv, aus dem Film deines Dads zu gehen«, sagt Tori, die mit einer knallroten Sonnenbrille vor einem Spiegel posiert. Es dürfte inzwischen die hundertste sein, die sie aufprobiert. »Das ist obercool, Mila. Du gibst echt *null* darauf, wer dein Dad ist, und dafür verdienst du echt Respekt!«

»Wir sehen den Film am Freitag«, sagt Savannah, die mit dem vollen Einkaufswagen um einen Kleiderständer herumgeht. »Aber Myles sagt, wir sollen uns nicht zu viel versprechen.« In dem Kindersitz des Wagens ist eine Tüte Cheetos – ja, angegurtet –, die sie geöffnet hat und sich hindurchfuttert, während sie weiterschlendert.

»Myles hat recht«, stimme ich lachend zu.

Zwar hatte das Eröffnungswochenende reichlich Geld an den Kinokassen eingebracht, aber die Kritiken waren nicht berauschend. Früher gab es in der Produktionsfirma Gerüchte über einen vierten Teil, doch ich könnte mir vorstellen, dass sie sich jetzt überlegen, wie gut der nach dem Desaster des dritten aufgenommen würde.

Vor Monaten noch wäre ich enttäuscht gewesen, und jetzt? Ist es mir eigentlich egal. Dad ist bereits so erfolgreich, dass er nicht noch höher in den Himmel gehoben werden muss. Vielmehr könnte er hin und wieder einen Realitätsdämpfer vertragen.

Tori entscheidet sich endlich für eine Drei-Dollar-Sonnenbrille, die kaum länger als eine Woche überleben wird (rund mit Strassgänseblümchen), und wirft sie in den Wagen. »Okay, aber ich kann immer noch nicht glauben, dass ihr im *Honky Tonk Central* wart und *nicht rausgeworfen* wurdet. Ist das normal, weil ihr die Kinder von Everett Harding und der Bürgermeisterin von Nashville seid? Machen die Leute da eine Ausnahme und lassen Minderjährige *verbotenerweise* in ihre Bars?«

»Keiner hat irgendwelche Ausnahmen gemacht«, sage ich und schubse Tori spielerisch von mir. »Wir haben uns an einem Tisch ganz hinten versteckt, als es acht wurde, und die Rausschmeißer sind vorbeigegangen. Wir sind ja auch nicht so lange geblieben.«

»Bis eins.« Savannah sieht mich fragend an und schiebt sich noch einen Cheeto in den Mund. Heute sind ihre Ohrringe ganz schlichte Stecker. »Das hört sich für mich nach einem ziemlich spaßigen Abend an.«

Meine Gedanken wandern zurück zu Szenen von gestern Abend, von Blake und mir zusammen im *Honky Tonk Central*. Wir hatten uns wieder die gleiche Platte mit Snacks geteilt wie bei meinem ersten Besuch dort, und weil Wochenende war, waren alle drei Stockwerke voll besetzt mit Leuten, die sich amüsierten. Die Musik war laut, und ich konnte nichts dagegen tun, dass der Rhythmus meinen Körper übernahm. Ich hatte Blake am Tisch allein gelassen, mich zur vollen Tanzfläche durchgedrängelt und in der Musik der Liveband verloren, die Country-Hits spielte. Ich füge mich direkt ein – nicht Everett Hardings Tochter, nur Mila, die ihre Tanzstunden sinnvoll nutzte. Ich fühlte mich frei und lebendig, tanzend unter Fremden in der Stadt, in die ich mich verliebe, und mit Blake, der mich eine Weile lang mit einem seltsamen Ausdruck in den Augen beobachtete. Bald kam er zu mir auf die Tanzfläche, zog mich in seine Arme und küsste mich dort.

»Wir haben bloß die Musik angehört und ein bisschen getanzt«, sage ich, wobei ich den Kopf gesenkt halte.

»Ach, das ist alles?«, fragt Savannah und zieht eine Augenbraue hoch.

»Mal überlegen …«« Tori grinst. »Und du hast deine Zunge in seinem Hals versenkt?«

Mein Gesicht wird ein bisschen heiß, und ich grinse verlegen, als Savannah und Tori entzückt quieken und auf ihren Fußballen hüpfen. Savannah stößt den Einkaufswagen aus dem Weg, der beinahe eine Schaufensterpuppe umfährt, packt meine Schultern und schüttelt mich.

»Siehst du! Ich habe es gewusst. Ich kann *hellsehen*, wenn es um solche Sachen geht!«

»Ach, halt den Mund, du mystische Irre«, sagt Tori und schiebt Savannah zur Seite, um sich vor mich zu stellen. »Jetzt bist du offiziell mein Idol. Nicht nur, weil du aus dem Film deines Dads marschiert bist, sondern weil du es gemacht hast, um den ganzen

Abend *Blake Avery zu küssen.* Du lebst meinen Traum aus der achten Klasse!«

»Tori, wir reden hier von meinem Cousin, schon vergessen?«

»Dass er dein Cousin ist, kann dir doch egal sein, wenn Mila die ist, die ihn küsst!«

»Leute«, sage ich und halte meinen Arm zwischen die beiden, während ich breit grinse. »Chillt mal.«

»Gehen wir zurück zum Eis«, entscheidet Tori dramatisch. »Ich muss meinen Kummer ertränken.«

Eine Viertelstunde später sind wir endlich durch die Kasse und gehen hinaus zum Parkplatz, wo Toris großer Bruder Jacob auf uns wartet. Wir sind beladen mit Tüten voller Eiskrem, Snacks, Sonnenbrillen, Einweggrills und natürlich einem Föhn, unter tausend anderen Sachen. Als wir die Sachen chaotisch in den Kofferraum laden, bekomme ich eine Textnachricht von Blake:

Hey, Honky-Tonk-liebende Mila, die gestern Killer-Dance-Moves draufhatte, wo bist du?

Ich hoffe, er sucht nicht auf der Ranch nach mir, deshalb antworte ich schnell:

Walmart mit einer Wagenladung Quatsch. Und du?

Unsere Antworten werden sehr schnell.

BLAKE: Zu Hause. Willst du vorbeikommen?
MILA: Ist deine Mom da?
BLAKE: Die Luft ist rein.
MILA: Bis gleich!

Ich steige hinten in den Wagen, und als Jacob zum Highway fährt, räuspere ich mich und frage: »Könnt ihr mich vielleicht bei Blake absetzen?«

»Okay, das schmerzt jetzt, Mila«, sagt Tori, doch ihr Augenverdrehen versichert mir, dass sie mir nichts übel nimmt. »Jacob, fahr zum Haus der Bürgermeisterin.«

Als wir den Fairview Boulevard entlangfahren, sieht Savannah mich prüfend an. »Was sagt meine Tante denn zu euch beiden?«

Mein Lächeln erstirbt, und ich blicke zu den Läden, die vor dem Fenster vorbeigleiten. »O, ähm, ich bin ihr ja nur wenige Male begegnet. Ich glaube nicht, dass sie es schon mitbekommen hat«, lüge ich mit vollkommen klarer Stimme. Meine Schauspielgene kommen mal wieder zum Einsatz.

Soweit Blake mir erzählt hat, haben Savannah und Myles keine Ahnung, dass Everett Harding mal ihr Onkel werden sollte. Schließlich war Dads Verlobung mit LeAnne bevor einer von uns geboren wurde, und es ist nicht die Sorte Geschichte, die man einfach so anspricht. Außerdem müssen sie es nie erfahren … Je weniger Leute es wissen, desto besser. Deshalb kann ich nicht darüber reden, dass LeAnne mich nicht mag. Überhaupt nicht.

Mit jeder Woche, die vergeht, wird mir Fairview vertrauter, und ich erkenne, dass wir nicht mehr weit von Blakes Haus entfernt sind. Schmetterlinge flattern in meinem Bauch auf, wie sie es immer tun, wenn ich bei ihm bin, und ich empfinde eine kribbelnde Nervosität, obwohl ich inzwischen weiß, dass ich die überwunden haben sollte. *Du kennst ihn, Mila. Er ist kein Fremder mehr.*

Trotzdem kann ich nicht umhin zu denken, dass es vielleicht gut ist, wenn er mich immer noch nervös macht.

Als wir vor seinem Haus anhalten, sterben die Schmetterlinge in meinem Bauch. LeAnnes Tesla parkt neben Blakes Truck in der

Einfahrt. Er hatte gesagt, dass sie nicht zu Hause ist, aber das war vor zehn Minuten. Vielleicht ist sie früher aus ihrem Büro in Nashville zurück, wurde ein Meeting verkürzt … Ich weiß nur, dass sie hier ist, und jetzt bin ich es auch. Ich kann Jacob nicht bitten, einfach weiterzufahren.

»Viel Spaß!«, sagt Savannah munter.

»Aber nicht zu viel!«, ergänzt Tori mit einem Augenzwinkern.

Schluckend steige ich aus und winke ihnen nach, als der Wagen die Straße hinunterfährt. Dann drehe ich mich zum Haus um. Mir ist klar, dass ich nicht zur Haustür, sondern in den Garten gehen muss, doch ich bin erst halb die Einfahrt hinauf, als ich höre, wie die Pforte aufschwingt.

Blake kommt auf mich zugelaufen, doch anstatt wie üblich umwerfend zu lächeln, hat er die Augen weit aufgerissen und schüttelt den Kopf. Als er bei mir ist, ergreift er meine Handgelenke und keucht: »Mila, verdammt, es tut mir so leid.«

»Was?«

»Ich weiß nicht mal, wie … Warte.« Blake bricht ab und wird so blass, dass ich ihn kaum wiedererkenne. »Was?«

Mein Herz lässt einige Schläge aus und gerät aus dem Takt. Es pocht schmerzhaft in meiner Brust, als ich nach unten zu Blakes Händen blicke, die meine Handgelenke umklammern. »Wovon redest du?«

Blake starrt mich völlig entsetzt an. »Ich habe es eben gesehen … Aber du … Du weißt es nicht.«

»Was weiß ich nicht?«, flüstere ich ängstlich. Ich will seine Antwort nicht hören, weil ich schon ahne, was es auch ist, es ist *schlimm*. Mein Magen verkrampft sich. Der plötzliche Umschwung von Vorfreude auf Furcht macht mich schwindlig, und ich fühle mich wie leergefegt, bis mein Handy zu vibrieren beginnt.

Blake lässt mich los, doch ich greife nicht nach dem Telefon, als er sich durch die Haare fährt und sie sich rauft. »Verdammt, Mila, ich sollte nicht der sein, der es dir erzählt. Ich weiß nicht mal, wie ich das kann.«

»O, Blake, erlöse das arme Mädchen aus seinem Elend.«

Blake und ich zucken zusammen, als wir LeAnnes Stimme hören. Wir sehen zur Veranda, auf der sie erschienen ist. Sie hat die Hände auf der Brüstung. Hatte sie sich vorgelehnt, um zu lauschen? Sie schnalzt missbilligend mit der Zunge und kommt die Stufen hinunter auf uns zu.

»Mila, hast du es wirklich noch nicht gehört?«, fragt sie. Ihre Augen blitzen genauso wie am Abend des Lagerfeuers. Sie bleibt zwei Schritte entfernt von mir stehen und mustert mich mit einem mitleidigen Stirnrunzeln. »Du weißt es wirklich nicht? Ich hätte gedacht, du erfährst es als Erste.«

»Mom, verflucht, nein! Wag es ja nicht!«, faucht Blake und macht einen Schritt auf seine Mutter zu, sodass er mich vor ihr abschirmt. Ich bemerke, dass er die Fäuste geballt hat.

LeAnne seufzt, als wäre dies alles hier lästig für sie. Sie wirft ihr Haar über die Schulter und fixiert Blake mit einem Blick, der genauso drohend ist wie seiner. Die feindseligen Schwingungen zwischen ihnen werden spürbarer. »Was habe ich dir zu Flüchen in meiner Gegenwart gesagt?«

»Mila, steig in den Truck«, sagt Blake und streckt eine Hand nach hinten aus, um meine zu ergreifen. Dabei sieht er weiter seine Mom an. »Wir fahren.«

Er zieht mich eilig weg von ihr und angelt hektisch nach seinen Schlüsseln. Meine Hand hat er fest umschlossen, als fürchte er, sie könnte ihm entgleiten. Mein Kopf schwirrt noch mehr, beinahe im Gleichklang mit dem beharrlicheren Vibrieren meines Telefons.

»Mila, findest du nicht, du verdienst, es zu wissen?«, ruft Le-Anne mit einer grausamen Note. »Es scheint mir nur fair. Wie es aussieht, hat sich dein Vater im Laufe der Jahre nicht sehr verändert.«

Ich stemme die Fersen in den Boden und reiße mich von Blake los. Ich muss wissen, was zur Hölle los ist, und zwar jetzt. Mein Herz hämmert in meinem Brustkorb, dass ich mich sorge, es könnte versagen, wenn ich noch eine Sekunde länger in diesem Zustand bleibe.

Ich marschiere zurück zu LeAnne, das Kinn gereckt und die Zähne zusammengebissen. Ohne zu blinzeln starre ich in ihre dunklen Augen, die Blakes so ähnlich sind. »Sagen Sie es mir«, fordere ich. »Auf der Stelle.«

»*Mom!*«, fleht Blake, und ich höre, wie er mit der Hand auf seinen Truck schlägt. Das metallene Scheppern hallt durch die Straße. »Nicht. Sie darf es nicht von dir erfahren. Lass mich es ihr erzählen.«

»Ich muss Mila gar nichts erzählen«, erwidert LeAnne frostig. »Ich kann es ihr einfach zeigen, es mit ihr *teilen*.« Sie tritt zurück und nimmt ihr Handy hervor. Nachdem sie es entsperrt hat, tippt sie für Sekunden, die die längsten meines Lebens scheinen, auf ihr Display, bevor sie es mir vors Gesicht hält. »Hier, Mila.«

Ich weiß nicht, was ich erwartet habe, aber das nicht.

Der Schock packt mich wie eine Schraubzwinge, und mir wird eiskalt, während meine Beine nachzugeben drohen und ich beinahe zusammensacke. Aber ich begreife die Worte auf dem Display, bevor alles verschwimmt und wirr wird.

EVERETT HARDING UND LAUREL PEYTON
AUCH JENSEITS DER LEINWAND EIN PAAR

Ich presse die Fingerspitzen auf meine Augen, bis ich wieder klar sehen kann. Dann blicke ich zu dem Foto unter der Schlagzeile. Es muss mit einem Teleobjektiv aufgenommen worden sein, denn es ist sehr körnig. Doch was dort zu sehen ist, lässt sich deutlich erkennen: In der dämmrigen Ecke eines Restaurants hält Dad Laurel dicht an sich und hat seinen Mund auf ihren gepresst, seine Hände auf ihr. Sie sind nicht in Kostümen. Sie sind nicht an einem Set. Dies ist keine Szenenprobe.

Es ist mein Dad, der leidenschaftlich eine andere Frau küsst.

Im realen Leben.

»Offenbar stimmt der alte Spruch«, sagt LeAnne, die ihr Telefon herunternimmt. »Einmal ein Betrüger, immer ein Betrüger.«

Blake ist zu mir gelaufen, aber mein Körper fühlt sich an, als hätte ich keine Kontrolle mehr über ihn. Blakes Stimme klingt gedämpft, meine Sicht ist verschwommen, meine Hände zittern und sind taub. Vage spüre ich, dass er an mir zieht, mich weg von LeAnne holen will, doch meine Beine sind wie Blei.

»Mila. Mila, komm«, bettelt er, und seine Stimme bricht vor Mitgefühl. »Fahren wir. Irgendwohin.«

»Ich ... ich muss nach Hause«, sage ich benommen und blinzle hektisch. Die Welt dreht sich um mich, dehnt sich aus, sodass ich aus dem Gleichgewicht zu geraten drohe. Ich kann LeAnnes Umrisse ausmachen; sie steht noch vor mir, beobachtet mich. Das Summen meines Telefons wird lauter und lauter.

»Ich fahre dich nach Hause!«, sagt Blake entschlossen, nimmt meine Hand und zieht energisch. »Komm, steig in den Truck.«

»Mila, Blake hat recht«, sagt LeAnne, die weicher klingt, als könnte sie trotz allem tatsächlich Mitleid für mich aufbringen. »Fahr mit ihm. Lass dich nach Hause bringen.«

»Nein«, flüstere ich kopfschüttelnd. Sie verstehen mich nicht. »Ich muss nach Hause!«

Meine Welt ist in sich zusammengestürzt. Ich kann nicht in Fairview bleiben, sondern muss nach Hause, zurück nach Kalifornien. Haben Sheri und Popeye diese Schlagzeile schon gesehen? Hat *Mom*? O, Mom … Auf einmal laufen mir heiße Tränen über die Wangen. Dies hier wird meine Familie sprengen. Ich muss los. Ich muss weg.

Wieder reiße ich mich von Blake los und weiche rückwärts vor ihm und LeAnne zurück, sammle alles zusammen, was ich an Kraft aufbringe. Durch meine Tränen erkenne ich die beiden wie eine Art Vision. LeAnne hat die Arme vor der Brust verschränkt, doch sie beißt sich auf die Unterlippe, und in ihrem Blick glaube ich Mitgefühl zu sehen – von jemandem, der sehr gut versteht, was Verrat bedeutet. Ihr Sohn neben mir sieht mich mit offenem Mund an. Sein Ausdruck ist ein anderer. Seine dunklen Augen sind voller Panik, denn wir beide wissen, was es heißt, wenn ich nach Hause reise.

»Mila, warte!«, ruft Blake zittrig. Lauter fleht er: »Geh nicht! Nicht so!«

Doch ich drehe mich um und renne los.

Playlist

- **la** *Kelsea Ballerini*
- **Nothing To Do Town** *Dylan Scott*
- **Same Dirt Road** *Eric Lee*
- **Setting the Night on Fire** *Kane Brown* (with *Chris Young*)
- **Mgno** *Russell Dickerson*
- **Unforgettable** *Thomas Rhett*
- **Leave the Night on** *Sam Hunt*
- **Fearless** *Taylor Swift*
- **Chance Worth Taking** *Mitchell Tenpenny*
- **Cortado, Pt. 2** *anton*